古文觀止
化讀

王 鼎 鈞

編著

目錄

新版自序

那些年，我常常懷念我的中學生活，一心想為正在讀中學的年輕人寫點什麼，我寫的時候覺得與他們同在。我陸續寫了五本書跟他們討論作文，也涉及如何超越作文進入文學寫作，這五本書在出版家眼中成為一個系列。現在，我重新檢視這一套書，該修正的地方修正了，該補充的地方加以補充，推出嶄新的版本，為新版本寫一篇新序。

《作文七巧》

先從《作文七巧》說起。我當初寫這本書有個緣起，有人對我說，他本來對文學有興趣，學校裡面的作文課把這個興趣磨損了、毀壞了！我聽了大吃一驚。

想當初臺北有個中國語文學會，創會的諸位先進有個理念，認為文學寫作和文學欣賞的能力要從小學、中學時代的作文開始培養，作文好比是正餐前的開胃菜，升學前的先修班。我是這個學會創會的會員，追隨諸賢之後，為這個理念做過許多事情。早期的作文和後來的文學該有靈犀相通，怎麼會大大不然？

我想，作文這堂課固然可以培養文學興趣，它還有一個重要的任務，幫助學生通過考試，順利升學，這兩個目標並不一致，當年考試領導教學，在課堂上，老師可能太注重升學的需要，把學生的文學興趣犧牲了。

那時候，滄海桑田，我已經距離中國語文學會非常遙遠，不過舊願仍在。我想，作文課的兩個目標固然是同中有異，但是也異中有同，文學興趣是什麼？它是中國的文字可愛，中國的語言可愛，用中國語文表現思想感情，它的成品也很可愛，這種可愛的能力可以使作文寫得更好，更好的作文能增加考場的勝算。

於是我花了三個月的時間寫成這本《作文七巧》。記錄，描繪，判斷，是語文的三大功能，這三大功能用於作文，就是直敘，倒敘，抒情，描寫，歸納，演繹，各項基本功夫。我從文學的高度演示七巧，又把實用的效果歸於作文考試，謀求相應相求，相輔相成。我少談理論，多談故事，也是為了保持趣味，也為了容易記住。

有人勸我像編教材一樣寫七巧，我寧願像寫散文一樣寫七巧，希望這本討論如何作文的書，本身就是作文的範本。新版的《作文七巧》有二十五處修正，十九處補充，還增加了三章附錄。

《作文十九問》

《七巧》談的是最基本的作文方法，也希望學習的人層樓更上，對什麼地方可以提高，什麼地方可以擴大，也做了暗示和埋伏。出版以後，幾位教書的朋友為我蒐集了許多問題，希望我答覆，我一看，太高興了，有些問題正是要發掘我的埋伏。我立刻伏案疾書，夜以繼日，寫出《作文十九問》，《作文七巧》的補述。

我追求文體的變化，這本書我採用了問答體。我在廣播電臺工作二十年，寫「對話稿」有豐富的經驗，若論行雲流水，自然延伸，或者切磋琢磨，教學相長，或曲折宛轉，別開生面，都適合使用這種體裁。問答之間，抑揚頓挫，可以欣賞口才，觀摩措辭。當年同學們受教材習題拘束，很喜歡這種信馬由韁的方式，出版以後，銷路比《七巧》還好。如果《七巧》可以幫助學習者走出一步，《十九問》可以幫他向前再走一步。當然，他還需要再向前走，我在《十九問》中也存一些埋伏，留給下一本《文學種耔》發揮。

為什麼是十九問呢？因為寫到十九，手邊的、心中的問題都答覆了，篇幅也可以告一段落了。那時還偶然想到，古詩有十九首，十九這個數字跟文學的緣分很深。有人說，你這十九問，每一問都可以再衍生十九問。我對他一揖到地，對他說：夠了，咱們最要緊的是勸人家獨自坐下來寫寫寫，從人生取材，納入文學的形式，表現自己的思想情感。求其次，希望咱們的讀者對文學覺得親切，看得見門徑，成為高水準的欣賞者。學游泳總得下水，游泳指南，適可而止吧。

《文學種籽》

這一本，我正式標出「文學」二字，進入「寫作」的天地。那時候，寫作和作文是兩個觀念，我嘗試把作文的觀念注入文學寫作的觀念，前者為初試啼聲，後者為水到渠成。

在《文學種籽》裡面，我正式使用文學術語，提出意象、體裁、題材、人生等項目，以通俗語言展示它的內涵。我重新闡釋當年學來的寫作六要：觀察、想像、體驗、選擇、組合、表現，指出這是一切作家都要修習的基本功夫，我對這一部分極有信心。必須附註，這本書只是撒下種子，每一個項目都還要繼續生長莖葉，開花結果。

那時候，文藝界猶在爭辯文學創作可教不可教、能學不能學。我說「創作」是無中生有，沒有範文樣本，創作者獨闢蹊徑，「寫作」是有中生有，以範文樣本為教材，可以教也可以學。當然，學習者也不能止於範文樣本，他往往通過學習到達創作，教育的結果往往超出施教者的預期，這就是教育的奧祕。

我強調寫作是拳不離手，曲不離口。寫作是師父領進門，修行在個人。誇誇其談誤寫作，知而不行誤寫作，食而不化也誤寫作。一個學習者，如果他對《作文七巧》和《作文十九問》裡的那些建議，像學提琴那樣照著琴譜反覆拉過，像學畫那樣照著靜物一再畫過，應該可以順利進入《文學種籽》所設的軌道，至於能走多遠，能登多高，那要看天分，環境，機遇，主要的還是要看他的心志。

本來《作文七巧》，《作文十九問》，《文學種籽》，這三本書是一個小系列，當時的說法是「由教室到文壇」。但是後來出現一個議題，現代和古典如何貫通，於是這個小系列又有延伸。

《古文觀止化讀》

那些小弟弟小妹妹，先讀小學，後讀中學，小學的課本叫「國語」，全是白話，中學的課本叫「國文」，出現文言。他們從「桃花謝了，還有再開的時候」，突然碰上「學而時習之，不亦樂乎！」這條溝太寬，他們一步跨不過去，只有把文言當作另一種語言來學。白話文是白話文，文言文是文言文，雙軌教學，殊途不能同歸。

當然，由中學到大學，也有一些人打通了任督二脈，但是從未讀到他們的祕笈，好吧，那就由我來探索一番吧。恰巧有個讀書會要我講《古文觀止》，我當然要對他們講時代背景、作者生平，講生字、僻詞、典故、成語，以及文言經典的特殊句法，我也當眾朗讀先驅者把整篇古文譯成的白話。大家讀了白話的〈赤壁賦〉、〈蘭亭序〉，當場有人反映：這些文章號稱中國文學的精金美玉，怎會這樣索然無味？它對我們的白話文學有何幫助？是了，是了，於是我推出進一步的讀法。

我們讀文言文，目的不止一個，現在談的是寫作，我們對《古文觀止》的要求自有重點。現在我們讀〈赤壁賦〉，不從東坡先生已經寫成的〈赤壁賦〉進入，要從東坡先生未寫〈赤壁賦〉的時候參與，他遊江，我們也遊江，他作文，我們也作文，他用文言，我們用白話。文言有單音詞、複音詞，看他在一句之中相間使用，我們白話也有單音詞、複音詞啊！文言有長句，有短句，看他在一段之中交替互換，我們白話也有長句有短句啊！看他文章開頭單刀直入，切入正題，看他結尾急轉直下，戛然而止，中間一大片腹地供他加入明月，加入音樂，加入憂鬱，加入通達，奔騰馳騄，淋漓盡致，這也正是我們白話文學常有的布局啊！他是在寫文言文嗎，我幾乎以為他寫的是白話呢！我寫的是白話文嗎，我幾乎以為是文言呢！

我說，這叫「化讀」，大而化之，食而化之，化而合之，合而得之。出版後，得到一句肯定：古典文學和現代散文之間的橋樑。

《講理》

這本書完全是另外一個故事。只因為那時候升學考試愛出論說題，那些小弟弟小妹妹急急忙忙尋找論說文的做法，全家跟著患得患失。那些補習班推出考前猜題，預先擬定三個五個題目，寫成文章，要你背誦默寫，踏進考場以後碰運氣，有人還真的猜中了，考試也高中了。每年暑期，那些考試委員和補習班展開猜題遊戲，花邊新聞不少。

為什麼同學們見了論說題做不出文章來呢？也許因為家庭和學校都不喜歡

孩子們提出意見，只鼓勵他們接受大人的意見，也許論斷的能力要隨著年齡增長，而他們還小。我站出來告訴那些小弟弟小妹妹，你們的生活中有感動，所以可以寫抒情文，你們的生活中有經歷，所以可以寫記敘文，你們的生活也產生意見，一定可以寫論說文。

為此我寫了《講理》，為了寫這本書，我去做了一年中學教員，專教國文。教人寫作一向主張自然流露，有些故事說作家是在半自動狀態下手不停揮，我想那是指感性的文章。至於理性的文章，如論說文，並沒有那樣神祕，它像蓋房子一樣，可以事先設計，它像數學一樣，可以步步推演。你可以先有一個核，讓它變成水果。

這本書完全為了應付考試，出版後風行多年，直到升學考試的作文題不再獨尊論說。倒也沒有人因此輕看了這本書，因為我在書中埋伏了一個主題，希望培養社會的理性。現在重新排版，我又把很多章節改寫了，把一些範文更換了，使它的內容更靠近生活，除了進入考場，也能進入茶餘飯後。它仍然有自己的生命，因此和《七巧》、《十九問》等書並列。

這本書的體例，模仿葉紹鈞和夏丏尊兩位先生合著的《文心》，在我的幼年，他們深深影響了我，許多年後我以此書回報。感謝他們！也感謝一切教育過我的先進。

原序

古文是一種教養

傅月庵

教養難說。你問我，多讀書是否就有教養？不都說「腹有詩書氣自華」、「讀書可以變化氣質」嗎？我笑了笑，不敢說什麼。這事，也對也不對。有時候，還得看讀的是什麼？或者該這麼說吧——有些書，是必讀的，作為一個受過教育的人，乃至一個華人，都能翻翻讀讀。這，或者就跟教養有關了。

這些書，多半已成經典，譬如《史記》、譬如四大奇書；有些不好說它必是，但也幾乎就是了，譬如《唐詩三百首》，譬如《古文觀止》。前一類，那是「天」，是想像的空間，無限寬廣，漫無涯際，讀都讀不完；後一類如「地」，是立足的根本，雖也廣袤，終有盡頭。

那就說說《古文觀止》吧。

這書，是清初康熙時代，浙江紹興吳楚材、吳調侯叔姪所編選、註解的一本古文選集，收錄了從東周到明代的二二〇篇文章。這些文章，有策論有書信有序跋有遊記有歷史……，包羅多端，加上剪裁得當，書出之後，廣獲好評，很快成為重要的「童蒙」讀本，也就是兒童基本教材，但可能不是最重要的那一種。

大體而言，明清時代的兒童教育、多從「三百千」開始，也就是《三字經》、《百家姓》、《千字文》著手。識字到一定程度後，便教讀「四書五經」，不但讀，還要背，且需背得滾瓜爛熟。原因是科舉考試最主要的項目八股文，不出「四書」範圍，且格式、文體甚至書法都有嚴格限制，想「代聖人立言」，一舉成名天下知，非對此下功夫不可。要說「考試引導教學」，其實古今不分。

但因科舉考試最後一關，也就是決定名次的殿試，還要考一道「時務策問」，雖僅聊備一格，有志青年還是不能、不敢輕忽，或因如此，也才有了《古文觀止》的生存空間。學習古文這條道路，《古文觀止》僅是開端（另一本也常被當作啟蒙用的，叫《文章軌範》），若還想更進一步研究揣摩，則有類如《古文辭類纂》、《經史百家雜鈔》的進階書籍，當然，搜羅精讀各家，譬如唐宋八大家文集，那是博而後約，真正登堂入室了。

到了今天，科舉已廢，「制藝」早成歷史的灰燼。可古文依然不能不讀。

原因是中華文化精髓，百分之九十以上都是古文，也就是文言文寫成。儘管許多都已翻成白話文，但，翻譯如含飯哺人，畢竟隔了一層。想親炙古人思想精華，還是非古文不可。從這個角度來看，讀古文，一如昔時洋人要學拉丁文，今時洋人懂得一點法文，真可算是一種教養。

而這，或即王鼎鈞先生此書讓人獲益多多，神往悠悠之處。

鼎鈞先生文名早著，他是散文大家，小說自成一格。他的「作文四書」，讓好幾代臺灣年輕人掌握了作文的竅門。至其評論，說理周延，不慍不火，純然「舊學商量加邃密，新知培養轉深沉」，讀一篇即有一篇的受益。老先生與時俱進，始終汲汲追求現代新知，移居美國後，一九九〇年代末期，以垂老之齡衝浪網路，至今熱情不減，真正可說是「我們現代人」。

老先生以近九旬高齡，述而不作，此書實具「傳承」意味，或即有意將此生閱讀訣竅公諸於世，任有緣人展卷取讀。換言之，他想教年輕人「釣魚的方法」，而不是「釣魚」給年輕人吃。這當是他為何在二二〇篇的《古文觀止》，僅取一瓢飲，用二十四篇文章為範例的原因（其他的，照著釣就成了）。

化，大而化之，食而化之，轉而化之。但觀大略，常有會意。悠然神往，欣然忘食。得其益，承其統，盡其妙。

此書開宗明義即點明「化讀」要旨。至其解讀，則鎔「註」與「解」於一文，有字解有文論有筆法有典故有心得有評論，全面開放探索文章，而不拘泥於一字一句之正解，屑屑於餖飣考據，要說「閱讀」，這是真正陶淵明「五柳先生」不求甚解之一脈，瀟灑多姿，過化存神，而非宋明理學格物致知，「看了又看，逐段、逐句、逐字理會」，一不小心便要「死於句下」那一路；要說通情達理，切合現代人所需要，此書真正是打開古文世界的一把好鑰匙。

教科書收得少了，平時也束之不讀了。但，翻翻此書，讀讀古文吧，拿到了老先生的鑰匙，學會他的釣法，門一推，霎時你將發現自己獨坐藍海之上，海闊天空任翱翔，到了那時候，「什麼是教養？」恐都不是問題了。

傅月庵，本名林皎宏，臺灣台北人，資深編輯人，作家，著有《生涯一蠹魚》、《我書》等簡繁體作品多種。

前言

《古文觀止》並非人人必讀，

讀《古文觀止》者必須化讀，

化，大而化之，食而化之，轉而化之。

但觀大略，常有會意。

悠然神往，欣然忘食。

得其益，承其統，盡其妙。

如何化讀？一言難盡。

願有緣人以清淨心一展此卷。

春夜宴桃李園序

李白

春夜在桃李園裡舉行宴會，大家飲酒作詩。序，放在詩的前面，說明背景和緣由。

這篇文章的題目，也作〈春夜宴諸從弟桃李園序〉，從弟，堂兄弟，同一祖父。據說李白兄弟中無詩人，唐朝皇帝李氏與李白同一遠祖，李白在社交中常常同唐宗室子弟聯宗，以從兄弟、叔姪或祖孫相稱。自己居於較低的輩分。這是他「融入主流」的手段，早期的李太白也曾有一番抱負，很懂世故人情，知道怎樣在權貴之間求發展。後來才痛飲狂歌空度日，飛揚跋扈為誰雄，鐘鼓饌玉不足貴，但願長醉不願醒。

春，一年最好的季節，桃李園，春天最好的地方，宴會，生活中最好的節目。松竹梅歲寒三友，桃李杏春風一家，桃李，春天植物的代表。

我介紹過寫作六要，其一是選擇：春天動物你選擇什麼？燕子？蝴蝶？春天的人物你選擇誰？三十年代，你可能選農夫，今天，你可能選擇放風箏的女孩。春天的交通工具，你選擇那一項？唯美主義者可能選花轎，浪漫主義者可能選飛機。

春夜宴桃李園，詩人選擇了作詩最好的題材，發抒情感、呈露才華最好的機會。單看題目花團錦簇，一年好景君須記。

盛唐人的生活令後人羡慕，物質上心靈上都達到一定的高度。當然，這種生活一度受到革命家撻伐。我們讀古文，把它當文學的營養品消化運用，從藝術著眼，其他姑置不論。

李白，唐代大詩人，散文傳世者三十六篇，《古文觀止》收兩篇，比例很高，除了這篇序，還有〈與韓荊州書〉。李詩杜詩優劣難定，在散文方面，李白超過杜甫很多，最難得應酬文字也能流傳不朽。

夫（發語辭）**天地者、萬物之逆旅**（旅館）**；光陰者、百代之過客。**

夫，發語辭，表示要開始說話，多半是要發議論。者，虛字，表示語氣的變化。夫，者，之，沒有這三個字仍然可以表達原來的意義，只是影響了語氣節奏。現代的白話文學在這方面仍然注意講究。

天地，天下地上，世界，世界是一座大旅館。逆，反方向，旅館派人出來迎客，和客人行進的方向相反，反方向始能相遇。天地是一個迎接萬物臨時存留的地方。一個巴掌拍不響，兩個巴掌向同一方向拍也拍不響。有人說，如果一連幾天沒有人打電話給你，那就表示到了你打電話出去的時候了。

旅館只能暫住，閣中帝子今何在，黃鶴一去不復返，他們都是來住旅館。

光陰，時間。「立天之道，曰陰與陽。」人對天象最初的印象可能是明暗，稱時間為光陰，光，明也，陰，暗也。晝夜輪替，如一波一波行人，擬人化的說法。

另一說法：光陰指壽命，百年一代，或三十年一代，代代在天地大飯店住過。

棄我去者昨日之日不可留，時間的小鳥為什麼一去不回呢，它是過客，不是歸人。

物質有體積，著重空間感，所以說「逆旅」，生命有長短，著重時間感，所以說「過客」。這是達觀，不是悲觀，他沒說天地是殯儀館，等著收屍，時間是流沙，埋葬一切。

李白這篇小序，有許多句子兩兩並列，互相對稱，意義則向前延伸，叫作「對仗」。像開頭兩句，天地對光陰，萬物對百代，逆旅對過客，寫出生死、興亡、成毀等等歷史發展，就是對仗。

為什麼叫對仗呢，古代的儀式往往由兩人一組來舉行，大場面儀仗隊左右兩列排開。有一種文學形式，文句分兩聯，上聯與下聯字數相等、句法相似、平仄相對，此外，詞語應兩兩對應。比方說以名詞對名詞、動詞對動詞、數目字對數目字，形容詞對形容詞，所以稱為對仗。這是方塊字的特性，中國文學的特色。

唐以前，魏晉六朝盛行駢體文，把方塊字的特性、中國文學的特色發展到極致。駢體也叫駢儷，駢：兩馬並駕，兩馬並行，兩物並列，兩句對偶；儷：兩人成雙，夫妻成對，兩句相對。「本格」的駢體文幾乎從頭到尾全用對仗構成，李白這篇小序，還有王羲之的〈蘭亭集序〉，歐陽修的〈秋聲賦〉，蘇軾的〈前赤壁賦〉，散句和偶句交錯，有學問的人說，這是古文受了駢體文影響的產品。

　　李白風格，奔放自然，不喜拘束，律詩很少。駢體文與律詩都是「戴著腳鐐跳舞」，李白此時在嚴格拘束中表現瀟灑自由，形式完全沒有妨礙他。藝術就是接受限制，戰勝限制，他辦到了，人生也是接受限制，戰勝限制，他沒成功。

而浮生（人生）**若夢，為歡幾何**（多少）**？古人秉**（拿著）**燭夜遊，良**（的確）**有以**（理由，原因）**也。**

　　而，轉折。浮生，生命飄浮，無根，無定，無自主能力，無遠見。昔人悲歎身世，「一世楊花二世萍」。

　　幾何，多久？歡樂少兮哀愁多，盛會不長，盛宴難再。花無長好，月無長圓。多少？一生開口笑幾次，夜眠不過七尺，酣飲不過滿腹，能看多遠，能聽幾場。

　　這樣的人生，產生各種生活態度。例如「少小不努力，老大徒傷悲」，例如「人生行樂耳，富貴須何時」。李白透露的訊息偏向後者。古詩：「晝短苦夜長，何不秉燭遊。」古時聖賢書少，容易讀完，今人書多，喜歡看、看了覺得生命充實恆久的書也少，如真想讀書，你會發現可讀的書並沒有你想像的那麼多，資訊爆炸炸不死，出版氾濫淹不死。「晝短苦夜長」，古人感歎文化修養不足以抵抗生命的空虛苦悶，李白發出共鳴。

李白這篇短序，處處圍繞「春夜宴諸從弟桃李園」這個題目下筆，謂之「扣題」，今人的白話文學，也講究「扣題」，可以參考。秉燭夜遊，扣緊「夜宴」。古詩是說內求不足，加上外求，古典不如及時，李白借用。後來的詩人說，「青蓮教我秉燭遊，未知教我遊何處。」再度借用，變化延長。古人沒有今天的夜生活，今人有，如何選擇呢，看電影，散場以後呢，打彈子，打烊以後呢，進賭場，賭輸了以後呢，吃宵夜，吃飽了以後呢，何處可以抵擋生命的空虛！這種從古典發展出來的變化延長，也是白話文學的一門功課。

況(再轉)陽(暖)春召我以煙景(美景)，大塊(大地)假(借)我以文章。會桃李之芳園，序(敘)天倫之樂事。

況，再轉。

古人認為春天陽氣上升，三陽開泰。春天的風景似在煙霧之中，美得不真實，美得不確定，古人用「地氣」來解釋。在這裡，李白扣緊題目裡的「春」字。

大塊，地球，最大的一塊土，到處都有文學題材，尤其是春天的桃李園。也有人說大塊是大自然，自然美景本身就是文章，張潮說：「文章是案頭之山水，山水乃地上之文章。」

文，虎皮花紋。章，條理，篇幅。桃李花木都是有條理的一片花紋。詩詞歌賦都是文字編織的一片花紋。古人「文章」，可以包括詩，「李杜文章在，光芒萬丈長。」指李白杜甫的詩。在桃李園飲酒作詩，大自然寵詩人，慫恿詩人，把文章送上門來，扣緊題目裡的那個「序」字。

天倫，五倫的秩序和感情出乎人的天性，兄弟聚會乃人生樂事。扣緊題目中的「從弟」。

群季俊秀，皆為惠連謝惠連；吾人詠歌，獨慚康樂謝靈運。

文章開頭，鋪展天地光陰的大遠景。然後換中景，具體呈現春天的花園。接下來以花園為背景，介紹現場人物，彷彿近景及特寫，層次井然。

古人以伯仲叔季排行，「季」最後最小。據說李白此時三十三歲，參與宴會者都比他年輕，看來他還沒有能力召集更資深更有聲望的人。

謝靈運，南朝劉宋時代的大詩人，後來襲封康樂侯，李白在這篇文章裡稱他「康樂」。謝靈運的族弟謝惠連也是有名的詩人，和謝靈運並稱大謝小謝。李白說在座這些年輕的老弟都是謝惠連，我這個老大哥不是謝靈運。標準做主人的臺詞。這一段扣緊題目中的從弟。

幽（雅，靜）**賞未已**（未盡）**，高**（水準高，聲高）**談轉清**（清談，無世俗惡濁）**。開瓊**（精美）**筵以**（連接詞）**坐花，飛羽觴**（酒盃）**而醉月。**

宴會開始，場景由靜而動。賓客陸續入場，先是散布各處，靜靜的賞花，入座以後，高談闊論。等到開席上菜，鏡頭盡是舉杯暢飲了。

由遊園到坐定，由幽賞轉為高談，由高談轉為清談，分階段記下宴會的實況。

轉清，愈談愈教人遠離俗慮，進入心曠神怡之境。世俗宴會多半愈談愈向下走，口舌是非，隱私穢聞。尤其鬧酒，只能用不堪來形容。李白抬高宴會水準。

高談，飛觴，扣題目中的「宴」字。坐花，坐在花間，扣題目中的桃李。醉月，扣題目中的「夜」字。

觴，酒器，有雙耳如羽翼。飛觴，傳盞如飛。章回小說用「酒到盃乾」來形容，很傳神。

坐花，醉月，可解釋為醉於月下，坐於花間。也可解作為月而醉，因花而坐。也可解釋為與月同醉，與花同坐。這是文字的密度與彈性，白話文中少見，但新詩中常有。

字數雖少，讀來感覺確有宴會存在。

不有佳作，何伸雅懷？如詩不成，罰依金谷酒數。

佳作，各位的詩一向都是好詩。主人的臺詞。

又，美景瓊筵，幽賞清談，這個環境產生好詩。又到了你們寫出好詩來的時候。

雅懷，詩言志，志者心之所之也，寫思想感情。各位的思想感情超出一般凡俗的人，若不寫詩表現出來，外人後人怎麼知道？

好，現在開始，一炷香的時間。如果寫不出來呢……

金谷，地名，位於河南省洛陽縣西。晉代石崇建金谷園於此。他是富豪，經常在園中舉行超級大宴，對不寫詩的人罰酒三斗，也就是三杯。世俗遊戲規則，贏的人得到，輸的人失去，只有在喝酒的時候相反，有人說人的交情「喝酒愈喝愈厚，賭博愈賭愈薄」。

石崇，晉武帝、惠帝時人，有戰功，做大官，他一面貪污，一面成立特種部隊出外搶劫商旅，累積了巨大財富。有學問的人說，晉代商業發達，所以能產生這樣的富豪，而且不止一人。

石崇留下一些「鬥富」的故事，人家做飯燒桂木，他做飯燒蠟燭，人家在門外大路上四十里以內用絲編成屏幃，他家門外五十里以內以綢緞為屏，人家拿兩尺多高的珊瑚給他看（那珊瑚還是皇上賞賜的呢），他拿起鐵如意打碎了，拿出四尺高的珊瑚賠償。行為這樣狂妄，怎麼能壽終正寢，終於被權臣孫秀害死。鄭板橋說他並不是打碎了珊瑚而是打碎了他自己。

石崇在中國文學作品裡留下典故，除了金谷園，他還有一個侍妾叫綠珠，出了名的美女。權臣孫秀向石崇要人（那時候，婢妾都是可以當禮物送人的），石崇斷然拒絕。後來孫秀羅織罪名，派兵捉拿石崇，石崇正在樓上宴客，官兵包圍了那座樓。石崇對綠珠說，我是為了你，才有今天的結局。綠珠說，我用死來報答。說完，她立刻從樓上跳下去，自殺了。後來的文人都很同情綠珠，連帶覺得石崇這個人也還不賴。綠珠入詩，詩人詠落花，「明妃曲唱離鄉日，金谷魂銷墜地時。」還有「落花猶似墜樓人」，都使用了綠珠的形象。

晉人的思想潮流是享受人生，李白猶可，石崇就走火入魔了。

〈春夜宴桃李園序〉造句駢散交錯和內容重點如下：

夫（發語辭）

天地者萬物之逆旅；

光陰者百代之過客。（偶句）

而（轉）

浮生若夢，

為歡幾何？（偶句）

古人秉燭夜遊，良有以也。（散句）

（以上五句說明「為何」，引入主體。）

況（轉）

陽春召我以煙景，

大塊假我以文章。（偶句）

會桃李之芳園，

序天倫之樂事。（偶句）

群季俊秀，皆為惠連；

吾人詠歌，獨慚康樂。（偶句）

幽賞未已，

高談轉清。（偶句）

開瓊筵以坐花，

飛羽觴而醉月。（偶句）

不有佳作，

何伸雅懷？（偶句）

如詩不成，罰依金谷酒數。（散句）

（以上十三句說明「如何」，是此序的主體，占最多字數。）

序中每一句都圍繞著題目發展，緊密圓潤，如一顆晶瑩的明珠，而筆勢一轉再轉三轉，宛如珠走玉盤。文章以「主題」為中心，主題不恆等於題目，李白此序的主題和題目恰好一致，省卻許多解釋。「做」文章就是發揮主題、促成主題，對主題既有離心力，也有向心力。沒有離心力，文章如濕手抓麵；沒有向心力，文章就成了無韁的野馬。李白此序，維持了離心力和向心力的均衡，由圓心延伸半徑，圍繞圓心畫成圓周，在這方面是難得的範本。

古人讀古文是要學習它的語言，我們不是。古人讀聖賢書，為了遵循書中的思想，我們也不是。今人、尤其是愛好寫作的人讀古文，最大的企圖是吸收他們的技法，追慕他們的風格，鍛鍊自己的作品。所以讀古文要能「化」，否則讀了許多古文以後，白話文反而更不通順。

蘭亭集序

王羲之

蘭亭，地名。王羲之和一夥名人文士在這裡集會作詩，把這些詩編在一起，由王羲之寫序，跟李白寫〈春夜宴桃李園序〉情形相似，他們的兩篇序文可以對照閱讀。

王羲之，晉人，大書法家，後人尊為書聖。他的家族本來住在瑯琊（今山東臨沂），瑯琊王氏是大族。晉朝衰敗，北方少數民族興起，晉朝的皇帝一再被俘，有的被殺。北方無主，瑯琊王司馬睿在建康（今南京）即位，北方的精英大規模過江遷徙，稱為「衣冠南渡」。

長江下游之南，我們說江南，史書稱江左，據說是遷就人主的立場，他南面而立，東方在他左邊，跟我們看地圖的位置相反。張大千畫〈長江萬里圖〉，就把上游發源畫在畫卷的右邊，下游入海畫在左邊。也稱江東，項羽八千子弟起江東，長江自西而東，到了安徽，河流的方向偏北，有一片土地在長江之東，所以晉室南渡也叫東渡，史稱東晉，稱東渡以前的晉朝叫西晉。

琅琊王氏家世輝煌，王羲之曾祖、祖父、父親、他自己都做大官，東晉時與謝安一族並稱王謝，後來王謝成為豪門望族的代稱。

王羲之留下很多典故。當時東晉有一大臣，名叫郗鑒，他想在王府子弟中選婿，派人前往觀察。王府子弟都規規矩矩對待郗鑒派來的這位使者，惟獨王羲之躺在東床上，而且露出肚子。使者回去報告所見，郗鑒選中了王羲之。因此女婿稱為「東床」，後世用「東床坦腹」形容名士作風，或是用「東床快婿」稱讚女兒嫁給好人家。

王羲之愛鵝成癡，傳說他喜歡觀察鵝游水時鵝掌的動作，提高自己的書法用腕技巧。也有人認為他是觀察鵝游泳的姿態和波紋，體悟行書的線條之美。山陰有一道士，希望王羲之能為他抄寫一部《黃庭經》，他精心飼養白鵝，贈予羲之，再提出寫經的請求，王羲之答應了。後來這部《黃庭經》稱作《換鵝帖》。

《晉書・王羲之傳》說，王羲之愛鵝，他聽說會稽有個獨居的老太太養了一隻鵝作伴，這隻鵝的叫聲很好聽，王羲之派人去想買過來，老太太不賣。有一天，羲之親自去拜訪這位老太太，看她家的鵝，老太太聽說貴賓臨門，心情緊張，慚愧自己沒有能力好好的款待，就把這隻心愛的寵物殺了，王羲之駕到，老太太端上一盤鵝肉。

永和（東晉穆帝年號）**九年，歲在癸丑**（天干地支組合紀年）**。暮春之初**（三月三日）**，會**（ㄏㄨㄟˋ）**於會**（ㄎㄨㄞˋ）**稽**（郡）**山陰**（縣）**之蘭亭，修**（舉行）**禊**（ㄒㄧˋ）**事**（水邊洗濯驅逐不祥）**也。**

癸丑：癸，十天干之一，丑，十二地支之一，干支組合紀年，每六十年一個周期，稱為一甲子。

「修禊」是古老的風俗，大家到水邊洗濯「去除不祥」，本是提倡郊遊健身，為了使之成為公共活動，加入了神話的成分，便於發動大眾。端午提倡衛生，重陽提倡健行，也都加入了神話。到了文人名士手中，詩酒當然是必有的項目。

「禊」有春禊秋禊之分，春禊在三月上旬巳日舉行，古人也用天干地支紀月紀日，「巳」是十二地支之一，三月上旬必有一個巳日，但每年未必在同一天，就像美國的母親節定在每年五月的第二個星期日一樣。到王羲之蘭亭修禊的時候，春禊已固定在三月三日，所以他說「暮春之初」。

東晉穆帝永和九年三月三日，王羲之與孫綽（詩人、書法家）、謝安（軍事家、政治家）、王蘊、支遁（高僧）等名士，還有他的兒子王凝之、王徽之，共四十一人，一同到會稽山陰（今浙江紹興）蘭亭水邊消災求福，飲酒賦詩，本文即是為宴集賦詩所作的序。

暮，日在草中，表示太陽在西方地平線上，一天最後的時光，引申，一年將盡、一生將盡都可稱暮。暮春，春天最後一個月，一月孟春，二月仲春，三月季春，亦稱暮春，九月亦稱暮秋。未見暮夏暮冬，有夏暮冬暮。

這篇文章以記敘開始，記事五要素：何人、何事、何時、何地、何故，都交代清楚，簡明生動。現代新聞記者所受的基本訓練，要在新聞開頭具備這五個要素，稱為5W，想不到王羲之已老早做了示範。

若單純為了敘事，永和九年一句就夠了，再加一句歲在癸丑，這是駢體句式，後面還有許多相似的句子並列對稱，這樣寫可以造成開闊的氣象（想想京戲，一個青衣後面跟著一個丫鬟，或一個太守兩邊四個龍套，氣勢不同）。本文篇幅雖小，格局卻很大，跟這種形式有很大的關係。

群賢畢（全）**至，少長**（ㄓㄤˇ）**咸**（皆）**集。此地有崇山峻嶺，茂林修**（長）**竹**（高）**；又有清流激湍**（水流很急）**，映帶左右。引以為流觴曲水，列坐其次；雖無絲竹管絃**（樂隊演奏）**之盛，一觴**（酒杯，喝酒，勸酒）**一詠**（吟詩）**，亦足以暢敘幽**（內心）**情。**

修禊的現場風景很好，成語「山陰道上應接不暇」，本是形容山陰的風景太美太多，教人來不及看。後來引申使用，指要應付的人、要對付的事太多，忙不過來。

在這裡，「修」的意思是「長」，與短相反，據說「修」字的構成從「攸」，攸是流水悠長的意思。修竹，竹林很高。

曲水，挖掘水溝，引導流水彎曲環繞。流觴，各人分坐於曲水之旁，把一杯酒又一杯酒放在水上，酒杯順流而下，流到誰面前誰就拿起來喝。他們一邊喝酒一邊作詩。

「觴」：酒杯叫觴，杯中有酒（一杯酒）也叫觴，勸人飲酒也叫觴。一觴一詠是個很熱鬧的場面，喝酒，勸酒，一句一句的作詩，一句一句念出來聽，一面念一面修改，念自己剛寫成的詩也念別人剛寫成的詩。不需要音樂助興。

絲竹管絃：絲，絃樂器，竹，管樂器。管，管樂器，絃，絃樂器。音樂演奏以管絃樂器為主，絲竹或管絃都可以代表音樂。絲竹管絃重疊，表示大樂隊演奏，故曰「之盛」。

杯中有酒，如何能在水中漂浮？牽涉酒杯的造型和質料，古代的酒器可能用獸角，觴，觥，都從角。後來用銅，形狀如斗，歷史上有用「斗」打死人的記錄。後來用瓷，這些酒杯都很難浮起來。

有人說，曲水流觴用的酒杯是漆器，杯形扁平，兩邊有翅，增加浮力。有人說酒杯放在荷葉上，不知「暮春之初」荷葉有多大？晉以後有人用木杯，什麼木料不影響酒的色香味？我們不知道的事情太多。

幽情：幽雅，非一般人可懂，幽深，不能隨便說出來。情，真實；幽情，內心深處的真實。酒後用詩說出來，暢快。

修禊之樂，得地利人和。

是日也，天朗氣清，惠（和暖）風和暢；仰（抬頭）觀宇宙之大，俯（低頭）察品類（種類等次）之盛；所以游（任意移動）目騁（暢快敞開）懷，足以極（高度）（充分）視聽之娛，信（確實、誠然）可樂也。

四方上下曰宇，古往今來曰宙。有莊嚴神祕感，故曰仰。動植礦物都在地上，人為萬物之靈，出乎其類，故曰俯。

修禊的快樂，得天時。

以上敘事，以下發抒感想，前為引子，後為主體。所記之事修禊不重要，由修禊而生的思考才是文章的主體。

夫（發語詞）人之相與（相互交往），俯（低頭）仰（抬頭）一世，或取諸（之於）懷抱（心中見解），晤（見面）言（交談）一室之內；或因（藉著）寄（放上去）所託（事物），放浪（不受拘束）形骸（身體、形跡）之外。

俯仰，有時低頭看人，有時仰臉看人，有時低姿態做事，有時高姿態做事。人之浮沉窮通，不過俯仰兩種姿勢變化而已。人的行為複雜，在這裡取「俯仰」為特徵以概括之，這種寫法白話文作家也在使用。

俯仰也可以表示時間很快，轉眼之間，不旋踵間，一輩子過去了。

「取諸懷抱」，有人在氣味相投的人中間求了解共鳴，「因寄所託」，藉著外在的事物承載內心的激情，抒散精神上的壓力。王羲之為經營偶句如此構詞。

名士向外尋寄託，不在乎親朋感受，不求別人理解。做人有社會認可的行為模式，這些模式規範人的言語表情肢體動作，即使自己不願意，也得裝模作樣，所以稱為「形骸」。有人索性超越了模式，廢棄了模式，任性表達他的內在，故曰「形骸之外」。

放浪形骸，王維描寫一位崔居士：「科頭箕踞長松下，白眼看他世上人。」劉伶酒壺不離手，命家中僮子扛著挖土的工具跟在身旁，「死便埋我」。

雖趣（取）舍（捨）萬殊，靜躁（動）不同；當其欣於所遇，暫得於己，快然自足，不知老之將至。

取見解愛好相同者，捨相異者。晤言一室之內，靜態，放浪形骸之外，動態，各人目標不同，奔赴目標時行動也不同。得之則喜，人人相同。

王羲之指出，人的個別現象非常分歧，不可勝記。經過歸納，人的共同現象可以一語道破。自此以下，他盡量就「共同性」做文章。

及（到了）**其所之**（往）**既倦，情隨事遷，感慨係**（繫，緊接著）**之矣。**

叔本華：人生有兩大痛苦，一個是得不到，一個是得到了。快樂不能持久，人的注意力不能長期貫注於一點上，大腦善變，滿足生厭倦，厭倦生痛苦。好花何妨朝朝豔，明月長教夜夜圓，即使能成為事實，世界也會變得很乏味。人人希望長壽，如果他活到兩百歲，朋友都死了，兒孫都死了，他豈能快樂？如果人人都活兩百歲，全世界都是龍鍾老人，景象是不是很恐怖？

一切事物都在變化，千里搭長棚，天下沒有不散的筵席，縱千萬遍陽關，也難留。如果月圓使你快樂，月缺怎麼辦；如果花開使你快樂，花謝怎麼辦；如果朋友使你快樂，朋友辜負你怎麼辦；革命家有思想上的快樂，革命成功政權腐化怎麼辦。只有感慨（付之一歎），感慨發生，快樂退位。

向（以往）**之所欣，俛**（俯）**仰之間**（時間短暫）**，已為陳**（舊）**跡，猶不能不**

以（因）**之興**（發生）**懷**（感慨）**；況修**（長壽）**短**（短命）**隨化**（自然變化）**，終期**（可以預料）**於盡**（完，竭）**。古人云：「死生亦大矣。」豈不痛哉！**

曲終人散，尚且感觸很深，何況生命異滅，不管壽數長短，結局一樣。

晉大司馬桓溫和王羲之是同一時代的人。桓溫北征，經過金城，看見他以前在這裡種的柳樹，樹幹都有十圍了（圍，兩臂合抱的長度）。老柳的樹幹都有傷痕、疤痕，風雨冰雪中掙扎成長的姿勢，或者還有樹洞，柳樹的壽命比較短，現在看樣子也老病俱全了。桓溫說，草木無情，尚且經不起這麼多折磨，何況有血有肉的人！攀枝執條，泫然流淚。

無人能越過死亡一關，縱有千年鐵門檻，終是一堆土饅頭。一切都是五十步與百步。沒有最後的笑。只有最後的淚。

以上是王羲之因修禊而思考生命的意義。

每覽（看）**昔人興感**（觸景生情，因情生文）**之由**（起因和發展）**，若合一契**（投合，約定）**；未嘗不臨**（對著）**文嗟**（歎）**悼**（傷感）**，不能喻**（談清楚說明白）**之於懷**（心中）**。**

讀前人的詩，詩中的感情總是「沒有快樂，尋求快樂，享有快樂，失去快樂」。每個人的詩相同。

契，古人在木板上寫字立約，在木板一邊刻出凸凹，兩塊木板可以相合，兩人各執一半。履行合約時，兩塊木板合併，查驗真偽。若合一契，他們好像根據一張合約辦事，或者說照著一個曲譜演奏。

事先追求快樂，辛苦，事後回憶快樂，感傷。古今詩人都陷入此一網羅。

固（本來）**知一**（沒分別）**死生為虛**（不實）**誕**（不正經）**，齊**（長短相同）**彭**（長壽）**殤**（短命）**為妄**（胡亂）**作**（說法）**。後之視今，亦猶**（正如）**今之視昔，悲夫！**

一死生：莊子認為生死都是「氣」的流轉變化（正如冰和蒸氣都是水分的流轉變化），他看「死生存亡為一體」，「生也死之徒，死也生之始」（如果把氣改成靈魂，那就是宗教了）。王羲之認為這種說法不嚴肅，不負責任（後來道家出現一種生活態度，遊戲人間）。

齊彭殤：彭祖，堯時人，受封於大彭，今江蘇徐州，徐州稱彭城。彭祖自堯帝起，歷夏朝、商朝，活到周朝，八百歲。娶妻四十九，生子五十四。

未成年夭折曰殤，二十歲成年。

八百歲和二十歲，壽命長短差別很大。但是長短從比較產生，人類的歷史六百萬年，地球的壽命四十六億年。管你夭也好，壽也好，跟六百萬年相比，跟四十六億年相比，二十和八百之間的那點差距簡直等於沒有。王羲之認為這話是亂說。

王羲之說，我們今天看從前的人，有這種感傷，將來的人看今天的我們，也會有這種感傷。「後之視今，猶今之視昔」，名句，今天仍然不斷有人引用。杜牧在〈阿房宮賦〉結尾的三句話：「秦人不暇自哀而後人哀之，後人哀之而不鑑之，亦使後人而復哀後人也。」和王羲之的這兩句似乎有因果關係，這種現象古人叫「脫胎」，我們今天讀古文，要能從古文中脫胎。

王羲之認為人生是個悲劇。悲劇中的人物自己知道結局，仍要一步一步走下去，不能脫身，觀眾知道劇中人的結局，只能眼睜睜看下去，幫不上忙。《紅樓夢》一開始就把許多人的命運唱出來，畫出來，所以《紅樓夢》是大悲劇。

王羲之能夠享受人生，看得很開，但事後總是很失落，很無奈，因沒有最後救贖，飲酒享樂作詩只是階段性的救贖。

以下恢復記事，並做結束。嚴格的說，此文的文體並不統一，頭尾敘事，中間抒情議論，一般作家這樣寫，文章可能斷成兩截。此序敘議融洽無間，渾然一體，了不起。

故列（一個一個）**敘時**（當時在場）**人，錄其所述**（作品）**，雖世**（時代）**殊事**（個人遭遇）**異，所以興懷**（刺激反應）**，其致**（發生和發抒）**一也。後之覽**（讀）**者，亦將有感於斯**（這些）**文。**

最後說明宗旨，大處落墨，超出修禊。今天把這些人的詩編集起來，給後人看。雖然後人的環境遭遇和今人不同，但文學表現人性，古今中外人性相同，作品的內涵自有相通之處。文學藝術不受國界、種族、時代限制，前代吟詠，後世共鳴。

王羲之道出文學作品的普遍性。除了普遍性，文學作品還有特殊性，一代有一代之文學，一人有一人之文學，宋詞不能代替唐詩，李白不能代替杜甫，杜甫的〈三別〉不能代替〈秋興〉八首，〈秋興〉中的「香稻啄餘鸚鵡粒」不能代替「巫山巫峽氣蕭森」，這是特殊性。文學作品誠於中，形於外，修辭立其誠，言為心聲，人同此心。今人可以與遠古作家同其悲歡，今人的作品可以留待後世知音，這是作品的普遍性。只有特殊性，流傳不遠，只有普遍性，流傳不久。

全文時駢時散。首尾文氣舒緩，用散文句法，中間張力飽滿，氣象開闊，用了許多駢文句法。

東晉維持了五十二年，偏安，國運岌岌可危，〈蘭亭集序〉所思為人類共同的命運，至於眼前個人禍福，未來國家安危，都沖淡了。他也沒有找到出路。人總是要死的，如果老不死，你也會討厭他。政權總是要改朝換代的，如果永遠是他，有一天你也想革命。這種想法似乎不能建造健全的人格。當然，文學家是否有責任去「建造健全的人格」？這是有爭論的。

王羲之酒後以行書寫〈蘭亭集序〉，號稱「天下第一行書」。書法增加這篇文章的知名度，許多著名的碑帖只是字好，〈蘭亭帖〉的文學水準和書法的藝術水準珠聯璧合，文以帖傳，帖以文傳。歷代藝術評論家加上權威解說，給這部帖罩上一層神祕色彩，有人說，〈蘭亭帖〉和西方名畫〈蒙娜麗莎〉一樣，都被神化了。

唐太宗特別喜愛王羲之的書法，又給〈蘭亭帖〉增添了傳奇故事。

王家世傳至七代孫，出家為僧，法號智永。智永把〈蘭亭帖〉傳給弟子辯才，唐太宗派御史蕭翼賺取，這個故事叫「賺蘭亭」，寫成了小說也拍成電影。小說，蕭翼偷〈蘭亭〉，偷到手，回京見皇帝，皇帝下了一道聖旨獎賞辯才，蕭翼再以欽差大臣的身分回到廟裡傳旨。小說講故事，不厭迂迴曲折。在電影裡，蕭翼到廟中結交辯才，口袋裡是藏著聖旨的，他引誘辯才炫耀〈蘭亭帖〉，見帖立刻宣讀聖旨，收帖動身。戲劇需要三集中（時間集中，地點集中，人物集中），劇情需要步步升高，急轉直下。從這等地方體會小說和電影之不同，說故事和表演之不同，細膩和精采之不同，對寫作有幫助。

太宗得帖，命朝中多位大書法家（褚遂良、歐陽詢等）臨摹，命馮承素雙鉤複製，此帖得以廣泛流傳。太宗臨終遺命以此帖殉葬，現在傳世的是馮承素的複製品。

修禊因王羲之一文一帖而提高而普及，現在蘭亭修禊之地是山陰觀光景點，政府重建現場，修禊是旅遊的一個項目。至於用什麼樣的酒盃，他們應該早已解決了。

赤壁賦

蘇軾

赤壁，地名，因三國時赤壁之戰而著名，今湖北省有赤壁市（一說在今湖北嘉魚東北）。漢末，曹操率大軍南下荊州，孫權與劉備組成聯軍，在長江赤壁一帶以火攻大破曹軍，江岸的山崖燒成紅色，三分鼎立之勢形成。

蘇軾所遊的赤壁在黃州，今武漢市東南七十公里有黃岡市、黃州區，江岸也有紅色岩石，地方人稱之為赤鼻磯。有人說坡公弄錯了地方，但文章並不因此減色，〈赤壁賦〉是「美文」，以引起美感為目的，並非求證事實。也有人認為東坡並未弄錯，他在詠赤壁的詞中明明說「人道是三國周郎赤壁」，他藉懷古發抒懷抱。後人稱周瑜作戰的赤壁為周郎赤壁，也叫武赤壁，稱蘇軾作賦的赤壁為東坡赤壁，也叫文赤壁。戰爭和文學常使默默無聞的小地方變得赫赫有名，所以有人說「天生赤壁，不過周郎一顧，蘇子兩遊」！

賦，文章體裁，由古詩結合楚辭產生的新文體，介乎散文韻文之間，詞藻華麗，長於鋪敘。韓柳提倡古文運動，反對賦的浮華雕琢，但「賦」體的長處也影響了古文家，他們有人吸收駢儷句法，寫成散文式的賦，增加了古文的表現力，〈前赤壁賦〉可稱顯例。

蘇軾，宋代大文學家，大書畫家。古人坐車，車前有一條橫木，叫「軾」，坐車的人如要站起來看得遠一點，可以站在這條橫木上，如果看見長者迎面而來，要倚著這條橫木行注目禮。蘇軾字子瞻，瞻仰，瞻望，向前看向上看，有謙虛之意，古人的「名」和「字」常有這種對應關係。

蘇軾謫居黃州時，親近佛門經典，他住在一個叫「東坡」的地方，自號東坡居士。

蘇軾的父親蘇洵，號老泉，《三字經》說：「蘇老泉，二十七，始發憤，讀書籍。」因此他的名字幾乎家喻戶曉。弟弟蘇轍，字子由，父子三人都是古文名家，並稱三蘇，一同進入唐宋八大家。

蘇軾是四川眉山人。眉山，位於成都平原西南部，現在眉山市內有「東坡區」，並按時舉辦東坡文化節。西晉文學家李密也是眉山人，《古文觀止》選了他的〈陳情表〉，眉山市內有李密路。

蘇軾在宋仁宗時中進士，神宗時因反對王安石變法而外放杭州通判，做首長的副手。蘇軾受到的致命打擊是「烏臺詩案」，烏臺就是御史臺，御史的衙門裡有許多樹，樹上有許多烏鴉。不料這個烏臺竟是「天下烏鴉一般黑」？一些御史從蘇軾的詩文中摘出一句兩句話來，加以曲解，指控蘇軾攻擊朝廷，怨謗君父。下獄一百零三天，幾乎判死刑，終於從輕發落，貶黃州團練副使，團練，大約相當於民團自衛隊，副使沒有法定的職權，沒有固定薪俸，不能維持必需的生活，初到時住在廟裡，自己耕田種菜。黃州時期，蘇軾寫下著名的〈前赤壁賦〉和〈後赤壁賦〉。

蘇軾多次被貶，黃州之後，又曾貶到廣東惠州，海南儋州。當時這些地方生活極苦，但蘇軾的文學藝術也到達人所共仰的巔峰，東坡自己說他一生事業都在黃州惠州儋州。

蘇軾留下很多軼聞趣事，大眾很喜歡他。例如：廟中有很多尊金剛，那一尊最重要？東坡說拳頭大的重要。例如：我們念觀世音菩薩名號，觀世音菩薩念誰的名號？東坡說也念觀世音菩薩名號，因為求人不如求己。

蘇軾在朝與王安石互動，常常針鋒相對。王安石有自己的「字學」，他認為「坡者土之皮」，蘇軾反問：「滑者水之骨？」王安石解釋「篤」字，說是以竹鞭馬，其聲篤篤，蘇軾問：「以竹鞭犬，有何可笑？」

壬戌（干支紀年）**之秋，七月既望**（過了十五）**，蘇子與客泛舟遊於赤壁之下。**

壬戌，宋神宗元豐五年。月圓為望，大月為十六日，小月為十五日。望之後為既望。古代文人記錄歲日時間不求精確，常有「清明後」、「仲夏」、「仲秋月明之夜」等說法。

首先交代人物及地點，遊記的標準模式。點出季節，可使讀者對秋天的江景醞釀心理準備。尤其是「望」字會聯想到明月，如秋江是龍，這個「望」字就是點睛了。

文章有節奏，這篇是最好的範例。節奏是音樂術語，指聲音的長、短、高、低、快、慢、輕、重。純粹就形式而言，一首樂曲是聲音在這八種變化之間的組合。我們的語言文字也有聲音，每個字、每個詞的聲音也有長、短、高、低、快、慢、輕、重之不同，作家修辭造句，純粹就形式而言，很像音樂家作曲，因此也有節奏的要求。

〈前赤壁賦〉第一小節，東坡用了之，於，之三個虛字，沒有這三個虛字，意義相同，有了這三個虛字，節奏不同。如果寫成「壬戌秋，七月既望，蘇子與客泛舟遊赤壁下」，節奏比較急促，好像有時間壓力，但秋夜遊江是一件從容瀟灑的行為。寫成「壬戌之秋，七月既望，蘇子與客泛舟遊於赤壁之下」，節奏比較舒緩，和遊江的心情相應。

清風徐來，水波不興，舉酒屬（ㄓㄨˇ 勸酒）客，誦明月之詩，歌窈窕之章。

初寫秋景，淡淡兩句。明月是賦中大自然的主角，尚未出場，先誦詩鋪墊。這就是為什麼在《三百首》中要誦〈月出〉篇，這是題材的「選擇」。

《詩經》〈月出〉篇，首章：「月出皎兮，佼人僚兮，舒窈糾兮，勞心悄兮」。大意說：明月多麼皎潔，佳人多麼美麗，想念她的一舉一動，內心無限煩惱。「誦明月之詩，歌窈窕之章」，兩句說一件事，這是偶句，也是賦體的鋪陳。

少焉，月出於東山之上，徘徊於斗牛（星）**之間，白露橫江，水光接天；縱一葦之所如**（往）**，凌萬頃之茫然**（白茫茫的江面）**。**

少焉，表示時間，承接上文，連結下文，兩字成句，形成節奏上的頓挫。下面兩個長句，節奏恢復舒緩。

北斗，牽牛，二星宿。有人指出東坡所記與天文學知識不符，但對讀者審美應該沒有影響，此處「斗牛」可以解釋為星之代稱。

徘徊，我們看月時所生的錯覺，以為嫦娥欲行又止，婀娜多姿，當然也與事實不符，無礙美感。「徘徊」也使人有時間流逝的感覺。

白露橫江，水光接天，進一步寫景色，船開始航行，深入秋江。

一葦，小船，像一片葦葉。傳說高僧達摩入中土弘法，「一葦」渡過長江，畫家畫他站在一根蘆葦上。東坡此處可能用達摩典故，下面接著是道家御風的傳說，佛道是本賦主要的思想骨架。

一葦在萬頃之上，拉開空間感。縱，放手，水平岸闊，沒有往來船隻，不必顧慮。自由自在，享受空間感。文章節奏流暢，一如秋江行舟。「縱」一葦之所如，「淩」萬頃之茫然，兩個單音詞，放在兩句句首，形成頓挫。避免因流暢而生「滑」。

浩浩乎如馮（ㄆㄧㄥˊ倚）虛御（駕馭）風，而不知其所止；飄飄乎如遺世獨立，羽化（飛升）而登仙。

由客觀描寫轉入主觀感受。人化入景中，沒有拘束，沒有依傍，甚至沒有目的，人生中計畫目標都是累贅，擺脫了痛快。遠離熙熙攘攘，進入另一高度，另一空間，坐飛機也是一種麻煩，以風為交通工具。「水光接天」，杜甫「春水船如天上坐」，江上即天上。羽化，如蛹化蛾，飛升成仙，程序簡單自然。

長句節奏變化多。「浩浩乎如馮虛御風」，「乎」字很輕，附在「浩浩」一之後，「浩浩乎」三字連讀，合成一拍，「如」字單音，一拍，「馮虛」一拍，「御風」一拍，你也可以「馮虛御風」連讀，四字一拍。這半句的句法是三一二二（或三一四）。「飄飄乎如遺世獨立」，和「浩浩乎如馮虛御風」是偶句寫法，節奏相同。

但是這兩句的後半句改用散句的寫法，一句是「而不知其所止」，另一句是「羽化而登仙」，字數不一樣，句法不一樣，節奏就不一樣了。這樣寫，節奏錯落有致，音樂性更強了。

寫人在大自然中和諧而超出。

於是飲酒樂甚，扣舷而歌之。歌曰：「桂棹兮蘭槳，擊空明兮泝（ㄙㄨˋ，溯）**流光。渺渺**（空曠遼闊）**兮予懷，望美人兮天一方。」**

於是，承上啟下，語氣一頓，與「少焉」相似。

層層漸進，加入人的動作。

扣舷，在船舷上打拍子，簡單的動作。秋月江上，風景的色彩線條簡單，人的動作也簡單。老子：「五音令人耳聾，五色令人目盲。」簡單才容易融入自然，身心自在。

出現音樂，靜夜，江上，月下，如天然的音樂廳。秋天的空氣傳音效果特別好，聽覺享受高。

棹在船尾，桂木做成。槳在船旁，蘭木做成，周典故，非寫實。槳划水行舟擊動滿江月光，光影改變世界，山水人物皆透明。風景美化了船，船又反過來美化風景，與人間天上呼應。泝流光，船在行進中，如同追尋光源，想像李白捉月彷彿如是。

渺渺，遼闊而蒼茫的樣子。天一方，遠在天邊。歌詞表示身心空明，只罣念遠方的聖君賢相。屈原以美人暗喻君王，留下典故，以情詩的方式詠歎思君，垂為原型。蘇軾「處江湖之遠則憂其君」，援用屈原模式，直說就俗氣了。

客有吹洞簫者，倚（配合）**歌而和**（ㄏㄜˋ，跟著歌聲唱奏）**之，其聲嗚嗚然，如怨、如慕、如泣、如訴，餘音嫋嫋**（幽遠）**，不絕如縷**（一根絲）**。舞幽壑之潛蛟，泣孤舟之嫠**（ㄌㄧˊ）**婦**（寡婦）**。**

再進一步出現樂器。洞簫，簡單，有江湖風味，音色淒美，最適合此時此地出現。寫第一人稱遊記，要給同遊的人分派角色，都有表演機會，為求人人現身不俗，出遊要擇伴。至於這篇賦，據有學問的人考證，奏簫確有其人。

洞簫不是快樂和熱鬧的樂器，東坡連用七個比喻，使簫聲改變了氣氛和心情，文章進入另一境界。洞，幽，潛，孤，嫠，這些意象配合東坡的厄運逆境。嗚，慕，訴，縷，婦，字音低沉嗚咽，與簫聲共鳴。簫聲有音節，有抑揚頓挫，看看這些句子的節奏：

如怨、如慕、如泣、如訴、餘音嫋嫋、不絕如縷、舞、幽壑之、潛蛟、泣、孤舟之、嫠婦。

東坡做到形式和內容完全融合，今天白話文學的作家仍要追求這樣的造詣。

蘇子愀（ㄑㄧㄠˇ）然（臉色嚴肅），正襟危坐（挺直身軀端坐），而問客曰：「何為其然也？」

「何為其然也？」為什麼會這樣？文言的特別句法。

本來是「飲酒樂甚」，「扣舷而歌」，簫聲「倚歌而和」，卻沉重傷情，改變主調，出人意料，不但蘇子愀然，讀者也愀然，不但蘇子要問，讀者也要問：為什麼要這個樣子呢？

演奏是對樂曲的「詮釋」，同一樂曲，由不同的人演奏，可以出現不同的風貌內涵。「擊空明兮泝流光」，「望美人兮天一方」，落墨雖淡，東坡內心深處的空虛失落，也是可以體會的。何況「烏臺詩案」東坡幸免一死，將詩稿及信札大量焚毀，思想傾向釋道，吹簫人既是東坡好友，豈能僅僅從達觀的層面理解他？縱然東坡真能「與人無愛也無嗔」，「也無風雨也無晴」，吹簫的人未必跟進，他還踟躕在「別有幽怨暗恨生」。

開始有人的對話，對話是思想交換，讀者容易投入。

「何為其然也？」故意設問，古文常用手法，如屈原之於漁父。問答也使文章活潑。

客曰：「『月明星稀，烏鵲南飛』此非曹孟德之詩乎？西望夏口（漢口），東望武昌（鄂城），山川相繆（繞），鬱乎蒼蒼，此非孟德之困於周郎者乎？方其破荊州，下江陵，順流而東也，舳（ㄓㄨˊ 船尾）艫（ㄌㄨˊ 船頭）千里，旌旗蔽空，釃（ㄙ 斟酒）酒臨江，橫槊（ㄕㄨㄛˋ 長矛）賦詩，固一世之雄也，而今安在哉？

長江自襄陽樊城偏向南流，流到洞庭湖之北又偏向北流，赤壁之戰以這一段江流為戰場。漢獻帝建安十三年，曹操率大軍南下，荊州劉琮投降，依附荊州的劉備南逃，曹操親率精兵急追，沿途發生趙雲長坂坡救阿斗、張飛喝斷當陽橋等故事。諸葛亮說服東吳孫權，與劉備合力抗曹，孫劉聯軍在赤壁決戰，因而有諸葛亮舌戰群儒故事。這一段江流的方向大體上是南北，曹軍北來，戰船泊於北岸，也就是西岸，孫劉聯軍泊於南岸，也就是東岸，破曹用火攻，火攻需要風助勢，因而有諸葛亮借東風故事。赤壁之戰曹操慘敗，終生未能再度南征，漢家天下分成魏蜀吳三國。

曹操統一北方，以優勢兵力南下，躊躇滿志。決戰前，在船上月下跟群僚談話，朗誦自己的作品「月明星稀，烏鵲南飛，繞樹三匝，何枝可依」，京劇《群英會》有生動演示。但初戰不利，加上傳染病流行，曹操「西望夏口，東望武昌」，目標俱在然而不攻擊前進。周瑜火攻成功，曹軍崩潰。

這一段敘事兼抒情，「因情生文，為文造情」，與主調合拍。大形勢，大空間，大場面，也是大幻滅，見證歷史的無常。偶句散句交錯，節奏奔放之中有吞吐，彷彿大江東去。

況吾與子(你)漁(捕魚)樵(打柴)於江渚(ㄓㄨˇ 水中小洲)之上，侶(作伴)魚蝦而友(交朋友)麋鹿；駕一葉之扁舟，舉匏(ㄆㄠˊ)樽(酒器)以相屬。寄蜉蝣(朝生暮死之蟲)於天地，渺滄海之一粟。哀吾生之須臾(時間短暫)，羨長江之無窮。挾飛仙以遨遊，抱明月而長終。知不可乎驟得，託遺響於悲風。」

況，一頓。英雄尚且如浮光掠影，過眼成幻，何況我等。大空間無盡，大時間無涯，相形之下，我等又何其渺小短暫！友誼只是同病相憐，道家說有辦法擺脫自然律的支配，等於望梅止渴。我能做到的，只是把悲愴寄託在簫聲之中，讓它在風中傳播罷了。

渺小的人如何定位尋找意義。進入思想的層次。

蘇子曰：「客亦知夫水與月乎？逝者如斯(水)，而未嘗往(消失)也；盈(滿)虛(空)者如彼(月)，而卒(終於)莫消(減)長(增)也，蓋(發語詞)將自其變者而觀之，則天地曾不能以一瞬(眨眼)；自其不變者而觀之，則物與我皆無盡也，而又何羨乎？

水只是流過，並未消失。宋人有「物質不滅」的觀念嗎？也許是說水流入海，蒸發為雲，再降為雨，回到河中。月有圓缺，但月並無增減，宋人知道地球擋住了太陽射到月球上的光線嗎？也許是說月缺了又圓，圓了又缺，二者可以相抵。

有人認為水月只是比喻，東坡說的是事件一經發生，永不消失。東坡後期思想受佛家影響，佛家說人的一言一行都是「業」，業如夢幻泡影，但「業果」歷劫不滅，從這個意義上說，人人永生不朽，所以胡適有「社會的不朽論」……也許東坡把現象分成「變」與「不變」兩種，並認為變與不變出於你的看法。

且夫天地之間，物各有主，苟非吾之所有，雖一毫而莫取。惟江上之清風，與山間之明月，耳得之而為聲，目遇之而成色，取之無禁，用之不竭，是造物者之無盡藏也，而吾與子之所共適。」

我們為什麼覺得由富到窮是「變了」呢，為什麼覺得由生到死是「變了」

呢，為什麼對「變了」覺得不舒服呢，因為我們覺得錢是我應該有的，壽命是我應該有的，曹操認為江南的人民土地是他應該有的。其實「物各有主」，沒有什麼應該屬於我，我們應該沒有「取予」的想法，也就沒有「得失」的憂喜。

天地間有些東西沒有主人，例如自然美景。既然無主，我們可以盡情享有，大自然不加限制。審美的能力是先天稟賦加後天修養，我們之所得無人可以侵占。「失去那不能擁有的，得到那不能奪去的。」這是我們這等人擁有的永恆。千江有水千江月，面對天地之美，我們的「擁有」並未使別人「失去」。

東坡先生也許認為物質缺憾可用精神補足，精神缺憾很難用物質補足，物質使人自由、但是不自在。人在向下發展時受阻，可以改為向上發展找出路，若是向上發展受阻，改為向下發展是死路。物質享受與精神享受成反比，快樂的祕訣是「把麵包裡的肉丟掉」。

客喜而笑，洗盞更酌。肴肉**核**果**既盡，杯盤狼藉**錯亂不整**，相與枕藉**交橫相枕而臥**乎舟中，不知東方之既白。**

「客喜而笑」，可解釋為客人要結束討論，如果再問再答，這篇文章恐怕選不進《古文觀止》了。東坡也沒寫客人恍然大悟，對主人如何如何佩服，那樣就無趣了。這是我們白話文作家要注意的地方。

洗盞，酒杯洗過再用。更酌，互酌？重新再喝？都可以。

狼藉，據說狼藉草而臥，走開的時候把草弄亂，消滅牠睡臥的痕跡，防備獵人追蹤。狼藉形容亂七八糟。大家吃中餐，人吃飽了，菜碟飯碗還擺在桌上，很難看，有如「狼藉」。所以在中餐館舉行宴會，飯後不宜原桌照相。

賦雖短，大開大闔，大起大落，讀來感覺很豐富。行文有幾處大轉折，用「少焉」、「於是」、「況」、「且夫」連接，很靈活。議論、敘事、抒情都有，而以情統攝，各盡其妙而渾然為一。對後來的「大散文」影響很大。

後赤壁賦

蘇軾

是歲（這年）十月之望，步自雪堂，將歸於臨皋。二客從予，過黃泥之坂（ㄅㄢˇ 山坡）。

這年，跟寫〈前赤壁賦〉同一年，宋神宗元豐五年。

「步自雪堂」，文言特別句法，從雪堂步行出發。

蘇軾到黃州，起初住在寺中，遷到臨皋亭，然後在東坡建草堂，於大雪中施工，自署東坡雪堂。

東坡和兩個熟識的人同行，自雪堂經黃泥坂往臨皋。他不稱他們為「二友」，他稱「二客」，顯示彼此的關係。

兩遊赤壁，都寫夜景，都未在文章開始標出夜字，以後逐步深入。

霜露既降，木葉盡脫，人影在地，仰見明月，顧而樂之，行歌相答。

四字一句，快板輕敲。地上有霜反射月光，樹上沒有濃葉遮蔽月光，月更明，人影更顯，境更空曠清幽，一幅秋夜行路光景。文句充滿詩意，可謂詩畫俱備。

可以想像，三人上路時，月亮還沒出來，眼中只見霜露既降，木葉盡脫。走著走著先看見地上有自己的影子，再抬起頭來看見明月，於是唱起歌來，邊走邊唱，層次和〈前賦〉相似。

〈後賦〉多用四個字的句子，與〈前賦〉有異。

已而（過了不久）歎曰：「有客無酒，有酒無肴，月白風清，如此良夜何！」

如此良夜何！（怎樣面對這麼美好的夜晚呢。）文言特殊句法。

起初快樂，但馬上升起更高的慾望，有所不足。層次和〈前賦〉略同。

望月思飲，已是中國詩人的固定反應。李白：「舉杯邀明月，對影成三人。」韓愈：「有酒不飲奈明何！」趙鼎：「芳尊美酒，年年歲歲，月滿高樓。」

因為月白風清，這才有如此良夜。月白風清，人間少了煙火氣，未免教人有些「不勝寒」，倘能有酒有肉，這才沒有遺憾。這一段話如果沒有「月白風清」一句，人人寫得出來，有了「月白風清」，一定要蘇軾這樣的人才寫得出來。

如此良夜應該有酒，如此良夜偏偏沒有酒，這在布局上稱為阻礙。阻礙不可造成停頓，阻礙是為了轉個彎兒發展，柳暗花明又一村。白話文學也常常如此。

客曰：「今者薄暮，舉網得魚，巨口細鱗，狀如松江之鱸。顧（但是）**安所得酒乎？」**

「顧安所得酒乎？」（但是什麼地方可以弄到酒呢？）文言特別句法。

鱸魚，以江蘇松江縣所產最有名，據說有四個鰓。狀如松江之鱸，當然並不是松江鱸，但引起豐富的聯想。

現在不但有肴，而且是難得之魚，而且今天傍晚才捕到，很新鮮。極匱乏中忽然有極豐富。「狀如松江之鱸」這一句的作用，可以和上一段的「月白風清」相比。

薄暮，捕魚的最後機會，天黑以後就收工了。舉網，好像很容易，意外的收穫。觀察了魚的形狀特徵，足見對這條魚的重視。

阻礙之後，出現轉機。

歸而謀諸婦。婦曰：「我有斗酒，藏之久矣，以待子（你）不時（隨時）之需。」

東坡回到臨皋和太太商量晚飯的事，主詞省略。東坡結婚三次，這是他的第二任妻子王夫人，四川眉山人。夫人預藏斗酒，在關鍵時刻為〈赤壁賦〉增色，受後世文人稱讚，「東坡婦」成為典故。

斗酒，「斗」是量器，有大斗小斗。詩人所謂斗酒，多半表示有一點酒，可以暢飲一次，容量並不精確。

中國從前的文人不知計畫家庭開支，常常缺錢買酒，於是有拔簪買酒待客和賣髮買酒待客的賢婦。元微之：「泥他沽酒拔金釵」。有人說世界多災多難，全賴婦女平時善於儲藏，「以待不時之需」，家家度過荒年，如果沒有女人，人類早已都餓死了。

直到此處，〈後賦〉還是瀟灑自在，景美情平。寫出生活的簡陋，也可以說是困苦，似乎流露於無意之中。有人說這是坡翁的修養，外境已不能轉移他的內心。就寫作技巧而論，不用形容詞，不用驚歎號，沒有指示的判斷句子，自自然然使境界現前，有人稱為「示現法」，示現是佛家用語，原指菩薩隨機緣而出現化身。

於是攜酒與魚，復游於赤壁之下。江流有聲，斷岸千尺；山高月小，水落石出。曾日月之幾何，而江山不可復識矣。

「曾日月之幾何」，文言特殊句法。曾，從上次遊赤壁到現在，日月，代表晝夜，晝夜代表時間。幾何，多少。用白話來說，「一共有幾天啊」。日月並非星球，幾何並非數字，「而江山不可復識矣」，江山也不專指長江和赤壁，隱有人生世事之意。坡翁說：「作詩必此詩，定知非詩人。」夜半鐘聲到客船，一定要說夜半錯了、是拂曉，一定要說夜半沒錯，在兩點十五分，都很好，也都不是詩人的事情。

寫景的句子整齊，似駢，敘事的句子不整齊，似散，充分發揮駢散結合的優勢，節奏也因之變化靈活。文章多處用一連串短句展開，然後用一兩個長句將此一小段收束，短句節奏快，長句節奏慢，好像煞車前減速慢行。例如「江流有聲，斷岸千尺；山高月小，水落石出」之後繼之以「曾日月之幾何，而江山不可復識矣」，是也。此中訣竅，今天的白話文學作家仍在薪火相傳。

「江流有聲，斷岸千尺」、「山高月小，水落石出」都是名句，篆刻家常用來刻成「閑章」，書畫家樂於使用。四個短句，無限江山，好像看大師作畫，輕巧的移千里於尺幅之中。

「江流有聲，斷岸千尺；山高月小，水落石出。」極優美的寫出極平常的景象，極平常的景象因此極優美。上次七月遊赤壁，夏季多雨，江水高漲，江景遼闊，現在十月遊赤壁，秋季雨少，水位降低，但大江東去時仍然有澎湃之聲。曾日月之幾何，不過三個月，而江山不可復識矣，這是「自其變者而觀之」嗎？〈後賦〉比〈前賦〉，景有異，文有異，思想情感亦不盡相同。所以東坡在〈後賦〉中避免議論，以豐富的意象為特色，提高了象徵性。

至此，〈後賦〉與〈前賦〉完全分開。可以設想，東坡有意分開，作家不可企圖「兩次插足於同一河流之中」。

予乃攝（撩起）**衣而上，履**（腳踩）**巉**（ㄔㄢˊ 高險）**巖**（石）**，披**（分開）**蒙茸**（ㄖㄨㄥˊ 雜草）**，踞**（ㄐㄩˋ 蹲坐）**虎豹**（怪石）**，登虯**（ㄑㄧㄡˊ）**龍**（彎曲的樹木）**，攀棲**（居住）**鶻**（ㄏㄨˊ 兇猛的鳥）**之危**（高）**巢，俯馮夷**（河神）**之幽宮**（長江）**。蓋二客不能從焉。**

捨舟登山。上次遊江為主，此次登山為主。景為〈前賦〉所無，文與〈前賦〉有別，兩賦這才千古並存，否則有一篇也就夠了。

攝衣，平時服裝不宜登山，東坡登山似臨時乘興，有性情！時在夜間，東坡又毫無裝備，讀者先為他的安全提心弔膽，下文讀來特別有張力。

一路人跡罕至，只有兇猛的鳥才在此居住。東坡在岩石上、亂草間尋落腳之處，坐在形狀兇猛的石頭上休息一下，有時得攀樹前進，「山高月小，斷岸無聲」，長江儼然是水神居住的神祕宮殿。

體會節奏：「屨巉巖」云云，接連四句，每句都是三個字，急促緊迫，快板，與山勢險峻、夜色恐怖相應，繼之以「攀栖鶻之危巢」云云，兩句都是六個字，由短轉長，由急轉緩。末以散文句法「蓋二客不能從焉」做小結。

景再變，不似人間，東坡似乎暗喻自己處境惡劣。「蓋二客不能從焉」，行到水窮處，萬徑人蹤滅矣。東坡「不著一字，盡得風流」，這些地方，作家不能倚賴「直抒胸臆」，要做到佛洛依德所謂變形偽裝。

前賢說，文學作品是寫「意象」的，意象，寓意於象，象中有意。作家寫出來的是「象」，沒寫出來的是「意」，讀者由已經寫出來的部分發現未寫出來的部分。「夕陽無限好，只是近黃昏」是象，感歎國勢衰落、好景不常是意，「不識廬山真面目，只緣身在此山中」是象，當局者迷是「意」。「雨中山果落，燈下草蟲鳴」據說有禪意。「逝者，如斯夫不舍晝夜」是象，朱熹認為「天地所存者神、所過者化」是意，所以有人指出「逝者，如斯夫不舍晝夜」是詩。

劃然破空**長嘯**ㄒㄧㄠˋ**，草木震動，山鳴谷應，風起水湧。予亦**

悄然而悲，肅然而恐，凜乎其不可留也。

嘯，蹙口吹出聲音，發出高昂悠長的聲響，抒散胸中鬱悶。岳飛「仰天長嘯，壯懷激烈」，王維「獨坐幽篁裡，彈琴復長嘯」。三國時代的隱士孫登，月下長嘯，裂石穿雲，據說跟道家的內功有關係。

在這裡，長嘯的聲音似非東坡發出，可能是獸聲或風聲。虎嘯，風嘯，海嘯，都用嘯字。月明夜深，山高風急，水遠舟小，本來就沒有安全感。山鳴，想想「山高月小」。谷應，想想水湧，想想「斷岸千尺」，想想「俯馮夷之幽宮」，嘯聲竟能山鳴谷應，風起水湧，可知對東坡震撼之大。嘯聲得山、谷、風、水相應，文章亦如七竅之石，竅竅相通，呼呼生風。

「二客不能從焉」，寫出人與人的疏離，悄然而悲，肅然而恐，寫出人與自然的衝突。至此，東坡完全孤立。想想東坡有何等遭遇，這一段描述，或許是東坡大難不死之後、憂患未已之時，恐懼心理之藝術化。〈前賦〉無此境界。

反（返）而登舟，放乎中流，聽其所止而休焉。

下山回舟中，和兩位客人相聚，但三人再無像〈前賦〉那樣的交集。船向江中駛去，不預設目標，聽其自然，象徵東坡的生活態度。

中國讀書人幼而學，學儒家，儒家能感化人，但並非人人都可以感化，所以壯而行，用法家。法家以種種手段解決問題，手段未必正當，而且你用法家對人，別人也用法家對你，人力有限，天道難知，日久傷心，虧心，胸中鬱結塊壘。為求老而安，歸入道家或釋家。放乎中流，聽其所止而休焉，可以視為道家的態度矣。

寫到這裡，〈後賦〉文勢已盡，倘就此結束，也是一篇很好的小品。但是道家給他更多的想像力，抑而後揚，山外猶有更高山。

> **時夜將半，四顧寂寥。適有孤鶴，橫江東來。翅如車輪，玄**（黑色）**裳**（下身衣服）**縞**（白色）**衣**（上身衣服）**，戛**（ㄐㄧㄚˊ）**然長鳴，掠予舟而西也。**

戛然，金石叩擊聲。文言拙於狀聲，鶴鳴與金石聲掛鉤，形容其不尋常，增加詭異氣氛。鶴，道家的動物。鶴身上白下黑，太極圖的顏色。此時二客猶在舟中，三人無言，孤鶴，鶴在詩中從不成群結隊。掠舟而西，由頭頂上低飛，飛得很快。為何要繞個彎子從舟上飛過？對人關懷嗎？終於絕情而去。夜深江冷，鶴是惟一出現的生物，距離人類較近，但鳴聲戛然，距離人聲太遠。東坡寫來不動情感，道家的態度，是否表示道家並未能使他得到救贖？耐人尋味。

這一段已恍惚如夢境矣。

須臾（不久）客去，予亦就睡。夢一道士，羽衣（鳥羽所製的寬大外衣）蹁躚（ㄆㄧㄢˊ ㄒㄧㄢ，舞姿），過臨皋之下，揖予而言曰：「赤壁之遊樂乎？」問其姓名，俛（俯）而不答。「嗚呼！噫嘻！我知之矣。疇（ㄔㄡˊ）昔（前日）之夜，飛鳴而過我者，非子（你）也耶？」

非子也耶？（不是你嗎？）文言特殊句法。

須臾客去，予亦就睡。船上睡？回家睡？「過臨皋之下」，應是回到家中。

道士穿羽衣，與「羽化登仙」掛鉤，行走姿態如飛似舞，與鶴掛鉤。設計將夢境與現實混淆。明明是當天晚上發生的事，說成「疇昔」，也是夢中的時間觀念。

嗚呼噫嘻，此處似乎用不著悲歎，有學問的人說是在「忽然想起來」的時候發出的聲音，一般詞典沒有這個解釋。

二客在〈前賦〉中有表演，〈後賦〉是東坡一人擔綱，結尾高潮尤無他人參與之餘地，心境孤絕。

道士顧笑，予亦驚寤。開戶視之，不見其處。

夢境渾沌，何時說破，何時夢醒。此時東坡認為能跟他對話的人只有一個，就是這個道士，但道士只能在夢中出現，夢醒就是夢破，空留惆悵。道士就是鶴，鶴就是道士，飄然現身，難得，但無作為。

開戶視之，不見其處，如果是在家中，戶外能見度很高，東西南北都看得見，不寫月色，滿眼月色。如果是在船上，只見滿江月色，可連結「人生如夢，一樽還酹江月」，更覺有餘不盡。

〈前賦〉始終在船上，〈後賦〉一再換場景：路上↓家中↓舟中↓山上↓舟中↓家中，文章的完整性未受影響。〈前賦〉心情變化小，〈後賦〉心情變化大：平和↓緊張↓鬆弛↓有限度解脫。象徵：退出人事，遁入自然，有限度退出自然，有限度回歸人事。空明境界似不及王維，但因此我們更願意擁抱他。

〈前賦〉抑揚開闔，明顯有布置；〈後賦〉抑揚開闔，不留痕跡。

〈前賦〉人物熱鬧，場面說得出、看得見；〈後賦〉人物孤冷，心境說不出、感覺得到。文學作品以道家思想昇華五濁人生，成功的範例。有人說，「讀〈赤壁〉兩賦，勝讀一部《莊子》」。

〈前賦〉難寫易讀，〈後賦〉難寫難讀。王世貞：「賦是雙珠可夜明」，〈後賦〉可能更圓潤純淨。唐庚：「東坡〈赤壁〉二賦，一洗萬古，欲彷彿其一語，畢世不可得也」。一語或可得，通篇不可得，東坡亦不能複製，如王羲之寫〈蘭亭集序〉。

我們能夠馬上學到的是：如果你多次做一件同樣的事情，如果每次都要寫一篇散文，怎樣寫才可以避免重複？舉例：如果你在國外，你的校友會每年開一次大會，如果你為每一次年會寫一篇散文，學東坡！每次找一個角度，選擇一個重點，如此，每篇題材不同，文章推陳出新。

例如，這一年，老校友來得特別多，他們都七老八十了，兒孫陪著，媳婦攙著，成為今年大會的特別景色。你就由這個角度切入，發掘他們今年為何都來了，每個人有一個理由，其中有很好的故事。寫他們的成就，等於寫母校的成就，寫他們對母校的感情，可見全體同學對母校的感情。他們吃得很少，捐款很多，席散，一個一個顫巍巍的走了，望著他們的背影，盼望他們明年再來。

也許這一年新校友特別多，一群學弟學妹，畢業未久，老同學多半不認識他們，但是一見如故。他們很活潑，會唱校園中新近流行的歌曲，有幾位讀的是學校新增的科系。為什麼他們同時在這裡出現呢，這跟最近一次移民潮有關係。散席時珍重再見，他們說，明年恐怕很難再來參加了，這個大都會只是他們臨時的集散地，他們由此各奔前程，摸著石頭過河。老同學望著他們的背影，回想自己的往年。你可以由這個角度組織文章，寫母校培養出來的奮鬥勇氣，互助精神。

捕蛇者說

柳宗元

柳宗元在永州做官時，捕蛇是地方人的一種專業，背後有不幸的故事。「捕蛇者說」，說一個捕蛇者，或者一個捕蛇者如是說。

柳宗元的原籍，有山西永濟、山西運城、山西解縣三個說法，其實這三個地名是同一個行政區域，現在正確的名稱是山西省運城縣永濟市，位置在山西省西南部，相傳是虞舜建都的地方，也是王維、司空圖、楊貴妃的故鄉。

柳宗元二十一歲中進士，在京為官。唐順宗起用王叔文推行新政，柳宗元、劉禹錫等人參與。順宗中風，靠宮中女官和宦官傳旨，舊勢力連結宦官立憲宗，王叔文貶官下放，同黨八人降為州之司馬，稱八司馬，唐時每州置州司馬一人，閑職虛銜。後來朝廷將王叔文賜死。

柳宗元貶邵州刺史，途中再貶永州司馬（都在湖南）。司馬為閑官，生活極苦，只能寄居寺中，健康受損。柳宗元永州十年，生活經驗豐富，思想提高，寫〈捕蛇者說〉等社會寫實作品，受山水風景薰陶，寫〈永州八記〉。詩有〈江雪〉〈漁父〉，受佛家影響，皆傳世之作。

調柳州刺史（廣西），憲宗召還，詔書未至，死在柳州，年四十七歲。

永州之野產異蛇，黑質（底色）**而白章**（花紋）**，觸草木盡死；以齧**（ㄋㄧㄝˋ 同嚙，咬）**人，無禦之者。然得而腊**（ㄒㄧˊ 風乾）**之以為餌**（藥引）**，可以已**（治好）**大風**（大痲瘋）**、攣**（ㄌㄩㄢˊ）**踠**（ㄨㄢˇ 手腳不能伸直）**瘻**（ㄌㄡˋ 頸腫）**癘**（ㄌㄧˋ 惡瘡）**，去死肌，殺三蟲**（三尸蟲）**。其始太醫**（皇家御醫）**以王命聚**（收集）**之，歲**（每年）**賦**（徵收）**其二。募**（招）**有能捕之者，當**（抵）**其租**（租稅）**入。永之人爭奔走焉。**

永州，古代的零陵地區，今湖南省西南部，湖南似側面人像，永州在頷下頸部，和廣東廣西交界，瀟水、湘江在此會合，有一個富有詩意的別名叫「瀟湘」。中國歷史上有很多名人和永州有關係，除了是三國名將黃蓋、唐代大書法家懷素的故鄉，大文豪柳宗元、歐陽修、陸游、徐霞客也都留下事蹟。

永州三面環山，今稱錦繡，古為蠻荒，產生毒蛇，也產生了捕蛇者的故事。

柳宗元不稱毒蛇而稱「異」蛇，有《春秋》「一字褒貶」的風格。他描寫這種蛇黑色而有白紋，一句話道出牠的樣相詭異，下面說觸草草死，咬人人死，兩句話道出毒性重大。捕蛇是非常危險的工作，為捕蛇者出場預作鋪墊。

蛇雖有劇毒，但入藥後可以治大麻瘋，治手腳彎曲不能伸直，治某種惡瘡。這些病常使名醫束手，但醫藥可以濟醫術之窮。道家說人體內有三尸蟲，危害健康，用今人的眼光看，應是某種寄生蟲，那時中醫一般的藥力難以攻到牠的部位，永州異蛇可以奏效。於是朝廷招人捕蛇，交兩條蛇可以免除一年的賦稅。這樣危險的工作，永州人居然爭著做，為捕蛇者的故事開拓發展的餘地。

有蔣氏者，專（專門捕蛇）其利三世（代）矣。問之，則曰：「吾祖死於是，吾父死於是，今吾嗣（接續）為之十二年，幾（幾乎）死者數（ㄕㄨㄛˋ 多次）矣。」言之貌（面部表情）若甚戚（悲）者。

注意文言特殊句法：幾死者數矣。（有好多次幾乎送了命。）

吾祖死，吾父死，吾幾乎死，分三次說出，給讀者三次撞擊。我遲早不免一死，沒說出來，讀者想得到，第四次撞擊。

雖然作者已給了讀者充分的心理準備，以上云云仍然使人難以接受。

余悲（同情）之，且曰：「若（你）毒（怨恨）之（這種工作）乎？余將告於蒞（ㄌㄧˋ）事者（主管），更（改）若（你的）役（差事），復（恢復）若（你的）賦（稅），則何如？」

更若役，復若賦，文言的特殊句法。

柳宗元的意思：既然捕蛇這樣危險，我可以跟主管這項業務的官員談談，你以後不必再交兩條毒蛇抵稅，你仍然交錢交糧。我們讀到前面捕蛇者命在旦夕，情緒繃緊，現在見柳宗元伸出援手，情緒放鬆下來。可是我們樂觀其成的時候，捕蛇者的反應出人意表，我們的情緒又繃緊了。這就形成了文章氣勢的抑揚。

蔣氏大戚（悲），汪然（水分充沛）出涕（淚），曰：「君（你）將哀而生之（使我活下去）乎？則吾斯（這個）役（差使）之不幸，未若（不像）復（恢復）吾賦（稅）不幸之甚也。嚮（以前）吾不為斯役，則久已病（為其所苦）矣。

前文，捕蛇者蔣氏談到自已的工作有生命危險，談到父親和祖父都因捕蛇而死，表情不過好像很悲傷而已，可見他長年壓抑自己的感情，快要麻木了。如今聽到柳宗元想幫他，反而放聲大哭，可見蔣氏從來沒有得到這樣的關懷，突如其來，反而承受不禁。

「你是想讓我活下去嗎？我現在捕蛇抵稅固然活得不容易，可是，如果我恢復交錢交糧完稅，那就會活得更艱難。」這樣的意思用白話表達或用文言表達，句法差異極大。

說到抑揚，捕蛇者「未開言不由人珠淚滾滾」，「揚」得快。如果捕蛇者說到後面才大哭，效果不一樣。

自吾氏三世居是鄉，積於今六十歲矣。而鄉鄰之生（生活）日蹙（一天比一天）（ㄘㄨˋ 緊縮），殫（竭盡）其地之出（出產），竭其廬（屋子）之入（收入），號呼（哭喊）而轉徙（ㄒㄧˇ 搬家），餓渴而頓（勞累）踣（ㄅㄛˊ 跌倒），觸風雨，犯寒暑，呼噓（呼吸）毒癘（有毒的空氣），往往而死者，相藉（屍體重疊）也。曩（從前）與吾祖居者，今其室（人家）十無一焉；與吾父居者，今其室十無

二三焉；與吾居十二年者，今其室十無四五焉，非死即徙爾，而吾以捕蛇獨存。

捕蛇者說，我家住在這裡六十年了，這地方生存保障很低，死亡率高，往往許多屍體堆在一起處理，六十年來，老街坊老鄰居剩下不到十分之一了，幸虧我能捕蛇，我這一家人才活到今天。

捕蛇者的自白進入最精采的部分。柳宗元是「古文運動」的重量級人物，與韓愈並稱，他在這裡也使用了駢文句法，駢文對鋪張情景，激揚情感，確有獨到的功效，柳宗元在反對駢文的運動中同時吸收了敵人的長處，駢散兼用，使這一段和下一段文字有如音樂劇中的女高音獨唱。

殫其地之出，竭其廬之入，殫和竭，意思相同，出和入，事實相同，駢文不避繁複，以數量增加質量，顯出同義字仍有各自獨立的價值。觸風雨，犯寒暑，觸犯互用，亦復如此。今天的白話文學仍然有人活用了這種寫法。

悍（兇惡）**吏**（小官員）**之來吾鄉，叫囂**（ㄒㄧㄠ 大聲吆喝）**乎東西，隳**（ㄏㄨㄟ）**突**（闖進民宅摔砸）**乎南北；譁然**（大眾驚愕出聲）**而駭**（怕）**者，雖雞狗不得寧焉。吾**

恂恂（ㄒㄩㄣˊ 小心謹慎）而起，視其缶（瓦器），而吾蛇尚存，則弛（ㄔˇ 放鬆）然而臥。謹食（ㄙˋ 餵養）之，時（到了時候）而獻焉。退（回來）而甘食（ㄕˊ 安享）其土（土地上）之有（生產），以盡（度過）吾齒（年歲）。蓋（大約）一歲之犯（冒）死（死亡危險）者二（兩次）焉，其餘則熙熙（平安順利）而樂，豈若（那裡像）吾鄉鄰之旦旦（天天）有是（活不下去）哉。今雖死乎此，比吾鄉鄰之死則已後矣，又安（怎）敢毒（怨恨）耶？」

捕蛇者描述官府催稅的情景，反映百姓的痛苦。這些公差到處大喊小叫，從不用正常的聲音說話，他們闖進民宅，說捽就捽，說砸就砸，從不用正常的態度待人。不但老百姓驚恐失聲，連雞犬也不得安寧。稅負的壓力如此之大，捕蛇者想到他的蛇是他惟一的依靠，他關心他捕到的蛇，內心緊張，揭開瓦罐一看，他的蛇還在裡面，放心了，朝床上一躺，外面的喧嘩驚動與他無干，這時候，他這兩間舊房子就是世外桃源了。

捕蛇者說出他選擇捕蛇的理由，柳宗元無可反駁。人生就是不斷的選擇，「兩利相權取其重，兩害相權取其輕」。有時候，我們的標準也很虛妄，招兵的人員勸人當兵，他教人不要怕：「你從軍，不一定上前線，你上前線，不一定作戰，你作戰，不一定中彈，你中彈，不一定死，你若死了，還怕什麼呢？」有時候，所有的選擇都是無奈，可是我們選擇過，也就似乎無憾。

文言特別句法：「豈若吾鄉鄰之旦旦有是哉？」（那裡像這些鄉鄰天天都有這種遭遇？）「又安敢毒耶？」（我又那裡敢怨恨？）

余聞而愈悲，孔子曰：「苛（嚴厲、暴虐）政猛於虎也！」吾嘗疑乎是，今以蔣氏觀之，猶信。嗚呼！孰知賦斂之毒，有甚於是蛇者乎！故為之說，以俟（等待）夫觀人（民）風者得（採取）焉。

文言特殊句法：「吾嘗疑乎是」（我曾經懷疑它），「有甚於是蛇者乎？」（還有比毒蛇更厲害的呢！）

柳宗元的結論：孔子說過，嚴厲、暴虐的政令比老虎還可怕，我以前懷疑這句話，現在看看捕蛇者，還是相信了。不怪我以前不相信，誰又能知道政府強力徵收的害處比毒蛇還大呢！古文多半最後有作者的評議，說出文章的主旨，現在寫白話文學的人很少再用這個辦法，可能戛然而止，由讀者自己去思考。

苛政瑣碎百端，柳宗元找到一個尖銳突出的代表，由它搖撼人心，以概其餘。

文學作品藉少少表現多多，文學作品不要一覽表，大事記。柳宗元到底生長在君權至上的時代，他沒忘記表示對政府的善意，引周代「采風」做庇護。采風，周天子派人出去搜集民歌，從作品中觀察人民的道德水準和快樂指數（或痛苦指數），作為施政的參考。柳宗元說，我寫〈捕蛇者說〉，就是為了朝廷觀風使用。風，本是「民風」，唐朝避李世民的名諱，改成人風。

今日永州根據〈捕蛇者說〉，製成「異蛇牌藥酒」和「柳宗元牌藥酒」，成為當地名產。就像李白一首「蘭陵美酒鬱金香」，蘭陵人釀酒發財。趙匡胤和道士陳摶下棋而輸掉了華山，華山下賣圍棋成市集。黃粱一夢，邯鄲一夢。邯鄲，河南，今河北南部有黃粱夢鎮，著名觀光景點，因道家故事而建呂仙祠，旅館供應枕頭和黃粱飯，引人留宿。商人了不起，可利用任何材料賺錢，悲慘，幸福，危險，冤屈……

「苛政猛於虎」語出《禮記．檀弓下》。

《禮記》是儒家的六經之一，輯錄了儒家學者對禮制的解釋、說明和補充的資料。現時通行的《禮記》是由漢代戴聖輯錄。其中一篇〈檀弓〉，包含了許多小故事。

「苛政猛於虎」的原文：

孔子過泰山側，有婦人哭於墓而哀。夫子式而聽之，使子路問之，曰：「子之哭也，一似重有憂者。」而曰：「然。昔者吾舅死於虎，吾夫又死焉，今吾子又死焉。」夫子曰：「何為不去也？」曰：「無苛政。」夫子曰：「小子識之，苛政猛於虎也。」

式而聽之：式，通軾，車前的橫木。孔子坐在車上，看見墳墓前有婦人哀哭，他停下來憑著車前的橫木，以嚴肅的表情靜聽，並不匆匆走過（據說這是他的習慣）。

一似，很像是。重有憂，一再發生憂患、沉重的憂患。舅，公公，古人稱公婆為舅姑。

而曰，接著說，婦人接著說，省略了主詞。焉，指代事物之詞，指吾夫吾子都死於虎。在這裡，舅死夫死子死，也是分三次說出，不求簡，可以和〈捕蛇者說〉、〈瘞旅文〉用的手法互相參證。

苛政何以猛於虎？比較如下：

虎	苛政
威脅生存	決定生存
偶爾出現	無時無地，如在其上，長相左右
可躲避，對抗	不能躲避，對抗
危害一人	危害全體
如斬立決	如凌遲處死
殺身體	殺身體也殺靈魂

今天研究文學的人說，「苛政猛於虎」是〈捕蛇者說〉的原型，也就是，〈捕蛇者說〉從「苛政猛於虎」變化發展而來，古人有「脫胎」之說，意義近似。使用原型是文學創作的正當手段和重要技巧，它使詩產生詩，小說產生小說，新生繁衍，文學大家族更繁榮。

舉例來說，李白「相看兩不厭，只有敬亭山」，辛棄疾「我見青山多嫵媚，料青山見我應如是」，前者可能是後者的原型。《詩經》「二子乘舟，泛泛其影，二子乘舟，泛泛其逝」，李白「孤帆遠影碧空盡，惟見長江天際流」，後者可能從前者脫胎。

使用原型有一局限，通常選擇古典作品，或流傳久遠的傳說民謠。因為這些作品受時間淘洗，本身有一種尊貴，這些作品也不再受著作權法的保護，不會引起法律糾紛。使用原型絕對不是抄襲，但是新作品免不了要借用原作的「創意」，在一定時間內，今人的創意還是不能侵犯的。

＊附註：〈捕蛇者說〉和「苛政猛於虎」對照

捕蛇者說

永州之野產異蛇，黑質而白章，觸草木盡死；以齧人，無禦之者。然得而腊之以為餌，可以已大風、攣踠瘻癘，去死肌，殺三蟲。其始太醫以王命聚之，歲賦其二。募有能捕之者，當其租入。永之人爭奔走焉。

有蔣氏者，專其利三世矣。問之，則曰：「吾祖死於是，吾父死於是，今吾嗣為之十二年，幾死者數矣。」言之貌若甚戚者。

余悲之，且曰：「若毒之乎？余將告於蒞事者，更若役，復若賦，則

苛政猛於虎

孔子過泰山側。

有婦人哭於墓而哀。夫子式而聽之，使子路問之，曰：「子之哭也，一似重有憂者。」而曰：「然。昔者吾舅死於虎，吾夫又死焉，今吾子又死焉。」

夫子曰：「何為不去也？」

何如？」

蔣氏大戚，汪然出涕，曰：「君將哀而生之乎？則吾斯役之不幸，未若復吾賦不幸之甚也。嚮吾不為斯役，則久已病矣。自吾氏三世居是鄉，積於今六十歲矣。而鄉鄰之生日蹙，殫其地之出，竭其廬之入，號呼而轉徙，餓渴而頓踣，觸風雨，犯寒暑，呼噓毒癘，往往而死者，相藉也。曩與吾祖居者，今其室十無一焉；與吾父居者，今其室十無二三焉；與吾居十二年者，今其室十無四五焉，非死即徙爾，而吾以捕蛇獨存。

悍吏之來吾鄉，叫囂乎東西，隳

曰：「無苛政。」

突乎南北；譁然而駭者，雖雞狗不得寧焉。吾恂恂而起，視其缶，而吾蛇尚存，則弛然而臥。謹食之，時而獻焉。退而甘食其土之有，以盡吾齒。蓋一歲之犯死者二焉，其餘則熙熙而樂，豈若吾鄉鄰之旦旦有是哉。今雖死乎此，比吾鄉鄰之死則已後矣，又安敢毒耶？」

余聞而愈悲，孔子曰：「苛政猛於虎也！」吾嘗疑乎是，今以蔣氏觀之，猶信。嗚呼！孰知賦斂之毒，有甚於是蛇者乎！故為之說，以俟夫觀人風者得焉。

夫子曰：「小子識之，苛政猛於虎也。」

賣柑者言

劉基

柑是一種水果，跟橘、橙相近。果樹是常綠灌木，葉緣有鋸齒，初夏開白色小花，果實扁球形，成熟後呈金黃色，比橘大。

橘，常綠灌木或小喬木，枝上有刺，葉狹長，花白色五瓣。

橙和橘同屬一科，果實經霜早熟，圓形黃色，果皮有香氣，入藥。

桔，破音字，同橘。為了吉利以桔代橘。

賣柑者言，一個賣水果的小商人說的話。

劉基，劉伯溫，浙江人，元朝的進士，輔佐明太祖朱元璋得天下，與張良、諸葛亮並稱。他也是大文學家，與宋濂、高啟齊名。

劉基懂兵法謀略，幫助朱元璋打敗張士誠、陳友諒、方國珍，創建明朝。民間神化劉伯溫，說他前知五百年，後知五百年。比之諸葛亮、姜太公。民間流傳的〈燒餅歌〉，預言明清民國以來的大事，據說是劉伯溫所作。舉例來說，像「一院山河永樂平」，預言燕王奪取王位以永樂為年號，「八千女鬼亂朝綱」，預言太監亂政，「遇順則止」，預言大清順治皇帝取代明朝，「十八孩兒難上難」，預言明朝傳至十八代滅亡。「木下一頭子，目上一刀一戊丁」，以拆字法預言李自成作亂。這些「謎面」的文字水平很像鄉村小廟的籤語，生拼硬湊，似出於民間偽託。

實際上劉基正直樹敵，仕途從開始便不順利。朱元璋奪天下時重用，得天下後猜忌。後來劉基生病，丞相胡惟庸帶著醫生去探望，劉基吃了藥，病情更複雜了，六十五歲死亡。據說朱元璋授意胡惟庸下毒。

杭（州）**有賣果**（水果）**者，善**（擅長）**藏**（儲存）**柑，涉**（經）**寒暑**（一年）**不潰**（腐壞）**；出**（拿出來）**之燁然**（有光澤）**，玉質而金色。置於市**（市場）**，賈**（ㄐㄧㄚˋ 價）**十倍，人爭鬻**（ㄩˋ 買）**之。**

劉基在杭州前後六年，擔任過江浙行省儒學副提舉，行省考試官。這篇文章是他在杭州時所寫，當時年齡大概三十二到三十三歲。

杭州有個賣水果的，他有特別的方法貯存柑子，他店裡賣的柑子，由秋天經過冬天到第二年夏天還不潰爛，擺出來很鮮豔，好像是玉石做成的，又有黃金一樣的顏色，價錢比秋天的新柑高出十倍，很多人搶著買。

水果很難保存，民間常常把橘子埋在麥糠裡過冬，橘子外表完好，裡面的水分也蒸發掉了。橘子乾燥始能「不潰」，這是自然定律，杭州這位賣柑者大概有更好的方法，可以保存得更久，橘子也更像木乃伊。

柑橘是秋天的水果，如果春天夏天看見「新鮮的」柑，當然歡喜，即使發現不堪食用，仍有觀賞價值，可以做餽贈的禮物或祭祀的供品，人如果只買他必需的東西，他活得很實在；人如果能夠常常買他「並非必需」的東西，他可能活得很光彩，所以賣柑者的生意很好。劉基認為賣這樣的水果是欺騙顧客，但賣水果的人另有他的「哲學」。

鬻，我們都認為是「賣」，可是在這篇文章裡變成了「買」。

劉基的古文筆法，顯出樸素端莊的風格。古文，指韓愈提倡的散文，他排斥六朝的繁複綺麗。

予貿（交易、買）**得其一，剖之，如有煙撲口鼻，視其中，則乾若敗**（舊）**絮**（棉絮）。

劉基說，我買了一個，剝開一看，沒聞到柑子的香氣，好像有一股煙撲過來，裡面乾燥得像舊棉絮一樣。前賢寫作，在一篇文章裡避免重複使用同一個字，除非出於特別的設計。這篇文章開頭說，「杭州有賣果者」，以後表示「賣」的意思，換成市、售、貿、取，甚至「鬻」。今天寫白話文，原則上也是如此。

予怪而問之曰：「若（你）**所市**（賣）**於人者，將以實籩**（ㄅㄧㄢ）**豆**（盛祭品的器具）**、奉祭祀、供賓客乎？將衒**（炫耀）**外**（表面）**以惑**（迷）**愚**（傻子）**瞽**（瞎子）**乎？甚矣哉，為欺也！」**

籩，竹器。豆，木器。盛祭品用。

你把這樣的柑子賣給人家，你是要人家擺出來敬神上供呢，還是招待客人的時候做裝飾品呢，還是用漂亮的外表迷惑那些沒有知識沒有眼光的人呢，你這樣騙人家的錢太過分了。劉基這幾句話很直率。

解釋一下：從前主人待客，擺出點心水果，這是禮貌，客人如果拿過來吃，這是失禮，客人告辭，水果點心原封不動，所以劉基把「供賓客」和「奉祭祀」相提並論。

賣者笑曰：「吾業是（以此為業）有年（多年）矣，吾賴（靠）是（這個）以食（養）吾軀（身體）。吾售之，人取之，未嘗有言（怨言）；而獨（偏偏）不足（虧欠）於子（您）乎？世（世界上）之為（幹）欺者（騙子）不寡（少）矣，而獨我也乎？吾子（您）未之思也！今夫佩虎符（握軍令）、坐皋比（虎皮坐褥）者，洸（ㄍㄨㄤ）洸乎（威武）干城（保衛國家）之具（人才）也，果（真個）能授（運用）孫（孫武）、吳（吳起）之略（兵法）耶？峨（高）大冠、拖長紳（文官的腰帶）者，昂昂乎（高高在上）廟堂（朝廷）之器（人才）也，果能建伊（伊尹）、皋（皋陶）之業（功業）耶？盜起而不知禦，民困而不知救，吏（官吏）奸（奸惡）而不知禁，法斁（ㄉㄨˋ 敗壞）而不知理（治理），坐糜（消耗）廩粟（公糧）而不知恥。觀其坐高堂、騎大馬、醉醇（ㄔㄨㄣˊ 陳酒）醴（ㄌㄧˇ 甜酒）而飫（ㄩˋ 吃飽）肥鮮者，孰（誰）不巍巍乎（高大）可畏、赫赫乎（勢盛）可象（效法）也！又何往（那裡找）而不金玉其外、敗絮其中也哉。今子您是這些之不察不看，而以察吾柑。」

賣水果的人和氣生財，先笑後說，跟劉基的態度形成有趣的對照。

這是〈賣柑者言〉最長的一段。古人做文章，最長的一段往往是最重要的一段，也是寫作技巧最值得觀摩的一段。從前私塾先生用看皇曆做比喻，皇曆把這一個月的每一天都排列出來，每一天下面都有小註，告訴你這天宜出行，宜嫁娶，宜破土，宜開張……小註很多的日子就是好日子，就是重要的日子。如果日子下面的小註很少，甚至只有四個字「諸事不宜」，這就是不重要的日子。鄉下人不識字，打開皇曆選日子，看小註的字數多少決定。

這一段有好幾個句子的構造可以算是文言文的特色。「而獨不足於子乎？」意思是「而獨於子為不足乎？」「今子是之不察」，意思是「今子不察是」。這些句子今天不能學。這些句子形成這一大段文章的文氣，如果把「今子是之不察」，改成「今子不察是」，文氣就變了，文句構造和文氣的關係，今天的白話文作家可以學。

今天寫白話文，仍然「最重要的部分用最多的字數」，可是忌段落太長，長段密密麻麻，對讀者有壓力。

今天寫對話，力求兩個人交叉對談，忌一人長篇大論。對話不能是「一個人報題目，另一個人演講」。

這一段有許多詞語需要解釋：

虎符，虎形之信符，分兩半，國君把一半交給軍隊的統帥，日後國王派使者傳令，使者帶著另一半虎符前往，兩片虎符相合，證明使者的身分。

孫吳，孫武，春秋時軍事家；吳起，戰國初期軍事家，《史記》有〈孫子吳起列傳〉。孫子著名的故事，把吳王的宮女訓練成精兵，率領吳國軍隊滅楚，幫助伍子胥報仇。吳起著名的故事「殺妻求將」，因他的妻子是齊國人，魯將伐齊，吳起為了得到魯國的信任，把妻子殺了，京劇《斬經堂》就是以這個故事為原型。

伊尹，輔助湯王滅夏朝，建立商朝，他任丞相期間是商朝的黃金時代。湯王去世，太甲即位，做了許多錯事，伊尹把太甲流放到「桐」達三年之久，自己攝政管治國家。直到太甲後悔了，才把他迎回復辟執政，太甲也變成了一位好領袖。

皋陶ㄧㄠˊ，堯舜時代的司法最高長官，公正廉明。

這一段話，那個賣水果的人大概講不出來，是劉基借用了賣水果的人那張嘴，把自己要說的話講出來，這個方法叫「假託」，現今白話文學叫「代言」。

寫文章本來是自己說自己心裡的話，可是有許多話不能說，「代言」是自己不說，找個人替我說，這樣一來題材就寬了，文章的變化就多了。

《古文觀止》還選了柳宗元的〈捕蛇者說〉，可以和〈賣柑者言〉對照閱讀，柳宗元找了一個專業捕蛇的人替他說話，反映民間疾苦。

「代言」的高級發展是創造人物，代言人有自己的生命，賣柑者可以脫離劉基獨立，這就是小說和戲劇了。像莎士比亞、曹雪芹，創造了那麼多人物，這些人物的個性和意見互相衝突，你很難再說究竟那個人物是代表作者。莎士比亞，有人說他擁護君主，有人說他提倡民主，有人說他是資本主義，有人說他是社會主義。其實我們只能說莎士比亞的某個劇本裡的某個角色擁護君主，某個劇本裡的某個角色信仰社會主義。

予默然無以應。退（回來）而思其言，類（好像）東方生（東方朔）滑（ㄍㄨˇ）稽（詼諧）之流。豈其（難道是）憤（痛恨）世（腐敗的現狀）疾（嫉）邪（邪惡的勢力）者耶？而託（假）

託，藉故躲避**於柑以諷**委婉勸說**耶？**

諷，勸告並不直接說出來，轉個彎來說件有趣的事情，嫁接到正題上去，使對方容易接受。

文言特殊句型：類東方生滑稽之流。豈其憤世疾邪者耶？

東方朔，一個詼諧有趣的賢臣，也是文學家，常常說些有趣的事情間接提醒漢武帝改正錯誤，武帝拿他當戲臺上的丑角養著，太史公著《史記》，為東方朔、優孟、淳于髡立〈滑稽列傳〉，後來說相聲的人拿東方朔當祖師爺。

滑稽，據說是盛酒的器具，可以「轉注吐酒，終日不已」，「從那頭兒把酒倒進來，繞個彎兒注到這頭兒去。」形容一個人出口成章，永不詞窮。

現在都說「滑ㄍㄨˇ稽」，它的意思是引人發笑，跟詼諧、諷刺、嘲笑、幽默常常換用。據提倡幽默的林語堂說，幽默、諷刺、滑稽，有很大的分別。現在流行不分詼諧、諷刺、嘲笑，都叫幽默，把林語堂標榜的幽默稱為「高級幽默」。高級幽默不含尖銳的、悲觀的、恐怖的效果，現代西洋作品有人喜歡製作這種效果，於是再立一詞，「黑色幽默」。

舉幾個諷刺／幽默的例子，原作者的名字都失傳了：

1.臺灣什麼時候會想要統一？買方便麵的時候。（統一牌方便麵銷路最好。）

套用：臺灣人什麼時候最愛國？愛國獎券開獎的時候。

大陸人什麼時候最想念毛澤東？月底等發薪水的時候。（鈔票上印著毛的肖像。）

2.養魚挺麻煩的，每周要換一次水，我經常忘記。後來，就只好每周換一次魚了。

套用：停車的時候我常常忘記朝收費錶投零錢，後來只好常常給政府寄支票了。（停車超過時間警察要開罰單，投零錢可以忘記，交罰款不能忘記。）

3.「你為什麼一抽菸就笑？」「我看到書上說，抽一支香菸減壽五秒，笑一笑可使壽命增加十秒，所以每次抽菸我就要笑一笑，為生命賺回五秒鐘。」

套用：每逢百貨公司大減價的時候，你為什麼都去買很多東西？買得愈多，省錢也愈多。

4.錢可以買房子但買不到家，能買到婚姻但買不到愛，可以買到鐘錶但買不到時間。錢不是一切，反而是痛苦的根源。把你的錢給我，讓我一個人承擔痛苦吧！

套用：「如果我欠別人的，我會很痛苦，如果是別人欠我的，我覺得很快樂。」「好極了，我租了你的房子，從此不交房租，讓你每月快樂一次。」

5.前世的五百次回眸，才換得今生的一次擦肩，像你我這樣親密的朋友，上輩子似乎沒幹什麼，光他媽忙著回頭了！

套用：我們的頭髮，上帝都數過了，所以好人死得早，上帝只忙著數他們的頭髮，忘了數他們的壽命。

6.「如果你的老公有外遇，你會怎麼樣？」「我會睜一隻眼，閉一隻眼。」「喔！你這麼大方！」「不，我是要用槍瞄準他。」

套用：我天天燉紅燒蹄膀給他吃，讓他中風。／我皈依三寶，修密宗，天天念咒咒死他。

文學作品中，作家大概都讀過《百喻經》，當作文學作品讀，書裡面用許多小故事宣說佛教教義，也有諷刺手法。

我們都很熟悉〈阿Q正傳〉，中篇小說，藉著描寫阿Q這個人，諷刺中國人處世做人的態度，欺善怕惡、逃避現實固然可恥，「退一步海闊天空」也是懦夫。這篇小說刻畫中國傳統的人生哲學使中國人不能明白人生的意義，笑中帶淚，風行一時，普遍影響中國青年的人生觀，傾向激烈的革命路線。

我們也都很熟悉《吉訶德先生傳》，作者是西班牙人，他用這部小說諷刺歐洲的騎士文學。騎士藏著祕密的愛情，遊走四方，行俠仗義，留下尊貴的典型，作家寫了很多作品謳歌他們，《吉訶德先生傳》換一個角度，指出騎士不過是生活在幻覺裡的夢遊者，吉訶德到處鬧笑話，他的行為傷害自己也傷害別人。據說這部小說淘汰了盛極一時的騎士文學。

祭十二郎文

韓愈

十二郎，韓家大家庭內男孩子的排行，第十二個名叫韓老成，韓愈的姪兒，叔姪年齡相近，患難中一同長大。

韓愈的原籍有好幾個說法，大概他在河南出生，他的祖先曾在今天的河北省昌黎縣居住，他家住在今天河南的孟州。孟州市在河南西北部黃河邊上，八仙之一的韓湘子，晉代著名的美男子潘安，都是孟州人。

韓愈晚年任吏部侍郎，人稱韓吏部。死後稱韓文公。唐代大文學家，「唐宋八大家」之首，與柳宗元倡導古文運動，合稱「韓柳」。所謂古文運動是提倡春秋秦漢時代古樸的散文，抵制自魏晉以來流行的駢儷。蘇軾稱讚他「文起八代之衰」，八代：東漢、魏、晉、宋、齊、梁、陳、隋。

韓愈有大哥韓會，二哥韓介，三哥韓弇。名字都是人字頭，寓有出人頭地之意。他叫「愈」，意思是勝過他人。字「退之」，據說是受了太太勸告，讓人一步，緩和一下。

韓愈出生未久，母親就去世了，三歲，父親也去世了，受大哥韓會撫育，大哥在京師、韶州等地做官，都帶著他。十二郎韓老成是二哥韓介的兒子，過繼給大哥韓會，同由大嫂鄭氏撫養，叔姪的感情勝過親兄弟。韓會病逝廣東韶州，韓愈隨大嫂鄭氏護喪返回河南。後又避難安徽宣城，據說「八仙」中著名的韓湘子即是十二郎韓老成的孩子。

韓愈到長安參加科舉考試，第四次才考中進士。然後再參加吏部的考試，三次都沒考取，沒有任用資格，得不到官職。三次上書宰相，希望得到薦舉，沒有回音。第四次考試通過吏部的銓選，做了「國子監」的博士，國子監是當時全國的最高學府，博士是學官，官位不高，但是可以在京師廣授門徒，凡是他的學生，人稱韓門弟子，在社會上有相當的影響力。當然，學生要交學費，韓愈的經濟情形大為改善。

後來晉升為監察御史，因上書陳述天旱人飢，批評時政，貶為連州陽山令。這一年姪子韓老成去世，寫〈祭十二郎文〉。回京後在教育、編修、考試及祕書部門擔任重要職務，升刑部侍郎。又因力諫唐憲宗「迎佛骨」而獲罪，貶潮州刺史。

唐穆宗即位後召回韓愈，擔任國子監的首長，稱為祭酒，轉任兵部侍郎、吏部侍郎、京兆尹兼御史大夫等職，五十七歲病逝。

韓愈名氣大，文章好，富貴人家常來求他為先人撰墓誌銘。只要能送上很高的稿費，韓愈一律答應。留下的記載有「受馬一匹，並鞍、銜及白玉腰帶一條」、「絹五百匹」。查資料，絹五百匹值四百貫錢，而韓愈在某一時期的月薪只有二十五貫錢。墓誌銘總是讚美死者，人情應酬不能盡免，怎可拿來當生意做？當時人稱為「諛墓」之作，對韓愈很有意見。

年、月、日，季父(小叔叔)**愈聞汝喪之七日，乃能銜**(含)**哀致誠，使建中遠具時**(這個季節)**羞**(饈，美食)**之奠**(祭品)**，告汝十二郎之靈：**

祭文一般格式，先說明致祭的時間，通常事先把祭文寫好，日期空在那裡，使用時再填上。韓愈祭十二郎，時在德宗貞元十九年五月二十六日。

祭文開頭要交代事情：致祭日期，祭者，被祭者，以及兩者的關係。季父，兄弟排行，伯仲叔季，長兄稱為「伯」，次兄稱為「仲」，其次都稱為「叔」，年紀最小的弟弟稱為「季」。韓愈上有三兄，所以是季父。建中，韓愈派去致祭的代表。遠具，點出距離。韓在長安，十二郎死於安徽宣城。致祭者就地準備新鮮果菜。

嗚呼！（歎詞）**吾少孤**（無父）**，及長，不省**（ㄒㄧㄥˇ 知）**所怙**（ㄏㄨˋ 依靠）**，惟兄嫂是依。**

祭文通常先以歎詞表示悲傷。韓愈三歲喪父，無父曰孤，無母曰哀，父母俱亡稱孤哀子。也有人說，韓愈出生後母親先過世，三歲時再失去父親，「少孤」是說從小就是無父無母的孤兒。

兄嫂，大哥韓會夫婦，十二郎的繼父繼母。

中年，兄歿（死亡）**南方，吾與汝俱幼，從嫂歸葬河陽。**

大哥韓會貶廣東韶州，以四十二歲病逝任所。大嫂帶著兩個孩子扶柩由廣東歸河南河陽，韓愈約十二歲。河陽，韓家祖墳所在。

中國傳統，人死在異鄉，他的家屬總要把遺體運回來和祖先葬在一起，靈魂還鄉，不會漂流在外成為孤魂野鬼。當年交通困難，中國的面積又大，這件事談何容易，以致傳說巫師可以趕著屍體走路，把死者送回老家，這當然不是事實，但是反映了社會的需要。韓會死在廣東，韓大嫂帶著兩個未成年的孩子和靈柩回河南，在當時是了不起的德行。

關於韓愈在某一年齡遭遇了某件事故，各家的說法往往相差一歲。例如大哥韓會病逝廣東，有人說韓愈十二歲，有人說十一歲。以下有許多地方都是如此，也許是推斷年齡時有人用虛歲、有人用實歲。我們「化讀」，未做考證，但仍然註明年齡，幫助讀者了解情況。

既（後來）**又與汝就食**（謀生）**江南，零丁**（孤單）**孤苦，未嘗一日相離也。**

江南，安徽宣城，韓家有一點產業，避兵亂到宣城居住。韓愈約十三歲至十九歲。

吾上有三兄，皆不幸早世（去世），承先人後者，在孫惟汝，在子惟吾，兩世一身，形單影隻。

韓愈三個哥哥都死得早，古人因醫藥衛生落後，死亡率高。韓老成叫十二郎，韓愈叫韓十八，都是同一個祖父的堂兄弟排行，可以看出生育率高。雖然兄弟多，現在孫子一輩只剩下韓老成，兒子一輩只剩下韓愈，也可看出死亡率高，生生死死，都是家難。「伶仃孤苦」固然難過，形成伶仃孤苦的過程更難過。今人寫白話文，大概會把這個「過程」寫出來。因為今天的讀者匆忙粗心，你留白，他多半體會不出來。

以上一步一步寫家世，由難，到更難，到最難，層層疊高，步步加深。這種寫法也常在白話文學作品中出現，例如冷，更冷，凍僵，或者餓，更餓，餓昏。

嫂嘗撫汝指吾而言曰：「韓氏兩世（代），惟此而已！」汝時尤小，當不復記憶；吾時雖能記憶，亦未知其言之悲也。

藉著回味，概括以上對伶仃孤苦的縷述，作者的回味也是讀者的回味，如作者不回味，讀者可能無暇回味。尤其讀今天的白話文學和讀文言的古典作品不同，今天的作品，大概無緣使讀者沉吟咀嚼，如何巧妙的引誘讀者反覆品味，他們更要講求。

幼時不知道大嫂的悲，可悲。現在知道了，是悲上加悲。正如當時不知道危險，事後想想更危險。安徒生寫〈賣火柴的女孩〉，女孩在凍死之前忽然覺得不冷了，接著她就凍死了！更撞擊人心。

吾年十九，始來京城。其後四年（二十三歲），而歸視汝。又四年（二十七歲），吾往河陽省（ㄒㄧㄥˇ）墳墓（掃墓），遇汝從嫂喪（大嫂去世）來葬。又二年（二十九歲），吾佐董丞相於汴州（今河南開封），汝來省（ㄒㄧㄥˇ）吾，止（停留）一歲，請歸取其孥（妻子）。明年，丞相薨（ㄏㄨㄥ 去世），吾去（離開）汴州，汝不果（實現）來。是年，吾佐戎（軍中幕僚）徐州，使取汝者始行，吾又罷去，汝又不果來。吾念汝從（跟著我）於東（徐州在東），東亦客也，不可以久，圖久遠者，莫如西（河陽在西）歸，將成家（安家）

而致（接）汝。嗚呼！孰謂汝遽（忽然）去（離開）吾而歿（去世）乎！

韓愈二十七歲時大嫂去世，服喪一年。古人認為「叔嫂無親」，本不服喪，韓愈因大嫂有養育之恩，服叔伯之喪。

這一段時期，韓愈的工作極不安定。到河南做節度使董晉的幕僚，董晉做過檢校尚書左僕射，同中書門下平章事，韓愈稱他董丞相。可是董晉死了。古時諸侯死，叫作薨，唐代二品以上官員死了，也叫薨。韓愈護送董晉的靈柩往洛陽，然後到徐州做節度使張建封的幕僚，不久張建封也死了，韓愈又離開徐州。韓愈想把十二郎接來同住，沒能辦到。

這一段，韓愈雖然寫得簡略，我們不用看地圖，也能感受他的奔波。

吾與汝俱少年，以為雖暫相別，終當久相與處，故捨汝而旅食（寄居）京師（京城），以求斗斛（ㄏㄨˊ，十斗）之祿。誠知其如此，雖萬乘（ㄕㄥˋ，大國）之公相（高官），吾不以一日輟（ㄔㄨㄛˋ，中斷）汝而就（接受）也！

十二郎死時韓愈三十六歲。叔姪三別三會，永別暫會，寫得很動人。

去年，孟東野（詩人）往，吾書與汝曰：「吾年未四十，而視茫茫（不清楚），而髮蒼蒼（銀白色），而齒牙動搖。念諸父（父親一輩）與諸兄，皆康彊（強）而早世，如吾之衰者，其能久存乎？吾不可去，汝不肯來，恐旦暮死，而汝抱無涯之戚（哀愁）也。」孰謂少者歿而長者存，彊者夭（早死）而病者全乎！

孟東野即孟郊，《古文觀止》有韓愈〈送孟東野序〉。當時孟郊往江蘇溧陽任職，十二郎住安徽宣城，兩地不遠，韓愈在京師託孟郊就近帶信。

韓愈寫這篇祭文的時候三十六歲，所以說年未四十。

嗚呼！其信然邪（耶）？其夢邪（耶）？其傳之非其真邪（耶）？

根據上面的推理，韓愈懷疑死訊也許是誤傳，也許是他做噩夢，連設三問，不甘接受事實，寫得好。

信也，吾兄之盛德而夭其嗣（後代）乎？汝之純明而不克蒙（受）其澤（德澤）乎？少者彊者而夭歿、長者衰者而存全乎？未可以

為信也！

化身為二，互相駁難，看似說理，其實是抒情，這是「判斷語言之抒情使用」，特別適合長於說理、短於抒情的作家。論者指出這篇祭文雖抒情而能「氣勢磅礴雄放」，語言的運用是主要因素。

大哥韓會的文章道德都不錯，做官也正派，依中國傳統的說法，這樣的人會留下某種無形的、有益於世人的東西，他的子女首先承受。韓愈根據此一信念，質疑十二郎的死訊。

夢也，傳之非其真也，東野之書，耿蘭之報，何為而在吾側也？嗚呼！其信然矣！

韓愈手中有孟東野的信，有耿蘭的家報，都說十二郎死了，事實俱在，推翻剛才的質疑。

以上三段，說了等於沒說。敘事不可如此，抒情往往如此，說個比喻，這不是走路，而是舞蹈，論者認為此文「徘徊悱惻」，指的就是這一特色。

吾兄之盛德而夭其嗣矣！汝之純明宜業（繼承家業）其家者，不克（能）蒙其澤矣！所謂天者誠（真的）難測，而神者誠（真的）難明矣！所謂理者不可推，而壽者不可知矣！

七個問號之後，四個驚歎號，承認事實，但是他認為無法解釋。

天道——天如何運作

天意——天要我們怎麼做

我們讀《古文觀止》，王安石在〈泰州海陵縣主簿許君墓誌銘〉裡，柳宗元在他的〈柳州遊記〉裡，都曾提出來同樣的問題。他們都受儒家的教育，依儒家的理念，這樣的事情不該發生，怎麼發生了？儒家的答案是「不知道」。這是儒家的極限，也是儒家對中國人的心靈不能充分照顧之處，有待宗教補足。就文論文，正因為沒有順暢的出口，情感這才激盪不平，文章這才波瀾橫生。所以作家常常提出問題而不解決問題。

雖然，吾自今年來，蒼蒼者或化而為白矣，動搖者或脫而落矣，毛血日益（更）衰，志氣日益微，幾何（不知何時）不從汝而死也！死而有知，其幾何（多少時間）離？其無知，悲不幾時，而不悲者無窮期矣。

尋找解脫，更見悲愴。

汝之子始（才）十歲，吾之子始（才）五歲，少而彊者不可保，如此孩提（攜，抱）者，又可冀（希望）其成立邪（耶）？嗚呼哀哉！嗚呼哀哉！

實際上並未找到解脫，用上一代的經驗推測，下一代的未來可能是上一代悲劇之重演。連用兩句嗚呼哀哉，最沉痛的表示。

汝去年書云：「比（ㄅㄧˋ 近來）得軟腳病，往往而劇（厲害）。」吾曰：「是（這）疾也，江南之人常常有之。」未始以為憂也。嗚呼！其竟以此而殞（ㄩㄣˇ 喪失）其生乎？抑（或者）別有疾而致斯（如此）乎？

結論本可使思考停止，但情感壓倒理智，繼續推動思考。

汝之書，六月十七日也；東野云，汝歿以六月二日；耿蘭之報無月日。蓋東野之使者，不知問家人以月日；如耿蘭之報，不知當言月日；東野與吾書，乃問使者，使者妄稱以應之耳。其然乎？其不然乎？

再尋破綻，疑團仍未盡釋，但已不能推翻事實。

一路寫來，不斷提出問題，尋找答案，推翻答案，徬徨疑惑。結論不是容易形成的，形成後，不是容易接受的，不甘心罷休，但不是容易推翻的。就像失眠的人，翻過去，睡不著，翻過來，還是睡不著，所謂愁思百結，迴腸九轉，生動的展現出來。這種「輾轉反側」的寫法，我們寫白話文也可以使用。同時可以體悟，成語並非陳腔濫調而已，我們可以如此尋找它「未生之前」的面目，找出它的生動和豐富。

今吾使建中祭汝，弔（慰問）汝之孤（兒子）與汝之乳母。彼有食（生活費用）可守以待終喪（喪期滿），則待終喪而取以來；如不能守以終喪，則遂（順便）取以來。其餘奴婢，並令守汝喪。吾力能改葬，終葬汝於先人之兆（墓地），然後惟其所願。

處理後事，使死者瞑目。

嗚呼！汝病吾不知時，汝歿吾不知日，生不能相養以共居，歿不能撫汝以盡哀，斂（殮，把死者放入棺內）不憑（站在旁邊看著）其棺，窆（ㄅㄧㄢˇ，下葬）不臨其穴（放棺材的坑），吾行（行為）負（對不起）神明，而使汝夭，不孝不慈，而不得與汝相養以生、相守以死，一在天之涯，一在地之角，生而影不與吾形相依，死而魂不與吾夢相接（會），吾實為之，其又何尤（怨）！彼蒼者天，曷（何）其有極（悲傷終止）！

接受事實以後，內疚一次集中說出，十一個不字，句法排山倒海。雖能使死者瞑目，不能使自己心安，情極深。

影與形依，一虛一實，魂夢相接，一實一虛。虛實與共。

有人認為韓愈有些話說得太重了！我們也許可以解釋，韓愈對父母、對養父母、對兄弟之情集於十二郎一身，形成一種綜合的感情。報十二郎即報兄嫂，報兄嫂即報父母。這樣當然超越叔姪。

自今以往，吾其無意於人世矣！當求數頃之田於伊（水）潁（水）之上，以待餘年。教吾子與汝子，幸（希望）其成；長吾女與汝女，待（等年齡到）其嫁。如此而已。

伊、潁，兩條河，都在河南，靠近韓愈故鄉。

無意人世，無熱情理想目標，退出人生舞臺。把十二郎當作人生最大的意義，一個代表兩代家族的符號。

吾子與汝子，吾女與汝女，並舉，不分彼此。聯繫童年相依之情。

養兒期望高，把握小，所以說幸其成。養女期望不高，把握大，所以說待其嫁，用字寓意不同。

韓愈三十六歲作祭文，五十七歲因病辭官，當年就死了，可以說人在宦海，死而後已，並沒有「求數頃之田於伊潁之上，以待餘年」。人在情感熱烈時常常說他做不到的事，他自己以為可以為他做任何事。「從來山海是虛盟！」他並沒有說謊，他的話出自內心，只是「誠」和「信」分開了。政客「在競選時說他該做的事，當選後做他能做的事」，兩者中間往往有很大的差距，其實不僅政客如此。

嗚呼！言有窮而情不可終，汝其知也邪耶？其不知也邪耶？嗚呼哀哉！尚饗！

希望死者有知，假設死者有知，祭神「如」神在，自己也知道未必。如有知，沒說出來的你也知道；如無知，說出來的也白說。極無奈。尚饗，祭文的結語，希望被祭者享用祭品，不能確定有神，不願承認無神。

一般祭文用韻文，韓愈寫〈祭十二郎文〉用散文，大成功，與李密的〈陳情表〉、諸葛亮的〈出師表〉並列為中國三大抒情文之一，南宋謝枋得《文章軌範》引用安子順之說：讀〈出師表〉不哭者不忠，讀〈陳情表〉不哭者不孝，讀〈祭十二郎文〉不哭者不慈。

韓愈主張文以載道，以文學為宣傳車。韓愈的文章今天仍然列為經典，主要原因還是他寫得好，後世對他的要求是藝術的，文學的。至於他說什麼，他載的道，到今天已不重要。他「諛墓」有時候也寫得很好，有文學價值。死者是否像他說得那樣好，現在沒人計較。

瘞旅文

王守仁

瘞ㄧˋ旅文，埋葬死於道路的外鄉人，寫這篇文章記述經過並祭弔死者。

古人說：「在家千日好，出外一時難。」古人遠行，交通、住宿、飲食衛生各種條件都不好，容易生病，一旦病了，醫療看護的水準也很差，遠行是大事，或者是萬不得已的事。

尤其是，有一種人是在重大的壓力下長途跋涉，路線、天候、季節都不能自己選擇，費用一定不充裕，多半自己背著行李步行。這種人萬一生病，往往就死在路旁。瘞旅，就是埋葬這種死者。

王守仁，浙江餘姚人，明代大儒，世稱陽明先生。他是哲學家、軍事家、政治家，也是詩人、文學家、書法家。

餘姚在浙江東部，嚴光（漢光武的朋友）、黃宗羲（明末思想家）都是餘姚人。

王守仁除了「文治」，還有「武功」，屢次領兵打仗，平定內亂。王守仁在福建碰上南昌寧王宸濠舉兵造反，他一面飛報朝廷，一面以手中有限的兵力和影響力，及時做了許多必要的處置，戰略戰術正確，在三十五天內生擒宸濠，捷報傳到京都，明武宗才宣布御駕親征。這是王守仁最著名的一次勝利。

此外，他曾平定廣東、福建交界處的民變，解散兩廣少數民族的武力。

儒家的理想是「內聖外王」，道德上完美，建功立業也超越前人。事實上這兩個標準有矛盾。王守仁幾乎統一了這種矛盾，實現儒家的理想，受到後世特別的標榜。

他也是哲學家，「宋明理學」的大師之一，受佛教和道家影響，把孔子避而不談的「性命天道」大加發揮，為儒學之新發展，世稱「心學」。他提倡心即是理（人心即天理），知行合一（知而不行，只是未知），影響後世很大。民國陶文濬改名行知，終身鼓吹陽明學說。蔣介石改草山為陽明山，推崇陽明哲學。

王守仁一度受宦官劉瑾排擠，貶到貴州。明朝的皇帝非常信任宦官，明武宗的時候，宦官劉瑾得寵，十分專橫，常常把群臣的奏章帶回自己家中處理。有人寫無頭帖子批評他，他查不出是誰寫的，就命令百官在殿外烈日之下罰站。

武宗是明朝第十位皇帝，他就是正德皇帝，在民間留下一些風流韻事，京劇的《梅龍鎮》就是一件。這時候明朝很腐敗了，幾位大臣聯名上奏章給皇帝，要求改革。皇帝要治他們的罪（其實是劉瑾要治他們的罪），王守仁上奏章支持他們，得罪了皇帝（其實是得罪了劉瑾），貶到貴州龍場驛做驛丞，地點在今天的修文縣。〈瘞旅文〉作於此時。

那時貴州是尚未開發的地區，「驛丞」是地方小吏，沒有品級，叫作「未入流」。那時政府公文派人騎馬送信，路很遠，送公文的人中途要住宿，政府沿途設置專用宿舍，叫作「驛站」，管理驛站的人叫「驛丞」，負責照料送公文的專差，也照料那匹馬。王守仁到了貴州，幹的是這份差事。

驛站也是來往官員的招待所。官吏上任，卸任，進京述職，出來察訪，晚上住在驛站裡，驛丞除了照料食宿，還得迎送如儀，多大的官供應那一等的伙食，多大的官用多少儀仗，都有規定。王守仁來幹這份差事，不但物質匱乏，精神也屈辱，這是朝廷對他的處罰，所以叫作「貶」。

維（發語辭）正德（明武宗年號）四年，秋月（七月）三日，有吏目（小吏，掌文書檔案）云自京（南京）來者，不知其名氏，攜一子、一僕，將之（到）任，過龍場，投宿土苗（當地少數民族）家。予從籬落間望見之，陰雨昏黑，欲就問訊（詢問）北來（自北方來）事，不果（沒辦成）。明早，遣人覘（ㄓㄢ，觀察）之，已行矣。

祭文的第一段，通常要說致祭的時間，致祭者是誰，受祭者是誰，致祭者和受祭者什麼關係。《古文觀止》收了歐陽修的〈祭石曼卿文〉，韓愈的〈祭十二郎文〉，就是這樣寫的。王守仁這篇〈瘞旅文〉不同，這篇文章對以上四點也有交代，不過並非集中在第一段寫出來，而是分散在文章裡。它不是單純的祭文，它是記敘文，記下如何埋葬死者，怎樣祭弔死者。這是使用業已形成的格式而略加變化，我們今天寫白話文也常常這樣做。

文言文在一篇開頭或一段開頭往往有個「發語辭」，表示要說話了，少了這個字，對文義沒有影響，有了這個字，增加語氣的變化。夫，維，蓋，都可以當發語辭使用，「維」常常放在時間前面，好像有「此時是……」的意思。我們寫白話文照樣要注意語氣的變化，只是不再使用文言的發語辭了。

〈瘞旅文〉第一段介紹三個死者，這是第一人稱寫法，所以三人在作者眼中出場。這三個人的景況真是天涯淪落，「攜一子」，孩子沒有母親，「投宿土苗家」，沒有資格住驛站。「予從籬落間望見之」，雖然王守仁也落難，他們和王守仁之間仍有階級隔閡。「陰雨昏黑」，使人感到遠景黯淡。明天一大早就啟程了，行程緊迫，大概一夜臥不安席。尤其是王守仁「遣人覘之」，這個「覘」字好像沒有多少關懷尊重的意思，只是為了打聽消息。王守仁對他們尚且如此，那一路上別人對他們只有更勢利、吝嗇、涼薄！

> 薄（接近）午，有人自蜈蚣坡（附近地名）來，云：「一老人死坡下，傍（通旁）兩人哭之哀。」予曰：「此必吏目死矣。傷哉！」薄暮，復有人來云：「坡下死者二人，傍一人坐哭。」詢其狀，則其子又死矣。明日，復有人來云：「見坡下積尸三焉。」則其僕又死矣。嗚呼，傷哉！

藉著中午的亮光，我們從「蜈蚣坡」這個地名，看見邊疆蠻荒。我們這才看見萬里投荒的小小公務員是個老人。老人是三個人的重心，精神上的支柱，老人的身體比較衰弱，棟梁先折。老人死去，未成年的孩子受不了這麼沉重的打擊，接著也死了。僕人照例比較強壯，撐到最後才死。

三個人的死訊分三次傳來，作者的敘寫有層次，讀者的共鳴有波瀾。老人先死，王守仁鐵口直斷，他有預感。第二個死者，王守仁經過詢問研判，才確定是兒子，顯出幾分不忍。一共三個人，兩個人的身分確定，第三個不問可知。第一個人死去，在中午，第三個人死去，在夜晚，使人感覺末日來臨，也好像看見悲劇落幕。

如果三人的死訊一次傳來，如果說有人看見蜈蚣坡下三具屍體，讀者的感受可能是震撼。三人的死訊分三次傳來，時間由中午拖到晚上，對讀者就成為煎熬，讀者的痛苦一步步加深，後一次的痛苦是前一次痛苦相加之和，王守仁自己也先用「傷哉」，後用「嗚呼傷哉」。文似看山不喜平，短痛不如長痛，這種手法，我們寫白話文也都在使用。

三人死，瘞旅逼近核心。

念其暴（ㄆㄨˋ 暴露）**尸無主，將**（ㄐㄧㄤˋ 率領）**二童子持畚**（ㄅㄣˇ 盛土）**鍤**（ㄔㄚ 掘土）**往瘞**

之，二童子有難色然。予曰：「噫！吾與爾猶（相同）彼也！」

王守仁將人比己，與死者換位。這是寫作動機、動力。曹丕：「既痛逝者，行自念也。」我們寫白話文的信條：「寫別人的事情像寫自己的事情，寫自己的事情像寫別人的事情」，上一句即是指同情心、同理心，他也是我；下一句是指入於其中、出乎其外，我不是我。

「噫！吾與爾猶彼也！」王守仁沒有這句話，可能就沒有這篇〈瘞旅文〉；也許王守仁貶到貴州來受苦，才說得出這句話。作家都是歷經憂患，擴大了關懷面，有豐富的題材。當然，也有人經歷愈多愈自私，把自己收縮得很緊，這樣的人不能做作家。

二童閔（憫，悲）然涕下，請往。就其傍山麓為三坎（坑穴），埋之。又以隻雞、飯三盂（碗），嗟吁（歎氣）涕洟（鼻涕眼淚）而告之，曰：

挖了三個穴，擺上三碗飯，祭品不豐盛，心意很虔誠。

以下才算是祭文。

嗚呼，傷哉！緊（一，你是）何人？緊何人？吾龍場驛丞（職務）餘姚（籍貫）王守仁也。吾與爾皆中土（中原地區）之產，吾不知爾郡邑（故鄉籍貫），爾烏（何為）乎（虛字）來為茲（此）山之鬼乎？古者重（不輕易）去（遠離）其鄉，遊宦（出外做官）不踰（超過）千里。吾以竄逐（有罪放逐）而來此，宜也。爾亦何辜（罪）乎？

祭文開頭，照例用感歎詞表示哀痛，有嗚呼哀哉，嗚呼痛哉，嗚呼傷哉，或只用嗚呼二字，不同的措詞表示悲痛的程度有輕重，古人在這方面是有分寸的，不能以陳腔濫調視之。今人寫白話文不再使用這些感歎詞，但是對把握分寸仍然十分注意。

祭文第一段，王守仁接連發出好幾個問題，表示和受祭者的關係十分陌生，迫切希望能對死者多一些了解，這就同時表示對受祭者有很深的感情。韓愈的〈祭十二郎文〉中間有一段，也有一連串問號，我們由他疑團滿腹看出他愁腸百結，現在，白話文作家也常常使用這種技巧。

在祭文裡，或隱或顯，王守仁把自己和死者相提並論。王守仁稱自己是「竄逐」，我有罪，朝廷像趕一隻老鼠一樣把我趕到貴州來，文言裡面常常埋藏著這樣的修辭技巧，值得用心發掘。

王守仁是專制政權下的臣子，為了免禍，盡量壓低姿態。他問受祭者你有什麼罪？你怎麼會到這種地方來？其實他也在問我有什麼罪？我怎麼會到這種地方來？自古以來，名臣賢相蒙讒受謗，幾乎是常態，王守仁不去攀附歷史上那些偉大的名字，比較安全。

> 聞爾官吏目耳（而已），俸（官員的薪酬）不能五斗（米），爾率妻子躬耕（親自種田），可有也；胡為乎（為什麼）以五斗而易（換）爾七尺之軀；又不足，而益（加上）以爾子與僕乎？嗚呼，傷哉！爾誠戀茲五斗而來，則宜欣然就道；胡為乎吾昨望見爾容（面貌），蹙（ㄘㄨˋ）然（憂愁貌。蹙眉，皺眉）蓋不勝（難以承受）其憂者？

觀察入微，可見關心。

一無所知，連設六問，層層逼近，如抽絲剝繭。不待答案，似乎已知道很多。你們三人來此送命毫無理由，背後必有不可告人的重大理由，有不公道不光明的原因。（我也一樣啊！）

夫（發語辭）衝冒霜露，扳（通「攀」）援崖壁，行萬峰之頂，飢渴勞頓，筋骨疲憊（ㄅㄟˋ，極疲倦）；而又瘴（ㄓㄤˋ）癘（ㄌㄧˋ，山林間濕熱蒸發的毒氣）侵其外，憂鬱攻其中，其能以無死乎？吾固知爾之必死，然不謂若是其速，又不謂爾子、爾僕，亦遽然（忽然）奄忽（死亡）也！皆爾自取，謂之何哉？

「吾固知爾之必死」，呼應前文對蜈蚣坡死訊的判斷。

「皆爾自取」可從兩方面解讀：其一，故意下不公平的斷語，激發讀者的思考和反彈，發覺死者並非自取。其二，皆爾自取也是皆我自取，我要對皇上盡忠，忠臣怎麼能避免貶謫？這是我自己的選擇，不怨天，不尤人，把最後的判斷留給讀者。

吾念爾三骨（屍體）之無依，而來瘞耳（而已），乃使吾有無窮之愴（悲）也！嗚呼，傷哉！縱不爾瘞（瘞爾之倒裝），幽崖（岩石）之狐成群，陰壑（深谷）之虺（ㄏㄨㄟˇ，毒蛇）如車輪，亦必能葬爾於腹，不致久暴（ㄆㄨˋ）露爾（表示語氣）。爾既已無知，然吾何能為心（忍心）乎？

「瘞旅」並非出於死者需要，而是出於生者需要。沒有炫耀自己的功德義舉，但求心之所安，文章境界高。

人生境界高者，文章境界始高，所以文章並非僅是文字技術之事。

王守仁雖能將心比心，視人如己，但他「瘞旅」時對死者仍不能平視，居高臨下的階級心態宛然，這在古人不能苛責。今人寫白話文，如果情不自禁仗著自己有一點錢，或者有一點地位，或者有一把年紀，沾沾自喜流露出優越感來，文格就卑下了。

> 自吾去父母鄉國而來此，二年矣，歷（多次經過）瘴毒而苟（苟且），能（勉強）自全，以吾未嘗（從來沒有）一日之戚戚（憂慮不安）也。今悲傷若此，是吾為爾者重，而自為者輕也。吾不宜復為爾悲矣！吾為爾歌，爾聽之！

理學家談心論性，內心光明潔淨不受外染，憂患不能傷。王守仁未在此處說教，高明。今之寫白話文者，不管有何信仰使命，只要你想做真正的作家，宜在此處沉吟體會。

「輓歌」，也叫挽歌，以哀歌送終，起源甚早。中國一向有「長歌當哭」的說法。歌唱既可感染哀痛，又可抒散哀痛，對喪禮的氣氛、對弔者的心理健康都有益。

歌曰：連峰際(接近)天兮，飛鳥不通。遊子懷鄉兮，莫知西東。莫知西東兮，維(只有)天則同。異域(不同地區)殊方(不同方向)兮，環海之中。達觀(看得開)隨寓(適應新環境)兮，奚(何)必予宮(自己家中)。魂兮魂兮，無悲以恫(痛)！

敘事用古文，抒情用韻文騷賦體。兮，釋放感情，增節奏變化。

人生在世，不過是天地之間、四方之中的一個小不點兒，這個小不點兒無論放在何處，都是天覆地載，並無分別。離家以四海為家，家更大更多，可以皆得其所。何必執著於本鄉本土，自尋煩惱？這是王守仁輓歌的第一層意思。

又歌以慰之曰：與爾皆鄉土之離(分離者)兮！蠻之人言語不相知兮！性命不可期(預料)！吾苟(如果)死於茲兮，率爾子僕來從予兮！吾與爾遨（遊走）以嬉（遊戲）兮，驂（驅使）紫彪（紫色虎）（駕車）而乘（騎）文螭（有花紋無角的龍）兮，登望故鄉而噓唏（歎氣，想哭）兮！

流離失所死於貴州的人這麼多，我也可能是一個，你死在這裡並不孤獨。如果我死了，你們來跟著我，我雖然是個不入流的驛丞，死亡可以使我立刻變大，那個無形的世界另有它的公侯伯子男。我可以馬上使你們過神仙生活，我們坐在小老虎拉的車子上，騎在無角龍的背上，自由自在的遊玩。到那時候，別人會說，你能死在貴州真是幸運。這是王守仁輓歌的第二層意思。

吾苟獲生歸兮，爾子爾僕尚爾隨（隨爾的倒裝）兮，無以無侶（伴）悲兮！道傍之冢（墳墓）累累兮，多中土之流離（流亡離散的人）兮，相與呼嘯（高聲唱歌）而徘徊（隨意行走）兮！餐（吃）風飲（喝）露，無爾飢兮！朝（早晨）友（做朋友）麋鹿，暮（晚上）猿與栖（居住）兮！爾安爾居兮，無為厲（惡鬼害人）於茲墟（村莊市集）兮！

我是朝廷官吏，不能自己決定進退行止，如果我沒死在這裡呢？如果朝廷又把我調回到中原去了呢？你看這些墳墓，已經有這麼多中原來的人死在這裡，你們可以來個聯誼會或者俱樂部，經常聚在一起找快樂，猿猴麋鹿都可以來分享。到那時候，物質條件還會束縛你們嗎，你們都不食人間煙火了！這是王守仁輓歌的第三層意思。

王守仁一歌再歌，有餘不盡，繼之三歌，情意深長。最後結束，忽然調門拔高，「爾安爾居兮，無為厲於茲墟兮！」不愧是「上致君，下澤民」的儒者，他最後關心的是一方安寧。

他對受祭者說，你們顛沛流離的死了，也許是負屈含冤的死了，你們心中有怨氣，有戾氣，這樣的人死後可能變成惡鬼，他要報復，他使地方上有天災，有傳染病，發洩心中的不平之氣。你們可千萬不要如此啊！這就超出了個人傷感的小圈子，有大格局。

輓歌已成為獨立的文學形式，詩人用以謳歌生存與死亡此一永恆的主題，不必針對特定的死者。人人都從生到死，可以說這種輓歌是獻給人類的。王守仁在本文中的第一首輓歌接近這樣的高度。

這篇文章先記事，用「古文」的寫法，情感很含蓄。作者顯然以為不足，接著以祭文的形式抒情，淋漓奔放，這才暢所欲言。作者的情感太豐富了，不能自休，再用輓歌的高音來繞梁不絕。這樣寫，文章的形式增加了變化，好看，這樣寫，敘事，抒情，詩歌在技巧上的要求不同，難度高。

對一個素昧平生的人，說一面之緣都很勉強，作者何以能對他做出綿綿不絕的文章呢，註釋家一致說，王守仁的遭遇和死者相同，他寫死者就是寫自己，倘若真的寫自己，反而不很方便，藉著寫別人，顧忌就沒有那麼多。這一類替身，文學作品裡比比皆是。

岳陽樓記

范仲淹

岳陽樓，湖南著名古蹟，湖南省岳陽市西門外洞庭湖畔。唐玄宗時中書令張說任岳陽刺史，常與才士登臨賦詩，從此出名。

洞庭湖，中國第二大淡水湖，面積跨湖北、湖南兩省，古時號稱八百里洞庭。

滕宗諒（字子京）與范仲淹為同年進士，仁宗時二人又曾同守邊郡。後滕宗諒於慶曆四年貶謫岳州（古屬巴陵郡），重修岳陽樓。樓成，滕子京請畫家畫了一張圖給范仲淹看，要求為岳陽樓重修作記，當時范仲淹也被貶出京，文章在驛館內寫成，據說一夕定稿。

范仲淹，蘇州人，北宋大文學家，也是政治家、軍事家。蘇州是古代的「吳」地，在江蘇省東南部最富庶的地區，號稱「上有天堂，下有蘇杭」。歷史名人很多，單說文人，除了范仲淹，還有陸機、沈括、唐寅、金聖歎，民國的葉聖陶。

范仲淹少年時期住在廟裡苦讀，夜晚不脫衣上床，伏在書桌上小睡，冬日讀書疲倦了，用冷水洗臉提神。一鍋冷粥分成四塊，上午下午各食兩塊，以鹹菜下飯。同學的父親器重他，給他送來豐盛的菜飯，他一律不吃，理由是：我若吃了你送來的食物，我自己的冷粥鹹菜就再也無法下嚥了。中國抗戰時期的小青年奉為偶像，戰爭和貧窮的年代需要艱苦奮鬥的青年，感官享受提高了，很難倒回去。

宋真宗信道教，他到安徽亳州朝拜太清宮，車駕經過河南商丘，商丘的應天書院很有名，范仲淹正在裡面讀書，同學們都到街上看熱鬧，惟獨范仲淹照常讀書，同學問他為何不去看皇帝，他說將來再看也不晚。第二年，范仲淹考中進士，見到皇上。天下事無獨有偶，這個故事讓我們想起華歆和管寧。管寧、范仲淹兩耳不聽窗外事，他們做學問，當學者，應該專心。今天的白話文作家需要多觀察，不怕麻煩，趕熱鬧也不嫌棄冷門。

范仲淹二十五歲中進士，做了十年地方官，政績很好，擢升入京，因為遭人嫉忌下放。他無論貶到何地都有重大建樹，皇帝又召他入京重用，不久又貶出去。他最高做到副宰相的職位，在朝參與政治改革，受到守舊官僚有組織的反抗。新政失敗，貶鄧州（河南）、杭州、青州、穎州（安徽），死在徐州。

范仲淹留下很多美談。有人告訴他，蘇州有一塊地，風水很好，如果葬在那塊地上，子孫後代出狀元。范仲淹買下那塊地辦書院，興吳學，蘇州成為中國出狀元最多的地方，號稱狀元之鄉。

他留下的名言：「寧使一家哭，不使一路哭。」「寧鳴而死，不默而生。」最有名的還是寫在〈岳陽樓記〉裡面的「先天下之憂而憂，後天下之樂而樂」。

慶曆（宋仁宗年號）**四年春，滕子京謫守巴陵郡**（今湖南岳陽）**。越明年，政通人和，百廢具**（俱）**興，乃重修岳陽樓，增其舊制，刻唐賢今人詩賦於其上，屬**（囑）**予作文以記之。**

〈岳陽樓記〉是刻在石碑上的歷史文獻，建樓的年代、地點和人物都要寫上去。湖南岳陽屬於古代的巴陵，寫文言文的人愛用古地名。

政通人和，很高級的讚美。許多朝代人和而政不通，如康熙晚年，四海昇平，但是君臣上下的惰性很大，「多一事不如少一事」。有些朝代政通而人不和，如秦始皇，政令貫徹到底，但民憤激烈。做到政通人和，難。滕子京能重修岳陽樓，應該是內部沒有嚴重矛盾，財用相當寬裕，人民大眾樂於效力，所以范仲淹說他「政通人和」。先肯定滕子京的政績，然後肯定重修岳陽樓的正當性。

唐賢，指杜甫、李白、孟浩然、李商隱等。今人，指宋朝，當代詩人。他們都為岳陽樓留下詩篇。杜甫的一首非常出名：「昔聞洞庭水，今上岳陽樓，吳楚東南坼（ㄔㄜˋ），乾坤日夜浮。親朋無一字，老病有孤舟，戎馬關山北，憑軒涕泗流。」還有李白：「樓觀岳陽盡，川迴洞庭開，雁引愁心去，山銜好月來。雲間連下榻，天上接行杯，醉後涼風起，吹人舞袖回。」

予觀夫巴陵勝狀（獨有的風景），在洞庭一湖。銜（啣）遠山，吞長江，浩浩（水大）湯湯（ㄕㄤ 水流），橫無際涯；朝暉（晴朗）夕陰（陰暗），氣象萬千（變化）；此則岳陽樓之大觀也，前人之述備矣。然則北通巫峽，南極瀟湘，遷客（貶謫下放者）騷人（詩人），多會於此，覽物之情，得無異乎？

先說前人已寫過的，自己不再重複，但仍留下六句，當作鋪墊，再於共同見解之外提出獨特見解。洞庭湖中有君山，湖好像把山銜在嘴裡。有人說，「八百里洞庭」面積很大，湖岸遠處有山，遠遠看全景，那山好像在湖中。洞庭為中國第二大淡水湖，岳陽又正當長江入水口，江水流入湖中，或者湖水流入江中，好像湖主動的吞吐。長江沿岸有很多湖泊調節水量，夏季長江水位上漲，冬季長江水位下落，這些湖泊使長江的水位穩定，免除下游多少旱災水災，鄱陽湖、洞庭湖、太湖、洪澤湖、巢湖是著名的大湖，還有一萬多個小湖泊。

北通巫峽，南極瀟湘，形容湖面積之大，特別標出巫峽瀟湘等地理名稱，有文學修辭上的作用。巫峽，長江三峽之一，「巴東三峽巫峽長，猿鳴三聲淚沾裳」，猿聲哀戚，代表那身不由己艱難跋涉的人心情悲涼。瀟湘，瀟水和湘江，湖南境內的兩條大河，瀟水流入湘江，湘江流入洞庭，屈原投汨羅江自殺，汨羅是湘江的支流，所以賈誼在過湘江時弔屈原。帝堯的女兒，帝舜的妻子，娥皇、女英也死在湘江邊上，她們的眼淚滴在竹子上，留下永不消褪的斑點，稱為湘竹，洞庭湖中的君山上有娥皇、女英的墳墓。瀟湘合為一詞，代表湖南，也代表「美麗與哀愁」。

這些典故使「北通巫峽，南極瀟湘」儼然成為一個特區，「遷客騷人多會於此」，陷入某種複雜的情結，讀者也入乎其中。這是典故的魅力。

騷，憂。騷人，詩人。詩人多愁善感，甚少歡娛之詞。不同的遷客騷人，面對同樣的景物，可能有不一樣的感受。杜甫登樓，「戎馬關山北，憑軒涕泗流。」李白登樓，寫下「水天一色，風月無邊」。黃庭堅則是「未到江南先一笑，岳陽樓上對君山」。

下面文章以「代人設想」展開。

若夫（例如）霪（ㄧㄣˊ）（久雨）雨霏霏（ㄈㄟ）（雨很大），連月不開；陰風怒號，濁浪排空；日星隱耀，山嶽潛形；商旅不行，檣（ㄑㄧㄤˊ）（桅杆）傾楫（ㄐㄧˊ）（槳）摧；薄（迫近）暮冥冥（昏暗），虎嘯猿啼；登斯樓也，則有去國懷鄉，憂讒畏譏，滿目蕭然（空虛不安），感極而悲者矣！

假設情況A。以四言詩的句法構成，我們會聯想到東坡在〈後赤壁賦〉裡也有這樣的寫法，但〈岳陽樓記〉大量使用，奔放恣肆，成為特色。

這一段寫陰冷的氣候製造悲愁，下一段寫明媚的光景引發快樂。兩段寫景的文字非常精妙，大大增加了這篇記敘文的「藝術含金量」。他以描寫風景支持論點，得到成功。

由上個月到這個月都在下雨，風浪很大，連日星山嶽都不能露面，何況商旅。前景如此黯淡，心胸怎麼能開朗？想來想去都是不如意的事。

檣傾楫摧，虎嘯猿啼，並非指真正發生的事，而是指可能發生的事。如用白話文，大概寫成「這樣的氣候，足以造成船難，連老虎猿猴也要大聲吼叫，表示恐懼不安」。獸猶如此，人何以堪！

憂讒畏譏，受貶謫的官員進退不安。失勢離京，京都的同僚趁機說你的壞話，牆倒眾人推；以待罪之身降級赴任，新環境裡的官員百姓怎樣衡量你？四個字說中了「遷客」的無限心事。要先了解他們，體諒他們，說他們心裡的話，然後才可以勸勉他們。

去國，離開京城，見不到皇上，脫離政治中心，沒有著力點。國，城邦。

懷鄉，想回家，有鄉愁。人不能再像兒童時期處處受保護，有失落感。

心情受環境左右，外面的世界打造你內心的世界，這叫「感於物而動」。

有人說，范仲淹並未到過洞庭湖，他見過太湖，他寫洞庭風景，其實是太湖經驗之借用。倘若這樣，我們現在稱為「拼貼法」。有人說，范仲淹有位好朋友，家在洞庭湖畔，他們一同在京做官，范仲淹心中的洞庭是從這位朋友的談話中得來，倘若這樣，我們今天稱為「間接經驗」，生活是直接經驗，讀書、看圖、聽人談說是間接經驗。有人說，范仲淹的確到過洞庭，曾經坐船橫渡洞庭，倘若這樣，范仲淹是用形之於外的文字恰當的表現了他藏之於內的意象，這是「修辭立其誠」。

至若（至於）春和（氣候好）景明（風光好），波瀾不驚，上下天光，一碧萬頃；沙鷗翔集，錦鱗游泳，岸芷（香料植物）汀（小沙洲）蘭，郁郁青青（ㄐㄧㄥ 茂盛）。而或長煙一空，皓月千里，浮光躍金，靜影沉璧，漁歌互答，此樂何極！登斯樓也，則有心曠神怡，寵辱偕忘，把酒臨風，其喜洋洋者矣！

假設情況B。

立刻換另一個世界，完全代替前一景，高手。自己布的兵自己能調走。

「四月春和雨乍晴。」春氣和煦，景物明麗，光線充足，天地開闊，感覺出路寬廣，沒有挫折。沙鷗、錦鱗，可愛的、和平的動物，芷、蘭，吉祥的增加愉快的植物，使人感覺周圍沒有危險沒有敵人。連夜景也安祥光明，多采多姿。

浮光躍金，湖水有波浪，月光在水面上跳動，畫面變化，應接不暇。靜影沉璧，湖中波平如鏡，湖心有月，如白璧沉入湖底，光影沒有變化，一片空靈明淨。不同時段，兩種情況，並未明確區分，也就是，「或浮光躍金，或靜影沉璧」，省略了「或」字。現在白話新詩還有這種寫法。

情況A寫憂，情況B寫樂，奠定憂樂為本文之主調，為「先天下憂，後天下樂」做鋪墊。無論是陰是晴，洞庭湖依然是一個湖，但常人在陰雨時有一個憂愁的洞庭湖，在晴朗時有一個快樂的洞庭湖，虛幻不實。常人的憂樂由外物引起，隨外物轉移，他所憂慮的未必值得憂慮，他所追逐的快樂未必值得追逐，很多人這樣浪費一生。

覽物之情得無異乎？分兩段提出答案，有異。人之常情，眼前好景則心喜，眼前殘景則生悲，花開花落，月圓月缺，悲喜皆短暫，來自感官不來自意志。范仲淹於下文指出這不是高級的人生。他的視角和〈閱江樓記〉差異很大，可以對照閱讀。

嗟夫！予嘗求（推求）古仁人之心，或異二者之為，何哉？不以物喜，不以己悲，居廟堂（朝廷）之高，則憂其民；處江湖（草野）之遠，則憂其君。是進亦憂，退亦憂；然則何時而樂耶？其必曰：「先天下之憂而憂，後天下之樂而樂」矣！噫！微（沒有）斯人，吾誰與歸（認同，參與）！

吾誰與歸（我和誰一夥，我向誰報到），文言特別句法。

文章布局起初由合而分，現在由分而合，一生二，二復歸於一。范仲淹提出更高一級的人生觀，花開花落固然不能產生他的快樂與憂愁，升官坐牢也不能使他興奮或沮喪，他只關心朝中有一個什麼樣的皇帝，天下有一些什麼樣的百姓，答案不確定，隨時有變數，他全心全意維護一件隨時可能破碎的珍寶，捕捉一個若隱若現的目標，以致他永遠是戒備的，思考的，往好處努力，往壞處設想。范仲淹稱這種人為「古仁人」。

范仲淹稱常人的情感為「悲喜」，稱仁人的情感為「憂樂」，悲喜的關懷面小，憂樂的關懷面大，為生民悲則憂，為天下喜則樂。仁人的憂樂以天下蒼生之悲喜決定，不以湖光山色來決定，也不以個人的得失榮辱來決定。常人看得近，仁人看得遠。常人快樂的時候，仁人開始下一個憂慮，所以說「先天下之憂而憂」。范仲淹感歎：今天有沒有這樣的仁人呢？言外之意，他自己正是這種仁人，但是他不希望自己是當今惟一的仁人。

明代洪武年間，有一個姓范的御史判了死刑，皇帝最後一次看案卷的時候，問他跟范仲淹有沒有關係，既而知道這個范御史是范仲淹的十二世孫，立刻予以赦免，並且把「先天下之憂而憂，後天下之樂而樂」兩句話，寫在絹上賜給他，對他說：「以後你如果犯了死罪，只要把這塊字條拿出來，就可以免罪。」

宋濂的〈閱江樓記〉寫給皇帝看，希望皇帝成為更好的皇帝，范仲淹的〈岳陽樓記〉寫給臣子看，希望臣子成為最好的臣子，兩人都足以「千古」。宋濂陪皇帝做文章，待詔應制，受很大的拘束，范仲淹處江湖之遠，寫作環境比較自由一些，能夠以遊人的角度發表審美經驗，並且活活潑潑的揮灑，這時他等於代表大眾遊人，大家也都來看，都共鳴，「粉絲」比較多。

有人說，滕子京下放以後，心情惡劣，范仲淹藉此機會勸導他的這位好朋友。有人說，岳陽為交通要道，不知多少受謫出京的人經過此地，登樓感慨，范仲淹要勸勉一切有緣人。「遷客」心中百感交集，范仲淹替他們歸納出一個「憂」字來，此憂自古難解，范仲淹開出來的藥方是「先天下之憂」，不要老是想自己，要去想天下蒼生。這服藥怎麼會有效？聽聽有些人的宗教經驗吧，當你關懷眾生的時候，你的憂愁擴大了，也疏散了，好像眾生都來分擔你的憂愁。

閱江樓記

宋濂

明太祖要在南京郊區江邊山上蓋一座高樓，命宋濂作記。古人興建重要的建築物，照例為它寫一篇文章，記述緣由，借題發揮。《古文觀止》有〈滄浪亭記〉、〈快哉亭記〉、〈岳陽樓記〉、〈喜雨亭記〉、〈醉翁亭記〉、〈黃岡竹樓記〉，都是如此。

宋濂，浙江省浦江縣人，浦江在浙省中部，民國著名政論家曹聚仁也是浦江人。宋濂是明初古文大家，方孝孺的老師。皇帝對他很客氣，偵查防範他很嚴，有一次宋濂上朝，皇帝問他昨天喝酒了沒有，跟誰一同喝酒，吃什麼菜，最後皇帝說：「沒錯，你沒說謊。」原來他身邊有皇帝派的間諜，他一舉一動皇帝都知道。

有時候，皇帝召宋濂談話，詢問各地官吏那個好那個不好，宋濂只說好的，不說壞的。其實皇帝希望知道臣下的缺點劣跡，宋濂說，「我只和好人來往，不和壞人來往，有交往才有了解，所以誰好，我知道，誰壞，我不知道。」

宋濂六十八歲的時候，皇帝賜給他一匹貴重的錦緞，照規矩這一匹料子得放在家裡供著，不能做衣服穿，皇帝特別告訴宋濂可以在一百歲的時候做「百歲衣」。

但是他在七十三歲遭到放逐，走在半路上就死了。這年明太祖整肅丞相胡惟庸，牽連到宋濂的孫子，這是滅門之禍，宋濂幾乎送命。

宋濂主張「道外無文，文外無道」，不但否定了文學的藝術性，也否定了文學的工具性，見解狹隘，未能成為文學理論，作品的感性也很弱。〈閱江樓記〉站在皇上的立場說話，有人認為是歌功頌德美化政權的廟堂文學。讀書人獵取功名，在朝為官，可能要在皇帝身邊做祕書，《古文觀止》是科舉時代的補充教材，所以選了〈閱江樓記〉供他們參考觀摩。

但是無論任何時代，單憑歌功頌德美化政權不能成為大文學家，作品進不了《古文觀止》這樣的高級選本。中國從前讀書人的志願是「上致君（幫助皇帝進步）」，下澤民（改善老百姓的生活）」，宋濂寫〈閱江樓記〉，仍然遵照他致君澤民的理想，他在體制之內，高壓之下，委委屈屈、曲曲折折的教育了皇上，在他心目中，明太祖朱元璋才是他真正的讀者，這個蔑視技巧的作家，發揮了最高的技巧。所以我們選出這篇文章來「化讀」。

金陵(南京一帶)**為帝王之州**(居住地)**。自六朝迄於南唐，類皆偏據一方，無以應**(配)**山川之王氣。**

杜甫詩：「秦中自古帝王州」。帝王的地盤，意思是建都的地方。

六朝，東吳東晉加上宋齊梁陳（南朝）。唐宋之間有五代十國，南唐，五代十國之一，李後主的祖父所建。這些君王都在金陵建都，偏安一時。類，相同相似，大概大抵。

古有望氣術，今有地理決定論，山川形勢和帝王事業相應，這是一種大風水觀念。有學問的人說，貴州山水地氣外洩，自古沒有產生偉人。四川富足四面環山，地氣封閉，適合割據，諸葛北伐無成。蒙古大漠廣闊荒涼，鼓勵擴張侵略，所以南下牧馬，軍功赫赫。中國黃河流域為農業地區，常有水災，沿岸居民必須合作治水，於是形成統一的保守大國。俄國嚴冬漫長，人民困守帳幕以內爐火之旁，一步之外危機重重，所以長於謀略，意圖赤化世界。

金陵形勢龍蟠虎踞，足以產生龍虎事業，大好山川，等待大有為之君，以前在這裡建都的人根本不配。

逮（及，到了）**我皇帝，定鼎**（建都）**於茲**（此）**，始足以當之。**

明太祖建立了大一統的大朝代，定都金陵。鼎，政權，禹鑄九鼎代表九州。問鼎，有圖謀大位之心。爭鼎，爭奪天下。定鼎，建都。一個鼎字多少典故。

由是聲教（風聲教化）**所暨**（到達）**，罔**（不）**間**（分）**朔**（北）**南，存神穆清，與道同體。雖一豫**（喜悅快樂）**一遊，亦思為天下後世法**（效法）**。**

明太祖出場，先來一首讚美詩。沒有主詞，文言文常常省略主詞，在這裡，省略主詞可以表示特別尊敬。這一段文字深奧，顯得典雅，翻成白話你才會覺得肉麻。文言比白話更適合歌功頌德。

孟子說：「所過者化，所存者神；上下與天地同流。」宋濂的這一段話似是由此化出。存神，皇帝內在的心神，穆清，穆和清明，通常形容天，現在拿來歌頌皇帝的精神境界。過化，皇帝的行為對老百姓都是教化，就像天地運行化育萬物。

那年代，寫文章頌揚皇上，表面上是給全體臣民看，實際上是給皇上一個人看，下焉者，為了博得皇上歡心，加官進爵；上焉者，如宋濂，抓住機會教育皇上，宋濂把皇帝應該做、還沒有做的事，說成皇上已經做到了，引誘皇上去做，有點像哄小孩，荀子說過，事君如馴烈馬，如保赤子。究竟有多大效力，難說，盡心焉耳矣。

這一段頌詞，如果由我解讀，我想宋濂的本意是這樣的：

皇上，您應該擴大您的影響力，到更遠的遠方。您應該像古代的聖君，與天一體，與道合一。別忘了，您的一舉一動都是天下後世效法的模式，您做得好，天下臣民跟著變好；您做得不好，天下臣民跟著變壞。您蓋一座高樓，說不定後世就有理由大興土木，勞民傷財。任何一件事，如果後世不該做，您現在先不要做。

京城之西北有獅子山，自盧龍蜿蜒（曲折）而來。長江如虹貫，蟠繞其下。上（皇上）以其地雄勝，詔建樓於巔（山頂），與民同遊觀之樂，遂錫（賜）嘉（好）名為「閱江」云。

皇上要蓋閱江樓，現在要替皇上說明這座樓存在的理由。第一，建樓應帝王之氣。第二，建樓發生「存神過化」的作用。

閱江，看江。這個看不是尋常的看，它是以居高臨下的姿態看，用審查檢驗的眼光看，它是閱兵之閱，閱卷之閱，山川之氣，盡收眼底，皇上的氣勢又在山川形勝之上。

登覽之頃（時候），萬象森（有秩序）列，千載之祕，一旦軒（敞）露。豈非天造地設，以俟（等）大一統之君，而開千萬世之偉觀者歟？

歟、乎、耶，古時沒有現代的標點符號，使用這些字表示問句。豈非……者歟，文言的特別句型。

軒，高起的屋簷，顯露在外者。

山川帝王氣和大一統之君相應，天地等待千百年，大君來開千萬世。

皇帝英雄都愛登高，「無限風光在險峰」，攀登時回味創業時戰勝一切艱難，「會當凌絕頂，一覽眾山小」，享受大功大業的成就感。山巔出塵超世，使人頭腦清晰，便於思考大計。居高臨下，增加自信心和勇氣。

當風日清美，法駕（皇帝座車）幸臨，升（登上）其崇（高）椒（山頂），憑（倚）欄遙矚（看），必悠然而動遐（遠）思。見江漢（河流）之朝宗（歸海），諸侯（各地大員）之述職（向皇上報告工作），城池之高深，關阨（ㄜˋ 狹窄險要）之嚴固，必曰：「此朕櫛（梳）風沐雨、戰勝攻取之所致（得到）也。」中夏（中國疆土）之廣，益思有以保之。

先用山川形勢展現大遠景。設身處地，皇上看到的是無限江山，想到的是創業維艱，守成不易。替皇上寫出顧盼自雄的豪情，也輕輕的引導他思考的方向。

如果用我的方式解讀，作者要說的是：皇上！這是您打下來的天下，四方歸心像江流入海一樣。可是中國的國土那麼大，您能看到的只是很小一部分，這一部分沒有問題，怎樣使天下四方都沒有問題呢？您可要好好的想一想！

見波濤之浩蕩，風帆之下上，番（外族外國）舶接跡而來庭（皇帝大門裡），蠻琛（ㄔㄣ 珍貴之物）聯肩而入貢，必曰：「此朕德綏（安撫）威服（懾服），覃（ㄊㄢˊ 延長）及外內之所及也。」四陲之遠，益思有以柔（增加向心力）之。

改為中景，看到人群。四夷臣服，德威遠播，替皇上寫出躊躇滿志的成就感，也暗示有所不足。

這一段，我願意如此解讀：四夷一向是中國的邊患，累死多少豪傑，藩鎮也一向是中國的內憂，拖垮多少王朝。現在託皇上的福，各國都來稱臣納貢，諸侯都來報告工作，皇上德威並濟，遍及內外。千萬不要以為永遠可以高枕無憂，歷史上沒有一勞永逸的政府，非我族類，反覆無常，那前來稱臣納貢的，若可能是來窺探虛實，希望有隙可乘。興兵討伐是下策，最好的政策是懷柔，若要懷柔政策成功，必須天朝團結自強，否則懷柔只是示弱。在這方面皇上要做的事情還有很多！

見兩岸之間，四郊之上，耕人（農夫）有炙（晒傷）膚皸（ㄐㄩㄣ 凍裂）足之煩，農女有捋（ㄌㄨㄛ 採）桑行饁（ㄧㄝ 送飯）之勤，必曰：「此朕拔諸水火，而登於衽（ㄖㄣ）席（安眠之地）者也。」萬方之民，益思有以安之。

近景，看見個別人物。代替皇上說出施恩萬民的優越感，婉轉勉勵他更進一步。

這一段，宋濂好像在說，皇上推翻元朝的暴虐統治，把人民從苦難中救出來，功德無量。但是，你看，夏天，農夫的皮膚還是帶著烈日燒烤的傷痕；冬天，農夫的皮膚還是被寒風吹裂；婦女早起採桑，中午送飯給下田耕種的人，還是非常辛苦。您看到眼前少數人，想想天下四方還有無數人，老百姓需要更寬鬆的生活環境，萬難承受進一步的政治壓力。皇上，您要想一想怎樣使他們「明天會更好」！

觸類而推，不一而足。臣知斯樓之建，皇上所以發舒精神，因物興感，無不寓（暗藏）其致（達到）治（把國家治理好）之思，奚（何）止閱

夫長江而已哉。

「奚止閱夫長江而已哉。」文言的特殊句法。

觸類而推，類比推理。指皇上的心思可以如此類推。

宋濂給皇帝上課：天子無私，以天下為家。建樓是治國手段，樓是治國工具，登樓閱江是治國行為。

「臣」，宋濂自稱，臣為作者，君為讀者，天下百姓和後世的我們是「寄生讀者」，附屬的、意外得來的讀者。美國對中國廣播，對象是中國人民，有些美國人、日本人也經常收聽，這些人是「寄生聽眾」。寄生讀者愈多，作品愈有價值，《古文觀止》收了李白寫給韓荊州的信，韓愈寫給宰相的信，都可作如是觀。

〈閱江樓記〉基本材料很少，宋濂以聯想和推理展開。聯想是想像的初步。推理有中生有，想像無中生有。推理步步為營，想像一步登天。推理是溫水青蛙，想像是破網鯉魚。

彼臨春樓名**、結綺**樓名**，非弗華矣；齊雲**樓名**、落星**樓名**，非**

不高矣。不過樂（享受）管絃（樂器）之淫（放縱情慾）響，藏燕趙之豔姬（美女），旋（轉）踵（腳跟）間而感慨係之，臣不知其為何說（意義）也。

臨春、結綺，南唐李後主建造的高樓。唐末至宋興之間有五代十國，南唐為十國之一，傳至後主被宋太祖滅亡。後主是詩人、畫家、書法家，懂音樂，但不能治國。無意抗宋，對宋稱臣，但「臥榻之旁豈容他人酣睡」。宋太祖派曹彬攻克金陵，南唐滅亡，後主成為俘虜，留下許多好詞，人稱「詞中帝王」。

齊雲，唐曹恭王所建。落星，三國孫權所建。建造高樓為了誇富，為了享樂，養成人主的傲慢自大和好逸惡勞，國勢隨之衰落，甚至有亡國之禍。「感慨係之矣」，非常含蓄，對君王的禮貌。

宋濂再三確定閱江樓的正面意義之後，這才舉出歷史上的負面教材，以古為鑑。唐太宗：「以銅為鏡，可以正衣冠。以古為鏡，可以知興替。以人為鏡，可以明得失。」宋濂要說的話很多，「憂勞興國、逸豫亡身」之類是也。他不敢說得太多，點到為止，留下空白讓皇上自己說，安全，效果更好，古人立言的技巧。開國皇帝一等聰明，你沒說出來，他先聽出來，別人沒聽出來了，這是天子聖明，皇帝欣賞這火候。

下文急轉。

雖然，長江發源岷山，委蛇（ㄧˊ 彎彎曲曲）七千餘里而始入海，白湧碧翻。六朝之時，往往倚之為天塹（ㄑㄧㄢˋ 護城河）。今則南北一家，視為安流，無所事乎戰爭矣。

長江發源岷山是古人的誤解，長江的長度六千二百一十一點三公里，也有人說六千三百八十公里。白湧碧翻，江水的顏色因水流的形態、外面的光線而有變化。現在是盛世，長江由戰壕變平安河，大明政權有無限的將來。宋濂趕緊除去負面教材的陰影，防止皇帝的誤解和政敵挑撥。

然則果誰之力歟？逢掖（儒者的衣服）之士，有登斯樓而閱斯江者，當思帝德如天，蕩蕩（非常廣大）難名（形容述說），與神禹疏鑿（開河治水）之功，同一罔（無）極（限），忠君報上之心，其有不油然（自然，充分）而興（起）者耶？

閱江樓既是皇帝的治國工具，也是臣子的忠貞教科書，這座樓蓋得對，蓋得好，是建立偉大國家的偉大工程，與大禹治水比美。難名，詞句不夠用，惟有用行為報答。這一段是對登樓的臣子說法，也是自己表態。

臣不敏（謙詞）**，奉旨撰記，故上推宵**（天未明）**旰**（ㄍㄢˋ 日已昏）**圖治之切者，勒**（刻）**諸**（之於）**貞**（美）**珉**（石）**。他若留連**（徘徊不去）**光景**（風景）**之辭，皆略而不陳，懼褻**（輕視）**也。**

天未明就穿好衣服工作，日已昏才吃晚飯，形容皇帝治國勤勞。

流連，孟子說：「從流下而忘反謂之流，從流上而忘反謂之連。」註釋：「從上游順流玩到下游，樂而忘返，叫流；從下游逆水玩到上游，樂而忘返，叫連。」流連光景，貪戀美景（可以加上美食、美人、美好的音樂和繁華熱鬧的場面），宋濂說我不描述這些，免得把閱江樓的形象破壞了。

宋濂以儒家思想排斥純粹審美，一切「泛政治化」。他把皇帝該做的說成皇帝想做的，把皇上沒做的說成皇帝正在做的，這是他進諫的方式。文章華國，大國大君大文豪大手筆，文氣與國勢相應，明太祖稱他為開國第一文臣。

此文可與范仲淹〈岳陽樓記〉對照閱讀，體會不同的身分，不同的角度，不同的對象，而有不同的文章。廬山「橫看成嶺側成峰」，世事人生也是如此，文章向世事人生取材，當然也不免如此，文學因此而豐富，作家身上也因此貼了標籤。

文章有抒情遣興之文，經國濟世之文。藝術家或為人生而藝術，或為藝術而藝術。文學有江湖文學、臺閣文學、胎生文學、卵生文學。社會都需要，個人有偏好，不必互相詆毀。

范增論

蘇軾

范增，安徽人。秦朝末年楚（項羽）漢（劉邦）相爭，范增是項羽的謀士，項羽尊為「亞父」，安徽省巢湖市有亞父街。三國名將周瑜、民國名將孫立人，也是巢湖人。

秦滅六國，楚國得到世人最多的同情，加上楚在六國中面積最廣，人口最多，民風也勇敢，因此民間流傳「楚雖三戶，亡秦必楚」。

秦始皇死，陳勝、吳廣起兵於安徽（楚地），項梁、項羽叔姪起兵於江蘇（楚地），劉邦起兵於江蘇河南邊界，與項軍合流。這叫「秦失其鹿，天下共逐之」。政權好比是一頭鹿，群雄並起好比是獵人，大家都來追這頭鹿，簡化為「逐鹿中原」。有兩個獵人勢力最大，一個項羽，一個劉邦，他們各有各的謀士，范增是項家軍的謀士。

〈范增論〉，人物評論，從歷史上找一個有爭議性的人，討論他的長短得失，別人看文章，可以發現作者的學問見識，當年憑文章選人才的時候盛行這一類題材。《古文觀止》選了許多篇人物論，〈范增論〉和〈晁錯論〉可以對照閱讀，兩人都是謀士，謀士以幫助別人成功為自己的成就，成語叫作「因人成事」，在歷史上是關鍵人物，但是很難有圓滿的結局。

蘇軾，已在〈赤壁賦〉中介紹。

漢用陳平（劉邦的謀士）計，間（離間）楚君臣，項羽疑范增與漢有私，稍奪其權。增大怒曰：「天下事大定矣，君王自為之，願賜骸骨，歸卒伍。」未至彭城（徐州），疽（毒瘡）發背死。

文章以小故事開始，吸引讀者看下去。鄒忌見齊王，先說小故事，城北徐公是出名的美男子，可是鄒忌的妻子、朋友，都說鄒忌比徐公更美，鄒忌自己客觀比對，認定妻子和朋友說的是奉承話，心口不一，因為這些人有求於他。鄒忌說完了故事再進入正題，他勸齊王接受批評。淳于髡見齊王，先說一件奇怪的事情，國中有一隻大鳥，三年來也不叫、也不飛，國人都覺得奇怪。他的意思是齊王要有一番作為。

今天白話文作家也常使用這個手法。我在《講理》一書中舉了很多例子。有個美國人寫他在非洲坐人力車，車夫對他說：下個月，我就是美國某某大學的博士了。這個美國人很驚訝，你在非洲，如何讀美國的大學？車夫說，他參加的是函授部。這個美國人要寫的是「美國高等教育的危機」。

這種小故事要情節簡單，字數短少，有趣味，使讀者第一眼就對這篇文章發生興趣，也可以說這是「贏在起跑點上」，報紙、廣播、電視，常常對它的作者提出這一類要求。經常演講的人平時都注意搜集小故事，以備不時之需。

項羽派使者見陳平，陳平大擺筵席，準備演出歌舞，隆重款待。但是陳平和使者接談以後，忽然命令縮小規模，取消表演，降低接待的規格，陳平說，我還以為使者是范增派來的呢。陳平的這番做作算不得什麼奇計，別人很容易看出破綻，項羽竟然上當。這個小故事從歷史取材，顯示楚漢雙方「既聯合又鬥爭」的三角關係。

小故事發生時，秦已亡，項羽已入關中號令天下，所以范增說「天下事定」，用不著我幫忙了。項羽屠殺咸陽百姓，放火燒秦朝的宮室，搜括值錢的東西，強迫義帝搬出政治中心，這許多事應該都是范增反對的，他受夠了。

范增背上生了一個瘡，中醫叫「疽」，據說病因是氣血淤塞，毒氣在肌肉筋骨間發作。中國歷史上屢有人「疽發於背而死」，看來這病很難治好。范增死後，楚軍將士很悲痛，個個用頭盔盛土為范增造墳，徐州有座土山叫「范增墓」。

蘇子（蘇軾自稱）**曰：「增之去，善**（很好）**矣。不去，羽必殺增。獨恨其不早爾。」然則當以**（因為）**何事去？**

項梁戰死的時候，項羽二十五歲，倚在范增肩頭哭泣，兩人有深厚的感情。項羽稱范增為「亞父」，地位僅次於父親，范增也竭智盡忠，替項羽謀畫一切。但范增也常以長輩的態度對待項羽。項羽做了楚軍的統帥，需要樹立自尊，他也戰功赫赫，難免驕傲，范增不能調整身段，矛盾日漸增加。

歷史上有很多謀士沒有好下場，如果他做錯了，失敗了，主子要怪罪他，甚至殺了他；晁錯是個例子。如果他做對了，成功了，主子愈來愈自以為是，愈來愈覺得他多餘，最後也可能殺了他，范增是一個例子。蘇軾也寫了〈晁錯論〉，可以與〈范增論〉合讀。

漢朝分封宗室，有一個楚王，他也有個國師級的人物，叫穆生。穆生不喝酒，楚王對他表示禮遇，每餐飯都要在他面前擺一杯酒，從來不缺。後來老楚王死了，新楚王繼位，把這個禮貌忘記了，穆生一看飯桌上沒有他的酒，決定辭職，他知道「禮衰」之後會江河日下，出現更壞、最壞的情況，他不能等那些情況發生了再走。所以蘇軾說范增之去「恨其不早」。

增勸羽殺沛公，羽不聽，終以此失天下，當以是去耶？曰：「否。增之欲殺沛公，人臣之分（本分）也；羽之不殺，猶有君人之度（度量）也。增曷（何）為以此去哉？

這一段用問答體，使行文活潑，筆勢的抑揚也引發讀者思考。

這一段涉及歷史上有名的鴻門宴。鴻門，地名，秦朝都城咸陽之東，臨潼附近。當年楚漢兩軍共同的領袖懷王，派劉邦項羽分兵攻秦，劉邦先入關中。秦朝的權臣趙高殺二世，立三世，改稱秦王，秦王殺趙高，降劉邦，秦亡，史家稱是年為漢元年（其後經過四年的楚漢相爭，始建立統一的漢朝）。

項羽經河北河南入陝西，後至，在鴻門設宴請劉邦見面。范增勸項羽趁此機會殺死劉邦，項羽不聽。

鴻門宴的經過，《史記》有生動的記述。范增和項羽事先約定暗號，趁機殺死劉邦，范增三次示意，項羽好像沒那回事。范增又把任務交給項莊，教他在表演舞劍的時候下手，項伯也加入舞劍，處處掩護劉邦。張良見情勢危急，找樊噲進場攪局，吸引項羽的注意力，劉邦藉口要上廁所，逃回漢營。范增大怒，當場罵項莊不成材，范增、項羽之間的分歧到了接近破裂的程度。鴻門宴發生在公元前二〇六年，再過兩年，范增告老回彭城，中途病故。

人君之度：項羽和劉邦兩人有盟約，項羽也認為劉邦不足以與他爭天下。

《易》（易經）**曰：『知幾**（ㄐㄧ　預兆）**其神乎！』《詩》**（詩經）**曰：『如彼雨雪，先集為霰**（雨點變細碎冰粒）**。』增之去，當於羽殺卿子冠軍時也。」**

楚軍的統帥本是項梁，項羽的叔父。項梁戰死，懷王任命宋義為上將軍，號卿子冠軍，這是冠軍一詞來源。楚軍出征，項羽為次將，途中項羽發動兵變，殺死宋義，自己領軍作戰，大勝。

蘇軾說，任何事件的發生都是由微而顯，要在萌發之初就設法預防或趨吉避凶，這就是《易經》所謂「知幾」。蘇軾引《詩經》解釋何謂知幾，降「霰」的時候，你就知道要落雪了。他認為項羽殺宋義就是一個預兆，以後一連串事件無可避免。

陳涉（義軍領袖）之得民也，以項燕（楚將）。項氏之興也，以立楚懷王孫心；而諸侯之叛之也，以弒（以下殺上）義帝。且義帝之立，增為謀主矣。義帝之存亡，豈獨為楚之盛衰，亦增之所與同禍福也；未有義帝亡而增獨能久存者也。羽之殺卿子冠軍也，是弒義帝之兆也。其弒義帝，則疑增之本也，豈必待陳平哉？物必先腐也，而後蟲生之；人必先疑也，而後讒入之。陳平雖智，安能間（離間）無疑之主哉？

依蘇軾的分析：

當時人心在楚，陳涉起兵，對外宣稱由楚國老將項燕領導，壯大自己的聲勢，其實項燕已經死了。項梁項羽起兵，把從前楚懷王的孫子找來做領袖，號召天下，這才一天比一天強盛，但是項羽和懷王之間的矛盾也一天比一天加深。項羽入咸陽，違背他和懷王的約定，實行軍事統治，封劉邦為漢王，尊懷王為義帝，然後劃給義帝一塊地方，強迫義帝出宮就封，派人在途中加以殺害。立懷王是范增的設計，項羽和懷王之間的矛盾，也就是項羽和范增之間的矛盾，項羽和范增之間早就有問題了！這就是蘇軾所謂知幾。

「物必先腐也，而後蟲生之」，先民觀察自然，看見腐爛的草叢裡有螢火蟲，看見腐敗的食物上生蛆，所以有這樣的說法。先民並不知道腐爛是細菌造成的，正確的說法是「物必生蟲而後腐」。所以這句老話現在的作家不大使用了。

「物必先腐也，而後蟲生之」；後面緊跟著「人必先疑也，而後讒入之」。後一句為主，前一句只是比喻。俗語說：「天上星多月不明，地上人多心不平。」《三字經》說：「玉不琢，不成器，人不學，不知義。」都是這樣寫，這種寫法，現代作家仍然使用。

吾嘗曾經**論義帝，天下之賢**才能德行**主也。獨遣沛公**劉邦**入關，**

而不遺項羽；識卿子冠軍於稠人之中，而擢（提升）為上將，不賢而能如是乎？羽既矯（假傳聖旨）殺卿子冠軍，義帝必不能堪，非羽弒（下殺上）帝，則帝殺羽，不待智者而後知也。

蘇軾進一步分析項羽和懷王（也就是義帝）之間的矛盾：

懷王是一位「賢主」，而項家軍需要的只是一個名義。這位皇孫在鄉下為人放牛，難道帝王將相有種？他居然不是項羽期待的傀儡。當初義軍兵分兩路，宋義北上，秦軍的主力在北，劉邦西進，直搗敵人後方，約定「先入咸陽者為君」。項羽希望西進，懷王不許，因為西進的政治意義大於軍事，而項羽太喜歡殺人，項羽因此比劉邦遲了一步，可能因此懷恨在心。項羽在北上途中殺死宋義，懷王立刻把宋義的位子交給項羽，這些事都做得英明果斷。但是蘇軾說，項羽表示了對懷王的公然反叛，君臣雙方已不能並存。既然「項羽和懷王之間的矛盾，也就是項羽和范增之間的矛盾」，項、范之間又豈能長久相安？所以說，「弒義帝，則疑增之本也」，又說，「不去，羽必殺增。」

讀到這裡，我們不妨想像：如果懷王批准項羽隨劉邦西進，項羽會不會中途殺死劉邦？如果項羽先入咸陽，後來也名正言順做了皇帝，但是看他屠咸陽、燒宮室等等行為，他也是一個殘暴的統治者。

> 增始勸項梁立義帝，諸侯以此服從。中道而弒之，非增之意也。夫豈獨非其意，將必力爭而不聽也。不用其言，而殺其所立，羽之疑增必自此始矣。

范增想得周到，但是他忽略了項羽的性格，項羽沒有政治頭腦，他是用劍劈開死結的那種人，不知統合各方的力量成為自己的力量，從這個角度來說，他並沒有人君之度。范增立懷王，可以想像，當項羽和懷王有分歧時，范增多半支持懷王，羽感受威脅，范增認為，支持懷王就是支持項羽，項羽的想法可能相反。

項羽在劉邦左右有一個情報來源，左司馬曹無傷。鴻門宴前，劉邦向項羽解釋誤會，歸咎有人造謠挑撥，項羽居然說，都是曹無傷告訴我的啊！他毫無「用間」的常識。劉邦回到漢營，馬上把曹無傷殺了，項羽的情報也斷了。他至死認為「天亡我也」，非戰之罪，他沒有錯，從戰鬥戰術看，他的確很成功，但是從戰略政略看呢，范增的劇本是用政治智慧編成，項羽這位擔綱的男主角卻用個人的意見和意氣演出。

方羽殺卿子冠軍，增與羽比肩（平等）而事義帝，君臣之分（ㄈㄣˋ，名分）未定也。為增計者，力能誅羽則誅之，不能則去之，豈不毅然（有原則有決斷）大丈夫也哉？增年七十，合則留，不合即去，不以此明去就之分，而欲依羽以成功名，陋（沒見識）矣！

古時候，「帝師」級的人物，如果發現國王對他的禮貌減少了，要辭別；如果不採用他獻上的計策，也要辭別。公元前二〇七年，項羽殺卿子冠軍，范增沒走，公元前二〇五年，項羽謀殺義帝，范增還是沒走，公元前二〇四年陳平用離間計，范增才走，所以蘇軾說他「陋矣」。

蘇軾主張范增殺項羽，應該是中國大一統以後的思想。楚漢相爭時，戰國遺風猶在，謀士各為其主，范增來幫項家，他為項家立懷王，豈能為懷王殺項羽？再說楚軍即項家軍，范增和義帝都不能控制，他沒有殺項羽的條件。

雖然，增，高帝（劉邦）之所畏（顧忌）也；增不去，項羽不亡。亦

人傑智慧超過千人萬人**也哉！**

也哉，讚歎。也，肯定，哉，不確定。好像說，也算是人中豪傑了吧！句末可以用問號，也可以用驚歎號，標點符號不同，對范增的評價也有差別。所以別說標點無關緊要。

項羽犯下一連串錯誤，終於垓下兵敗，自刎於烏江（地名，今安徽和縣烏江鎮，長江岸邊）。江東有一個亭長駕一隻船接他過江，他說沒面目見江東父老，後世同情他，認為他是一條漢子。杜牧說：「勝敗兵家事不期，包羞忍恥是男兒。江東子弟多才俊，捲土重來未可知。」認為他過江後大有可為，王安石說：「百戰疲勞壯士哀，中原一敗勢難回。江東子弟今雖在，肯為君王捲土來？」認為形勢已不可為。李清照說：「生當為人傑，死亦作鬼雄，至今思項羽，不肯過江東。」佩服他不回江東。

讀今人著述的歷史，項家軍由「八千子弟起江東」到垓下兵敗，其間大約六年半的時間，沒有做工作去鞏固老根據地，江東各地的官吏，大半沒有堅定的立場，項羽退到烏江時，江東軍民只有一個亭長駕著一隻小船迎接他，可以窺見個中消息。

晁錯論

蘇軾

晁錯，今河南禹州人，漢初政論家。禹州在河南省中部，是中華民族的文化古都，呂不韋、張良、吳道子、褚遂良的故鄉都在禹州。

晁錯受文帝景帝重用，他著名的事蹟是獻策削藩，蘇軾這篇人物論，專門批評這件事。漢朝得國以後，認為秦朝厲行中央集權，地方沒有力量拱衛中央，所以政權的壽命很短，但是周朝分封諸侯，終於尾大不掉，又造成國家分裂，他折衷一下，中央周圍多少距離以內中央集權，地方和邊疆實行封建，受封的諸侯叫外藩，意思是他們像中央的圍牆一樣。中央對外藩一直不放心，外藩對朝廷也很不滿意，上下關係有很多矛盾。「削藩」是削減外藩的權力，晁錯主張最力，並且有機會實行。

漢初，在廣大外圍封了異姓七國，同姓九國。有些諸侯太強，威脅王權，國王常藉故貶抑，有宿怨。外藩中以吳王最強大，吳王把他的兒子送進京都陪伴太子，形同人質，兩個孩子不懂事，下棋發生爭執，太子用棋盤把吳王的兒子打死了。皇上派人把屍體送給吳王，吳王說，普天之下莫非王土，埋在那裡都一樣，孩子既然死在京城，就埋在京城好了！又把屍體退回去……後來七國造反，就是吳王帶頭。

削藩使各王非常不安，天威難測，削藩之後可能撤藩，撤藩之後可能繼之以秋後算帳，追查治罪。外藩七國以「清君側」為名，聯合舉兵反抗，「清君側」的意思是說我們並不反對皇上，我們是清除皇上身邊的小人。景帝聽從袁盎的建議，殺了晁錯全家，謀求和平，但七國不肯罷兵，後來還是名將周亞夫出征討平。七國之亂也稱七王之亂，他們是：吳王、膠西王、膠東王、菑川王、濟南王、楚王、趙王。蘇軾評論的就是這件事。

袁盎也是景帝重用的大臣，他和晁錯之間有嫌隙。皇帝曾派袁盎到外藩吳國做宰相，當然是由他監視吳王，袁盎到任以後什麼事都不管，每次向皇上提出例行報告的時候都說吳王忠心耿耿，沒有問題。晁錯認為吳王有問題，袁盎受了吳王的賄賂隱瞞實情，晁錯勸景帝殺袁盎，景帝沒有聽從。等到削藩出了亂子，袁盎趁機報復。

佛教有「慈悲三昧水懺」，說晁錯、袁盎兩人死後，晁錯的冤魂向袁盎討債，袁盎當了和尚，而且歷經十世輪迴，前業不能消解。後來袁盎轉世為唐朝僧人知玄禪師，而且被皇帝封為「悟達國師」，但晁錯陰魂不散、緊緊窺伺在側，終趁機而入。晁錯使袁盎生了「人面瘡」，備受痛苦煎熬，最後在迦諾迦尊者的慈悲開示下懺悔，用尊者賜予的慈悲三昧水洗滌，治好了毒瘡，他們彼此盡釋前愆，都得到了解脫。後人常引用這個故事說明冤仇難解。

周亞夫，江蘇沛縣人，沛縣出了個劉邦，建大漢王朝，跟隨他的沛縣老鄉有好幾個人名垂青史，像蕭何、周勃、曹參。周勃是周亞夫的父親。

周亞夫治軍嚴明，留下「細柳營」的故事，成為文學典故。漢文帝時，匈奴入侵，京城不安。文帝在京城外圍駐紮三支軍隊，一在霸上（今西安城東），一在棘門（今咸陽市東），一在細柳（今咸陽西南渭河北岸）。周亞夫的大營設在細柳。

文帝親自到三個大營勞軍，先到霸上，再到棘門，官兵上下一致歡呼。最後來到細柳營外，守軍不准皇帝的車駕前進，說是軍營只聽將軍的命令。後來士兵得到將軍的命令，皇帝可以進去，但是仍要遵守軍營的規則，營中不得馳馬，皇帝騎在馬上要慢慢走。最後看到周亞夫，他全身披掛，肅立恭候，但是不能跪拜行禮。

天下之患，最不可為者，名為治平無事，而其實有不測之憂。坐觀其變而不為之所（處理），則恐至於不可救。起而強為之，則天下狃（ㄋㄧㄡˇ，習慣）於治平之安，而不吾信。惟仁人君子豪傑之士，為能出身（獻身）為天下犯大難，以求成大功。此固非勉強期月之間而苟以求名之所能也。

而不吾信（而不相信我）；此固非勉強期月之間而苟以求名之所能也（這向來不是希望短期速成但求出名的人能夠辦到的啊），都是文言特別句法。開篇先說一套理論，建立一項原則，高舉一個標準，然後拿這個標準去衡量某一個人或某一件事，批判是非對錯，和〈范增論〉的開篇不同。〈范增論〉也是蘇軾的名作，相同的題材、不同的寫法。

蘇軾指出，天下最難辦的事，表面上國泰民安，其實潛伏著嚴重的危機，一般人看不出來，極少數人感受得到。怎麼辦呢，天下最難做的人就是先知，他如果提出警告，要求及早防止，別人不相信，怪你擾亂社會安寧，他如果聽其自然，禍患勢將由隱而顯，由小變大，說不定最後成為不治之症。蘇軾認為「惟仁人君子豪傑之士」能夠不計個人的利害，擔當天下的大難，言外之意似乎說，削藩沒錯，但是晁錯不夠格。

蘇軾似乎暗示皇上用人不當。

管理眾人之事，最好能「防患於未然」，其次「遏難於將發」，再下是「懲戒於事後」。但是看得早、做得快並不討好，有人觀察了朋友的廚房，提出勸告，煙囪的構造改一改，堆放木柴的地方離灶門遠一點，這樣比較安全。朋友不聽，有一天果然發生火災。當年小地方沒有消防隊，一家失火，全村來救，免不了有人燒傷跌傷。火災過後，主人照例要大擺酒席，向所有參加救火的人道謝，受傷比較重的人坐上席，那個勸他防止火災的反倒無緣參加。這就是「曲突徙薪者無功，焦頭爛額為上客」。

孫子說：「善用兵者無赫赫之功。」也是這個意思。

天下治平，無故而發大難之端；吾發之，吾能收之，然後有辭(說明)於天下。事至而循循(不向前)焉欲去(推卸責任)之，使他人任其責，則天下之禍，必集於我。

縮小範圍，說得更具體一點：

由昇平到突然大亂，有個引爆點，那個出頭要「防患於未然」或「遏難於將發」的人是個導火線，看表面，你是麻煩製造者，你惹了麻煩，必須負責收拾一切麻煩，才說得過去。如果只能惹，不能收拾，自己想躲起來，教別人去負責，天下人不感謝你洞燭機先，只罵你給製造禍亂，有人就要趁機整你。

說到這裡，晁錯呼之欲出了。

昔者晁錯盡忠為漢，謀(設計)弱(削弱)山東(華山之東)之諸侯，山東諸侯並起，以誅錯為名(口號、理由)。而天子不之察，以錯為說(ㄩㄝˋ悅)。天下悲錯之以忠而受禍，不知錯有以取之也。

評論歷史人物，要把受評的人和事介紹出來，豎起箭靶射箭。事情必須說明白，但文字必須簡短，作者必須受過這樣的訓練。

肯定晁錯「盡忠為漢」，直斷七王「以誅錯為名」，委婉指出皇帝「以錯為說」（殺忠臣討好造反的人）。有的版本是「以錯為之說」（把責任推到晁錯身上）。三句話很清楚，也相當公道。

人人說晁錯冤枉，他的主張正確，在他之前賈誼如此說，他之後武帝如此做。蘇軾說不然，不盡然，這才有一論的價值。如果人云亦云，至少蘇軾不必再寫。

古之立大事者，不惟有超世之才，亦必有堅忍不拔之志。昔禹之治（理）**水**（患）**，鑿**（挖開）**龍門，決**（疏通）**大河而放之海。方**（當）**其**（他）**功之未成也，蓋亦有潰**（沖倒堤防）**冒**（淹沒）**衝突**（大水倒灌）**可畏之患。惟**（可是）**能前知其當然，事至不懼，而徐**（鎮靜）**為之圖**（謀，有辦法解決）**，是以得至於成功。**

削藩是大事，要找一件大事來比擬討論，蘇軾舉大禹治水。大禹疏導小水流入大水，大水流入大海，讓出陸地供人居住耕作。這樣做，勢必使許多本來可以耕種的地方變成江河湖泊。當年水文資料缺乏，施工技術原始，勢難避免某種錯誤，使堤坊潰決或海水倒灌，以致好像是製造了或擴大了天災。但是大禹「不惟有超世之才，亦必有堅忍不拔之志」，在外九年，三過家門而不入，終於成功。國人享受最後的成果，對大禹臨時的局部措施也都了解、接受，甚至讚歎。

龍門，今陝西韓城與山西河津之間的龍門山上有禹門口，黃河由此穿過，據說是大禹鑿開。

因削藩引起的七國之亂發生後，淮南王劉安準備起兵響應，他的丞相熱烈贊成，自告奮勇指揮作戰，淮南王欣然同意。可是這位丞相掌握兵權以後，下令「戒嚴」，封鎖內外交通，即使淮南王也不能自由行動，淮南王的命令，這位丞相拒絕執行。三個月後，七國之亂失敗了，叛王不是自殺就是斬首，淮南王得以保全。這位丞相和晁錯是同時代的人，可以拿他來註解蘇軾的〈晁錯論〉。

夫（發語辭）以七國之強，而驟（突然）削之，其為變豈足怪哉？錯不於此時捐（犧牲）其身，為天下當大難之衝，而制（控制）吳、楚之命（要害），乃為自全之計，欲使天子自將（率領軍隊出征）而己居守（留守後方）。

歷史顯示，孔子在魯國掌權的時候，魯國有三位大夫權勢很大，孔子設法抑制他們，引起叛亂。明惠帝削藩，燕王舉兵奪位，史稱「靖難之變」。清朝征服漢族後，分封了三位藩王。康熙撤藩，引起三藩之亂。晁錯在建議削藩的時候應該預料到下面的發展。

七王聯合作亂，晁錯建議皇帝御駕親征，並自告奮勇留守後方，蘇軾認為犯了致命的錯誤。

「自將」，自己帶兵作戰。韓信留下的名言：「將兵」，指揮軍隊；「將將」，指揮將軍，也就是指揮那些「指揮軍隊的人」。

且夫(再說)**發七國之難**(首先引起事變)**者誰乎？己欲求其名，安所**(何處)**逃其患**(責任後果)**？以自將**(親自帶兵出征)**之至危，與居守**(留在京城防守)**之至安；己為難首**(領先發動者)**，擇其至安，而遺**(留給)**天子以其至危，此忠臣義士所以憤**(怒)**怨**(惜)**而不平者也。**

進一步分析，用責難的語氣增加可讀性。

七國之亂是誰先挑起來的？是你晁錯啊！你主張削藩，希望今世和死後留下名聲，你怎能逃避削藩的責任後果？出征平亂是很危險的工作，後方留守是很安全的工作，你居然自己貪圖安全，讓皇上去冒險，那個忠臣義士聽見了不生氣？

當此之時，雖無袁盎，錯亦未免於禍。何者？己欲居守，而使人主（君王）自將。以情（人之常情）而言，天子固已難之（難以忍受）矣，而重違其議。是以袁盎之說，得行於其間。

蘇軾在文章開頭就說晁錯禍由自取，現在正式點破。七王造反，晁錯勸皇上「自將」，皇上不肯冒險，但是又沒有冠冕堂皇的理由可以駁他，心裡正在為難，正好袁盎主和，勸皇上殺晁錯平息事端，於是皇上有了不必親征的正當理由。

晁錯在家中奉到皇上召喚，穿起朝服出門，誰知並未見到皇上，而是一直押到刑場，死刑犯應該穿囚服，晁錯是穿著朝服腰斬的，也就是說他未經拘押，未經審判，皇上把他騙到刑場。這種方式，當時和後世都有人不以為然。殺忠臣為自己解套，蘇軾似有批評之意。

在電視劇裡，皇上殺晁錯出於萬不得已，事前親自請晁錯喝酒，並特准晁錯不穿囚服以示優待。在這些地方，作家顯示了演義和正史之不同。

使（假使）**吳、楚反，錯以身任**（擔當）**其危**（險）**，日夜淬**（ㄘㄨㄟˋ 煉鐵）**礪**（ㄌㄧˋ 磨刀）**，東向**（面對敵人）**而待之，使不至於累其君，則天子將恃之以為無恐，雖有百盎，可得而間**（離間）**哉？**

淬，打鐵的時候，把燒紅了的鐵浸入水中，增加硬度。礪，在磨刀石上磨刀，使之鋒利。淬礪，艱苦工作的意思。

如果七國造反的時候，你晁錯馬上站出來要求帶兵上前線作戰，到了軍中，你投入全部精力晝夜策畫作戰，你布好戰線擋住東面來的敵人，你使皇上沒有壓力只有安全感，這時候縱然有一百個袁盎想在君臣之間挑撥離間，他也做不到啊！

晁錯把皇帝推上第一線，皇帝殺晁錯保護自己。如果晁錯自己站上第一線，皇帝留晁錯保護自己。蘇軾說得何等透澈！又何等委婉！有人說蘇軾替皇帝找理由，把責任推給弱者，那是太粗心了。

嗟夫！世之君子，欲求非常之功，則無務(不要)為自(己安)全之計(打算)。使錯自將而討吳、楚，未必無功，惟(可是)其(他)欲(想)自(己)固(保全)其(他的)身(身家性命)，而天子不悅，奸臣得以乘其隙。錯之所以自全者，乃其所以自禍歟？

錯之所以自全者，乃其所以自禍歟？文言特別句法。晁錯那樣做，以為可以保全自己，其實他那樣做，正好斷送了自己。此處用問句表達，結束全文，甚見精神。

如果晁錯自己出征，未必無功，有道理。無論誰掛帥，實際作戰的是周亞夫，他花了三個月的工夫就把七王之亂平定了。

晁錯的作為是一個謀士，不是大臣，而蘇軾以大臣之風責他。晁錯和范增一樣，因人成事，禍福由人，〈范增論〉和〈晁錯論〉兩篇文章可以合讀。由晁錯、范增還可以聯想到范蠡、張良，還有一個酈食其，想到跟皇帝出謀定計實在很難。

如以工程建築做比喻，晁錯是設計者，他的上面有批准者，下面有執行者。如果這棟大樓不應蓋，或者這座大橋不該修，要查批准者有沒有責任；如果樓坍了，橋斷了，要查施工有沒有責任。如果晁錯是謀士，他不必親自上火線，劉邦也不會叫陳平去指揮韓信。

如果晁錯是謀士，他勸皇帝親征他是盡最大責任，天下是你們家的，造反的都是你們家的爺們哥兒們，臣子怎麼罩得住？要想替晁錯說話，還有文章可做。

「削藩」這個棘手問題是漢武帝解決的，他頒布「推恩令」，規定：受封的王侯死了，本來只能把爵位傳給長子或嫡子，今後他的每一個兒子都有繼承權，如果他有五個兒子，他可以把這塊土地分成五份。如果這五個兒子有二十個孫子，再傳就分成二十份了。封地變小，力量也變小，沒有造反的本錢，自然服從中央派來的官吏。

以前，如果王侯死後沒有兒子，可以由他的義子繼承，今後這一條取消，無人繼承的土地由中央收回，設立郡縣，派遣官員治理。

晁錯的辦法是剛性解決，軍事解決，以貫徹人的意志來解決；「推恩令」的辦法是柔性解決，政治解決，順從某種規則自然解決。比較一下，晁錯算不得大政治家。如果要批評晁錯，也還有材料可用。

信陵君救趙論

唐順之

信陵君，魏昭王的兒子，安釐王同父異母的弟弟，戰國四公子之一，其他三位：齊國的孟嘗君，齊威王的孫子，齊宣王同父異母的弟弟，做過宰相。趙國的平原君，趙武靈王之子，惠文王之弟，做過宰相。楚國的春申君，在楚考烈王時做過宰相。

戰國時代，封建制度崩潰，原來依附封建領主的「士」各謀出路，奔走各國，遊說謀畫，無固定立場，稱為「遊士」。像戰國四公子這樣的人，國王都分給他們很大的土地，等於新型的封建領主，他們收容遊士，儲備人才，稱為「養士」。

竊符救趙的故事牽涉三個國家：秦國、趙國、魏國。涉及兩位公子：趙國平原君、魏國信陵君。秦圍趙都，趙平原君之妻是魏信陵君的姊姊，向魏求救。魏安釐王派大將晉鄙率兵救趙，但沒有投入戰爭的決心，大軍行至邊境，觀望不前。信陵君用侯生計，賄賂魏王寵姬，竊兵符，殺魏將，奪兵權，解趙都之圍。

信陵君接管軍隊的經過很驚險，雖然虎符合一，魏軍統帥晉鄙仍然說要向國君請示，這時緊跟在信陵君身旁的朱亥取出「椎」來殺死晉鄙。朱亥本是屠夫，有勇氣，重義氣。詩人說「仗義半從屠狗輩，負心多是讀書人」。樊噲，鴻門宴救劉邦，高漸離，演奏音樂時謀刺秦王，這兩個人也是「屠狗輩」。

論，文體名。主要以對人或事的議論為內容。科舉時代與詩賦同為考試項目，朝廷從文章看考生的學問見解抱負。

語言文字有記敘、議論、抒情等功能。我們寫記敘文，目的在使人「知」，文章優劣要看你說的是真是假（例如臺南風災，災民數十萬人）。我們寫議論文，目的在使人同意，文章優劣要看你說的是對是錯（例如我們應該捐出一個月的收入救濟災民）。抒情文旨在使人「感」，文章優劣在讀者是否受到感動（例如我的母親是世界上最好的母親）。

在這篇文章裡，唐順之要說的是，信陵君救趙，到底是做對了，還是做錯了？我們讀完了這篇文章，要回答的是，你對唐順之的意見是贊成還是反對？

唐順之：江蘇人。明代中葉大學問家，古文名家。

論者（政論家）以竊符（偷兵符）為信陵君之罪（名詞），余以為此未足以罪（動詞）信陵也。

看這篇文章開頭，想起自古相傳寫文章有「開門見山」法，唐順之一出手就亮出他獨特的見解。寫議論文講的是有破有立，破，反駁別人的說法；立，提出自己的主張。唐順之下筆有破有立，針鋒相對，兩個「罪」字變換詞性接連使用，文筆靈活。

夫（發語辭）強秦之暴（兇狠）亟（緊急）矣，今悉（全數）兵以臨（自上而下加入）趙，趙必亡。趙，魏之障（遮風擋雨）也。趙亡，則（那麼）魏且（就要）為之（趙）後。趙、魏，又楚、燕、齊諸國之障也，趙、魏亡，則楚、燕、齊諸國為之（趙魏）後。天下之勢（形勢），未有岌岌（ㄐㄧˊ 形容危險）於此者也。

推論當時形勢，簡單扼要，層次分明。唐順之的看法頗似今天的「骨牌效應」，一張骨牌倒塌了，所有的骨牌都要陸續倒塌。我們早已讀到今人用白話解釋骨牌效應，現在又看到古人怎樣用文言申說它，我們再把文言轉成白話吧，我們要利用各種機會觀摩「同一事物不同的說詞」。

秦是六國公敵，幫助任何一國抗秦就是幫助全體，強化了信陵君無罪論。

故救趙者，亦以救魏；救一國者，亦以救六國也。竊魏之符，以紓（解除）魏之患（禍難）；借一國之師（軍隊），以分六國之災，夫奚（何）不可者？

反過來推論一次，對上一段做出響應和強調。

文言的特殊句法：夫奚不可者？（有什麼不可以？）

然則信陵果無罪乎？曰：又不然也。余所誅（責備）者，信陵君之心（用心）也。

無罪似已定案，「然則」一語推翻。古文中常用前面的讓步造成後面的奇峰，所謂「將欲取之，必先予之」。白話文本來也流行這麼寫，可是今人累積經驗，發現對方往往斷章取義，把你讓步的、假設的句子當作斷案，到處宣揚，硬說你贊成他，不提你後面反對他。大多數作家已經把這種寫法放棄了。

誅心：在內為用心，在外為行為，誅心是動機論。如同法律講犯意、犯行，誅心是追究犯意。有動機而無行為，法律不能處罰，誅心者可以口誅筆伐，動機卑鄙而行為正大，誅心者仍可以負面的看法予以否定。

信陵一公子（魏王同父異母之弟）耳（而已），魏固（本來）有王也，趙不請救於王，而諄諄（ㄓㄨㄣ 反覆再三）焉請救於信陵。是趙知有信陵，不知有王也。平原君（趙國的相國）以婚姻（平原是信陵之姊夫）激信陵，而信陵亦自以婚姻之故，欲急救趙，是信陵知有婚姻，不知有王也。

魏軍遲遲不肯投入戰場，趙國的平原君急了，他是信陵君的姊夫，連續寫信向信陵告急，非常迫切，最後連這樣的話都說出來：「我們當初高攀你這門親戚，原是以為你怎樣怎樣，可是現在想不到你怎樣怎樣……」信陵一看，也急了。

唐順之說，信陵君只是魏國皇室的一個成員，魏國大政應該由魏王決定，趙國有難，應該向魏國國王求救，信陵君關切趙國安危，應該向魏王建議救趙。拿唱戲做比喻，各有各的角色，各有各的臺詞，信陵君怎麼可以把國王的戲全唱了？他心中沒有國王，這才是他的罪。

依唐順之的看法，信陵君竊符救趙，行為可取，動機不可原諒。提出誅心之後，立即用兩個「不知」加以推論，擴大，占領陣地，以下反覆申述，擴大戰果。邱吉爾文采過人，二次大戰中做英國首相，言論動天下，他說過，他演說像打鐵一樣，反覆捶打。唐順之也深明此一訣竅。今天的白話文，尤其是演說稿，也可以這樣寫。

> 其（他）竊符也，非為魏也，非為六國也，為趙焉耳（罷了）；非為趙也，為一平原君耳。使禍不在趙，而在他國，則雖撤魏之障，撤六國之障，信陵亦必不救。使趙無平原，或平原而非信陵之姻戚，雖趙亡，信陵亦必不救。

注意文言句法：「為趙焉耳」。

二捶打，用四個「為」字。

信陵君竊符，不是為魏國，不是為六國，甚至也不是為趙國，不符合「無罪論」要件。救趙雖然成功，雖然阻擋了強秦的擴張，增加了趙魏的安全，那並非信陵君的本意，那是事件發展而生的自然效應，信陵君沾不上邊兒。唐順之擴大「動機論」掩沒行為的效果，這在藝術手法上稱為「無所不用其極」。

注意文言句法，這一段有四個「也」字，上一段也有四個「也」字，這些字使語氣舒緩，如同可以聽見拖長了腔調。因此這篇文章雖步步緊逼，不容信陵喘息，讀來仍然舒卷自如。

則是趙王與社稷（領土人民）之輕重，不能當（抵）一平原公子；而魏之兵甲（軍隊），所恃（仗著）以固（保衛）其社稷者，祇（只是）以（拿來）供信陵君一姻戚之用。幸而戰勝，可也；不幸戰不勝，為虜（俘虜）於秦，是傾魏國數百年社稷以殉（陪葬）姻戚，吾不知信陵何以謝（認錯）魏王也。

三捶打，為「誅」加力。

用推論指出信陵君的行為很危險，唐順之在確立「動機論」之後，乘勝順勢把行為的正當性打了很大的折扣，收回了文章開頭的讓步，至此，他完全說服了讀者。

夫竊符之計，蓋出於侯生（侯嬴）**，而如姬**（魏王的寵姬）**成之也。侯生教公子以竊符，如姬為公子竊符於王之臥內，是二人亦知有信陵，不知有王也。**

動機論定罪，再擴大株連同謀共犯，確定「不知有王」是他們共同的罪行。

信陵無法使魏軍前進，打算自己組織一小型車隊衝向秦軍陣地，以死報平原，他門下的賓客有些人願意一同赴難。侯嬴是看守城門的人，他攔住車隊，勸信陵君不要白白犧牲，獻上「竊符」之計。他知道如姬曾受信陵的恩惠，很想報答，現在如姬深得魏王寵愛，有機會偷竊兵符。信陵如計而行，果然成功。可是侯生卻自殺了。

大概侯生預料獻計之後他已沒有生存的空間，如果事機敗露，信陵會懷疑他洩密；如果計畫成功，魏王終有一天追查到他身上。不管那一種結果，他都沒法活下去。但春秋戰國有輕生仗義的風氣，他仍然獻計，並且自殺。

余以為信陵之自為計（好好為自己打算），曷若（何如）以脣齒之勢（脣亡齒寒），激諫（強烈勸）於王；不聽，則以其欲死秦師者，而死於魏王之前，王必悟矣。侯生為信陵計，曷若見魏王而說（ㄕㄨㄟˋ，說服）之以救趙；不聽，則以其欲死信陵君者，而死於魏王之前，王亦必悟矣。如姬有意於報信陵，曷若乘王之隙（機會），而日夜勸之救；不聽，則以其欲為公子死者，而死於魏王之前，王亦必悟矣。如此，則信陵君不負魏，亦不負趙；二人不負王，亦不負信陵君。何為計不出此？

注意文言句法：何為計不出此？（為什麼不做出這樣的決定？）

看來唐順之寫這篇文章，他想建立一個大原則，王權至上，國家大事必須由國王決行。拿司法做比喻，他藉由「信陵君竊符救趙論」立下判例，然後闡揚這個判例的精神內涵，成為以後同類案件審判的準則。

唐順之此文寫得很雄辯，有豪氣，許多語句反覆變化，去而復返，形成強大的說服力。他的意思是，信陵救趙，有必死的決心，可是他要死、就死在魏王面前。侯生、如姬幫助信陵，也都有必死的決心，可是他們要死、也該死在魏王面前。經過他們輪流死諫，魏王一定出兵救趙，趙國保全了，魏國安全了，信陵、侯生、如姬，每個人的心願也都實現了，魏王的尊嚴也樹立了，那才是最好的結局，對信陵而言，那才是最好的辦法。

王權至上，這是大一統的國家觀念，唐順之忽略了春秋戰國時代流行的觀念是「各為其主」，他再三申說的這種觀念可能還沒有產生。

信陵知有婚姻之趙，不知有王。內則幸姬，外則鄰國，賤則夷門野人，又皆知有公子，不知有王。則是魏僅有一孤王耳。

捶打王權論，譴責魏國王權衰落，私情至上。

嗚呼，自世之衰，人皆習於背公死黨之行，而忘守節奉公之道；有重相（權力很大的宰相）而無威（威嚴的）君，有私讎而無義憤。如秦人知有穰（ㄖㄤˊ）侯（秦相），不知有秦王；虞卿知有布衣（平民）之交，不知有趙王（為救朋友棄官逃亡）。蓋君若贅旒（無用的裝飾）久矣！

王權論二捶打，由魏國擴大到各國，穰侯、秦相，聲名比秦王大。虞卿，趙國上卿，聲名大過趙王。

贅旒，旗上飄帶。

由此言之，信陵之罪，固不專係乎符之竊不竊也。其為魏也，為六國也，縱竊符猶可；其為趙也，為一親戚也，縱求符於王，而公然得之，亦罪也。

誅心論與王權論結合，否定信陵行為的正當性，意義重複，言詞不重複。

一件事反來覆去說了又說，多半會如酒兌水，愈說愈乏味，可是這篇文章反來覆去愈說愈有張力，愈說愈有密度，這才是「打鐵」，這才是我們要取法的地方。

雖然，魏王亦不得無罪（過失）也，兵符藏於臥內，信陵亦安得竊之？信陵不忌（怕）魏王，而徑（直接）請之如姬，其素（平時）窺（看到）魏王之疏（不密）也；如姬不忌魏王，而敢於竊符，其素恃魏王之寵也。木朽而蛀生之矣。

本可結束，又立奇峰。荀子的學說裡有兩個名詞：君道、臣道，唐順之看來，信陵等人失臣道，魏王失君道。

古者人君持權於上，而內外莫敢不肅（敬畏），則信陵安得（怎能）樹私交於趙？趙安得私請救於信陵？如姬安得銜（含在口中）信陵之恩？信陵安得賣恩（施惠）於如姬？履（踩到）霜之漸（慢慢的發展），豈一朝一夕也哉？由此言之，不特眾人不知有王，王亦自為贅旒也。

「履霜堅冰至」，踏到霜，就可以知道快要「千里冰封，萬里雪飄」。魏王平時馬馬虎虎，早就知道會發生「竊符」這樣的事情。

魏王陷入私情小圈圈，自毀王權尊嚴。文章前面重點在臣道，最後重點落在君道上，魏王君道有虧造成臣道有虧，責任最大。有「春秋責賢」的意思。

孔子曰：「君君，臣臣。」通常解釋二者為平行關係，君盡君道，臣盡臣道，各守本分。有人解釋為因果關係，君君而後臣臣，君不君則臣不臣矣。秦澗泉的詩：「一朝天子一朝臣」，有宋高宗才有秦檜。

故信陵君可以為人臣植（樹立）黨之戒，魏王可以為人君失權之戒。《春秋》書「葬原仲」、「翬（ㄏㄨㄟ）帥師」。嗟夫！聖人之為慮深矣。

春秋謹嚴，講究一字褒貶。公子友，即魯國季友；原仲，陳國大夫。葬原仲，公子友未經批准，私自到陳國參加原仲的葬禮。《春秋》特別把這件事記下來，讓天下後世知道公子友做錯了。

翬帥師：宋國要求魯國一同出兵攻打鄭國，魯君本不願意，可是魯國的公子翬影響力很大，經他再三催促，魯君勉強答應。《春秋》用「翬帥師」來記載這件事情，讓天下後世知道公子翬做錯了。後來，公子翬因自己的利益殺死魯隱公，唐順之引用這段歷史，也許還有「履霜堅冰至」的寓意。

唐順之寫〈信陵君竊符救趙論〉，使我們想起前人留下的成語：議論縱橫，議論風生。「縱橫」，我們不要受合縱連橫那個典故的限制，可以觀摩唐順之怎樣向前延伸，怎樣左右擴展，縱橫自如，無法阻擋。風生，未必指有趣，更重要的是文章有飽滿的張力，如風一樣籠罩讀者。

他用的「反覆捶打」比較可以言傳，也有人說這種經營布局像烙餅，烙了A面烙B面。這種寫法在古人典籍中很多，例如《心經》：

A面：色不異空，空不異色。

B面：色即是空，空即是色。

A面：諸法空相，不生不滅，不垢不淨，不增不減。

B面：空中無色，無受想行識，無眼耳鼻舌身意，無色聲香味觸法。無眼界，乃至無意識界，無無明，亦無無明盡，乃至無老死，亦無老死盡，無苦集滅道，無智亦無得。

例如《大學》：

A面：古之欲明明德於天下者，先治其國；欲治其國者，先齊其家；欲齊其家者，先修其身；欲修其身者，先正其心；欲正其心者，先誠其意；欲誠其意者，先致其知。致知在格物。

B面：物格而後知至，知至而後意誠，意誠而後心正，心正而後身修，身修而後家齊，家齊而後國治，國治而後天下平。

豫讓論

方孝孺

豫讓：春秋時晉人。那時實行封建制度，周天子把土地分封給諸侯，讓他們為君為王，稱之為「國」。國君再把他的土地分封給貴族，讓他們為卿為大夫，稱之為「家」。這個家不是寶蓋頭底下一窩豬，這個家有宮室，有冠蓋，有兵馬，還有一些奇才異能之人。

晉國本來有六卿，他們之間互相鬥爭，其中兩家滅亡了，還有四家。後來勢力比較小的三家聯合起來，滅掉勢力最大的那一家。在歷史大舞臺上這一連串戲碼之後，豫讓以一個刺客的身分上場，主演了一齣奇情悲劇，《史記》有一卷〈刺客列傳〉，豫讓名列第三。

六卿治國時，豫讓在中行氏門下做事。范氏、中行氏滅亡，豫讓為智氏所用。智氏的領導人智伯能力很強，他是晉國的「正卿」，勢力最大。智伯有一個致命的弱點：非常貪婪，貪婪使人喪失智慧，貪婪的人有了權勢，他在奪取的時候很專橫，所以他犯了致命的錯誤。他本想逐步併吞其餘三家，反而被三家聯手覆滅，智伯被殺，豫讓矢志為故主復仇。他的行為，你說是壯烈也好，你說是悲慘也好，你說是大智大勇也好，你說是走火入魔也好，總之是古今罕見罕聞的一個異人，種種經過，下面隨著〈豫讓論〉文章的走勢，隨機做出說明。

豫讓使我們容易了解信陵君救趙的那些人物。那些人物，包括侯生、如姬、朱亥，又使我們容易了解豫讓。〈豫讓論〉和〈信陵君救趙論〉可以互相做對方的註釋。

〈豫讓論〉的作者方孝孺，也是一位使你傷心慘目或者頂禮膜拜的人物，由他來寫豫讓，可以說是難得的配搭。

他是浙江寧波寧海人，宋濂的學生，從小聰明好學，六歲能作詩，每天讀書一寸厚。他後來做了明惠帝的老師，惠帝非常信任他，有時請他代批臣下的奏章。惠帝削藩，方孝孺參與策畫，燕王以「清君側」為名造反，惠帝平亂，方孝孺參與軍機。燕王上下團結一心，惠帝的軍政首長不能認真執行朝廷的謀略，戰爭節節失利，燕王的軍隊包圍南京，守軍居然開門迎敵。

燕王棣攻陷南京，即帝位，歷史上稱為明成祖。「成功的政變不是政變」，朝中大臣紛紛擁護新主，方孝孺堅決不從。燕王得位，需要有名望的大臣起草詔書，昭告天下，方孝孺拒絕，當面罵燕王是篡賊。成祖問他：你難道不怕滅九族嗎？他說：即使滅十族我也不怕。這是歷史上非常著名的一段對話。

成祖果然下令滅方孝孺的九族，再加上朋友和學生，湊足十族之數。史書上說，方孝孺一案，八百多人被殺，一千三百多人流放。這麼多人一次殺不完，接連殺了好多天，行刑者把當天要處決的人帶到大牢裡去，讓方孝孺看見他害死了這些人。劊子手當著方孝孺的面處決他的弟弟。

方孝孺始終不肯屈服，他受的是磔ㄓㄜˊ刑，割裂肢體而死，類似「五馬分屍」，死時四十六歲。

方孝孺主張作文要「神會於心」。「神」這個字和「氣」一樣，很難解釋。「神而明之，存乎其人」，好像是說作家的心智和藝術的奧妙再無隔閡。這樣說對我們寫作好像沒什麼幫助。方孝孺反對摹仿別人，他也許教我們有神來之筆，現在許多人認為「神來」就是靈感，也許他教我們寫作要培養靈感。

士君子立身事主，既名知己，則當竭盡智謀，忠告(ㄍㄨˋ)善道，銷(消)患於未形，保治於未然，俾(使)身全而主安。生為名臣，死為上鬼，垂(留下)光百世，照耀簡(竹簡)策(冊)，斯(這才)為美也。

這篇文章也是先提出中心主張，後以此主張檢查評論的對象。

士君子，本來都是做大官的人，後來泛指上流社會在學問和道德方面具備一定水平的人。這樣的人跟隨某個大人物做事，一生有了奮鬥的目標，既然認為領導人最了解我最重用我，就應當把智慧能力都用在他身上，如果他做錯了，誠懇的告訴他，婉轉的告訴他，消除將要發生的禍患，維護可能喪失的政績，保全自己也安定政權。這樣，你活著是受人稱讚的臣子，死了是受人崇拜的靈魂，後世以你為榮，你的事蹟是史書最精采的部分，這才是理想的人生。

苟(如果)遇知己，不能扶危於未亂之先，而乃捐(棄)軀殞(ㄩㄣˇ 墜落)命(喪失)於既敗之後；釣(騙)名沽(買)譽，眩(迷惑)世駭(震驚)俗，由君子觀之，皆所不取也。

以上從正面說，現在由負面說，前立後破。

在這裡，作者有個前提，所有的災禍都有潛伏醞釀期。領導人既然是你的知己，你一定要使禍患在潛伏期消失，不可在災禍發生無可挽回的時候，這才做出某種驚人的動作，突出自己的形象，提高知名度。

釣名沽譽，像釣魚一樣騙來名聲，像買賣交易一樣換取榮譽。以名譽為目的物，做出設計來得到目的物，我們對這樣的行為不能肯定，不能承認。

蓋嘗因而論之：豫讓臣事智伯，及趙襄子殺智伯，讓為之報仇。聲名烈烈（顯赫）**，雖愚夫愚婦，莫不知其為忠臣義士也。嗚呼！讓之死固忠矣，惜乎處死之道有未忠者存焉。**

敘事簡潔。論斷懸疑。

趙襄子殺智伯，故事曲折。那時晉國有四家：智氏、趙氏、韓氏、魏氏，智氏最強，主宰國政。智伯貪婪，要趙魏韓三家都割一塊土地獻給晉王，作為富國強兵之用，實際上這些土地由他支配，這樣既可以削弱三家，又可壯大自己。韓氏魏氏都照辦了，趙襄子拒絕，於是智伯組織聯軍，要韓魏一同出兵伐趙。

趙在今天的山西，中樞在今天的太原，那時叫晉陽。智伯聯軍包圍晉陽，久攻不下，智伯引河水灌城，晉陽危急。趙襄子派謀士出城，暗中遊說韓魏，離間他們和智伯的關係。韓氏魏氏也知道智伯的全盤計畫，滅趙之後，一步步滅韓滅魏，最後把晉王的位子奪到手，於是答應和趙襄子合作。韓魏聯軍掘開堤壩，引水灌智伯的大營，趙襄子出城和韓魏聯手攻擊。一夜之間，智伯全軍覆沒。

趙襄子最恨智伯，他不但殺死智伯，還把智伯的頭骨做成酒器在宴會中使用。豫讓立志為智伯報仇，他說出兩句名言：「士為知己者死，女為悅己者容。」他以趙襄子為復仇的對象。

何也？觀其漆身吞炭，謂其友曰：「凡吾所為者極難，將以愧天下後世之為人臣而懷二心者也。」謂非忠可乎？

世人都說豫讓是一個盡忠的人，方孝孺有異議。他先讓一步，說豫讓盡忠也有道理，使意見不同者看下去。

漆身吞炭：豫讓刺趙襄子，前後兩次。第一次在趙襄子家中，失風被捕，趙襄子沒殺他，把他放了。他為了再度行刺，拿油漆漆在身上，生了嚴重的皮膚病，臉型變了。他吞炭破壞聲帶，嗓音變了。他化裝成一個乞丐在外面遊蕩，連他的妻子也不知道這個人就是豫讓。

有一天，他的一個老朋友把他認出來了。朋友說，你這是何苦呢，以你的聰明才智，投奔到趙氏門下做事，一定有機會接近趙襄子，那時候做你要做的事情，不是很方便嗎！豫讓說，我最恨吃裡扒外，我最瞧不起「當面喊萬歲，背後下毒手」，我絕不做那種人，我現在要樹立一種典型，讓那樣的人知道慚愧。

你看，這樣的人你還能說他不忠？

及觀其斬衣三躍，襄子責以不死於中行(ㄏㄤˊ)氏而獨死於智伯。讓應曰：「中行氏以眾人待我，我故以眾人報之；智伯以國士待我，我故以國士報之。」即此而論，讓有餘憾矣！

豫讓偵知趙襄子要從某一座橋上經過，躲在橋底下裝死，伺機行刺。趙襄子騎馬來到橋頭，馬忽然受驚不肯前進，趙襄子命令衛隊搜索，發現豫讓。趙襄子說，我這次不能再放你了。豫讓說，你上次放我已是大仁大德，我那敢希望有第二次。豫讓提出一個請求，他說我行刺失敗，死不瞑目，請你給我一件你穿的衣服，我死前朝這件衣服上刺三劍。趙襄子就把身上的衣服脫下一件，教衛士拿到豫讓面前，豫讓大叫一聲，跳起來刺那件衣服一劍，連續三次，然後伏劍自殺。小說家言，豫讓每刺一劍，趙襄子打一個寒顫，事後檢視那件衣服，劍刃穿刺的地方有血痕。

趙襄子和豫讓對話的時候，曾經質問豫讓：你也曾跟中行氏做事，中行氏滅亡，你為什麼沒替他報仇？你為什麼一定要為智伯報仇？豫讓說出另外兩句名言，他說中行氏以眾人待我，我以眾人報之；智伯以國士待我，我以國士報之。

豫讓和趙襄子在橋頭這場對手戲是最高潮，確定了豫讓忠義的形象。方孝孺重新詮釋豫讓的身段和臺詞，「破」了大家相沿已久的看法。譬如打仗，這是向敵方最堅強的主陣地進攻，攻進司令部，捉到主帥，其他部分就容易收拾了。

段規之事韓康，任章之事魏獻，未聞以國士待之也；而規也章也，力勸其主從智伯之請，與之地以驕其志，而速其亡也。

晉國四家並立，韓康、魏獻、智伯、趙襄子。

智伯先要韓康割一塊土地給他，韓康本來不願意，韓氏的家臣段規說，智伯向咱們要地，咱們給他，他再向別人要土地，別人不給他，他們之間的矛盾升高，衝突白熱化，形勢對咱們有利。韓康聽從段規的勸告，後來證明他是正確的。我們並沒有聽說韓康以國士待段規啊！

智伯又向魏獻索地，魏獻本來也不願意，魏氏的家臣任章說，咱們也答應他，讓智伯更驕傲，諸侯必定對他更疏遠，對我們更親近，大家更團結，智伯更孤立，這是好現象。魏獻聽從他，後來證明他也是正確的。我們並沒有聽說魏獻以國士待任章啊！

郗疵之事智伯，亦未嘗以國士待之也；而疵能察韓、魏之情以諫智伯。雖不用其言以至滅亡，而疵之智謀忠告，已無愧於心也。

說到郗疵，這人更了不起，他是智伯的謀士，智伯組織聯軍攻打趙國，郗疵隨軍出征。智伯水灌晉陽，趙襄子的處境非常危險，郗疵對智伯說，韓魏兩軍要叛變了。智伯問，你怎麼知道？郗疵說，現在眼看大獲全勝，韓康魏獻的表情反而很沉重，證明他們有二心。智伯不聽，認為韓魏不敢有別的想法。可是韓魏真的和趙襄子聯手了。智伯並沒有以國士待郗疵啊！

段規、任章、郗疵才算是忠心耿耿，豫讓比他們差遠了。

郗疵的故事後半段也很精采。他推斷韓魏反叛，智伯不信，反倒把這番話告訴韓康魏獻，可能是逼他們二人表態，二人當然堅決效忠到底。韓康魏獻離開智伯的時候，郗疵正好走進來，三人在門外相遇。郗疵看韓魏兩人神色不對，料定智伯對他們洩了底，進來問智伯，智伯也把剛才和韓魏的對話再說一遍。郗疵一聽，糟了，韓魏逼上梁山，再也不能拖延，他們起事就在眼前了，韓魏趙一旦聯手打進來，那有他的活命？他馬上想出一個理由，建議智伯派人到齊國辦一點外交，他自己願意擔任使者，智伯答應了。水淹智伯大營的那一夜，郗疵逃過了這一劫。

讓既自謂智伯待以國士矣，國士，濟國（救國）之士也。當伯請（索）地無厭（滿足）之日，縱（不節制）欲（貪念）荒（迷戀、沒有警覺）暴之時，為讓者正宜陳力就列（在位盡力），諄諄（ㄓㄨㄣ）然（不厭倦）而告之曰：「諸侯大夫，各受分地，無相侵奪，古之制也。今無故而取地於人，人不與，而吾之忿心必生；與之，則吾之驕心以起。忿必爭，爭必敗；驕必傲，傲必亡。」諄切（親切）懇（誠懇）至，諫不從，再諫之；再諫不從，三諫之；三諫不從，移其伏劍之死，死於是日。伯雖頑冥不靈，感其至誠，庶幾（也許）復悟。和韓、魏，釋趙圍，保全智宗（家族），守其祭祀。若然，則讓雖死猶生也，豈不勝於斬衣而死乎？

為豫讓規畫怎樣做智伯的「國士」。當智伯向韓魏兩家要求土地的時候，你就該勸他別要，當智伯組合韓軍魏軍伐趙的時候，你就該勸他別打。這件事關係太大了，你要再三阻止，智伯不聽，你就「死諫」，反正是一死，比死在斬衣三躍的時候好。

這段話與唐順之論信陵君大致相同，他們都是儒家。

讓於此時，曾無一語開悟主心，視伯之危亡，猶越人視秦人之肥瘠（瘦）也。袖手旁觀，坐待成敗，國士之報，曾若是乎？

方孝孺指出，整個事件中沒看見豫讓有這一類表現，他像個旁觀者等著結果，這怎麼能算是「以國士報之」？澈底摧毀主陣地。

智伯既（已經）死，而乃不勝（不能克制）血氣（衝動）之悻悻（固執），甘自附於刺客之流。何足道哉！何足道哉！

刺客之流：戰國時期出了一些著名的刺客，荊軻刺秦王，專諸刺王僚，要離刺慶忌，豫讓刺趙襄子，聶政刺韓傀。《史記》有〈刺客列傳〉，《古文觀止》未收。

方孝孺認為豫讓在智氏覆亡之後有這番驚人的大動作，對智伯已沒有什麼益處，只能建立自己的名聲，他不是補報故主，他是表演給天下後世看。論調與〈信陵君救趙論〉的誅心之說近似。

結論：他是刺客，不是國士。

雖然，以國士而論，豫讓固不足以當矣；彼（那些）朝為讎敵，暮為君臣，腆然（厚著臉皮）而自得者，又讓之罪人也。噫！

罪人：拿他們跟豫讓比，他們才是有罪的人，豫讓有資格判他們的罪。

前文步步進逼，這時又退後一步，猶如風浪洶湧之後迴波盪漾。在白話文學作品中這是很重要的手法，經常用於小說戲劇的結尾。《紅樓夢》寶玉出家，斷絕塵緣，忽然在雪地渡口與乘船遠行的父親見面，一拜之後消失於白茫茫的大地之中，最後這個場面就是洄瀾生姿。

行刺曾經是政治鬥爭或私人報復的重要手段，刺客有他的專業修養，身段臺詞，有他的取與不取、為與不為，幾乎形成一種「文化」。像專諸刺王僚，他要等到自己的母親終其天年，才接下這個必死的任務。像要離刺慶忌，任務完成以後拒絕任何賞賜，反而自殺。他為了行刺，先要成為慶忌的親信，為了成為親信，殘害自己的肢體、犧牲自己的家人，他不是為了榮華富貴，他要明志。衛王派刺客殺趙盾，趙府院子裡有一棵大樹，枝葉茂密，刺客藏在樹上，等待時機。經過晝夜觀察，刺客發現趙盾是君子、是忠臣，這樣的人他不能殺，但是他怎麼回去交差呢，他在那棵大樹上碰死了，死前還給趙盾留下訊息，要他小心。

孫中山領導革命的時候，鄒容著《革命軍》，肯定行刺是最經濟的手段，你只要犧牲一個同志，就能解決一場戰爭才解決得了的問題。那時國民黨陣營也可以寫一篇〈刺客列傳〉，連汪精衛也曾打算「引刀成一快」。七七事變發生後，愛國志士在上海南京刺殺漢奸，也曾經有一陣轟轟烈烈。

現在觀念改變，反對暗殺。有冤有仇不能自己直接報復，自力報復往往過當，也破壞社會秩序。現代政府的大政方針不是一兩個人決定的，也不是一兩個人可以改變的，殺死某一個人無濟於事。暗殺並不是最經濟的手段，這邊犧牲的一定是一個優秀的忠貞的同志，那邊不過減少了一個落伍的官僚，這是很大的浪費。因此，豫讓行刺的價值已不必勞神，我們今天讀〈豫讓論〉，只剩下吸收文學營養、觀摩寫作技巧了。

弔古戰場文

李華

弔戰場就是弔戰死者，古時不興設立無名英雄紀念碑或抗戰陣亡將士紀念碑，李華以古戰場為憑弔的對象。戰場是他們的喪生之地，李華不知道他們是誰，天地知道，戰場遼闊，天地儼然如靈堂，歷史的感覺、宗教的感覺都油然而生，具備了寫出好文章來的客觀條件。

古代戰爭用車戰或陣戰，需廣大平原做戰場，有些地方為兵家必爭，那個戰場為各時各代的軍隊輪流使用。歷史上許多著名的大戰在此發生，情況慘烈。英雄生死，朝代興亡，影響深遠。

戰爭的破壞力大，古戰場上原有的村莊人家消失了，傳說橫死異地之孤魂野鬼不得超度，無處收留，常留原地飄泊害人，新的村落也就不再出現。大平原荒涼閑置，無人建設，成為常設的人類相互毀滅之地。和平難得，愚昧不斷重演，如隱性的絕症。

以上構成對詩人的巨大撞擊，他用賦體的鋪張揚厲，表現澎湃洶湧的情感。這樣做文章是在朗誦和吟唱中進行的，是在對天地的質問和祈求中進行的，是在眾生的吶喊和呻吟中進行的，樸素含蓄的古代散文做不到，可知文體各有所長。杜牧的〈阿房宮賦〉也是如此，這兩篇文章可以互相參看。

中國人最熟悉的古戰場：

長平古戰場，戰國時期，秦國進攻趙國，趙國四十萬大軍被擒，白起在戰場所在地長平就地挖坑，坑殺四十萬條生命。垓下之戰，項羽自刎。赤壁之戰，周瑜破曹。

二次大戰時期，美軍攻塞班島，日軍堅守，彈盡援絕。最後一役，黎明時，在一組十二人拿著大紅旗領導下，所有剩下可戰鬥的軍隊，大約三千人衝出來，對美軍做最後攻擊，只見受傷流血的士兵後面，一片布滿了纏上綳帶的頭，一群拄著枴杖的人，他們全部陣亡。島上的日本婦孺撤到懸崖上跳入海中，超過兩千人。

硫磺島之役，美軍有二萬六千零二十九人傷亡，終於在該島的折缽山上豎起美國國旗，這張照片至今很流行，成為繪畫、雕塑和郵票的圖案。戰役最後，日軍栗林大將、市丸少將率領剩餘的數百名士兵向美軍航空兵營地做自殺式反擊，全部死亡，栗林大將衝鋒前扯去了軍銜章，因此無法確認屍體。

美軍占領全島後，個別日軍狙擊手藏在樹上或洞穴內伺機射殺美軍，名記者恩尼·派爾死於島上。此役日軍的玉碎意志和美軍的重大損失，導致羅斯福總統犧牲中國利益換蘇聯參戰。

戰後有許多人到塞班島憑弔古戰場，有人向我描述戰慄的感覺，喪失語言能力的感覺。

現代有人認為李華的這篇文章太強調戰爭的負面作用，太注意個人的生死。戰爭促使民族團結，推動社會進步，提升科技發明，激發每個人的潛力，即使是破壞，也為未來的建設開拓空間。你既然沒有辦法避免戰爭，你必須打贏這場戰爭，最悲慘的事不是戰爭而是戰敗，你有什麼選擇呢？一個人的生死又算什麼呢？

說的也是，你也可以寫一篇文章歌頌戰爭的壯烈，英雄的豐功偉績，戰士的捨生忘死。你也可以使用李華在這篇文章裡的技巧。你可以剔除他的思想感情，吸取他的表現方法。

李華是唐代的辭賦名家，趙州贊皇人，今天的河北石家莊附近。贊皇姓李的出了許多名人，唐代的高官李嶠、李德裕、李吉甫，文學家李華、李翰、李觀，等等。他是開元進士，天寶中做到監察御史，這是朝中的高官。安史之亂發生，長安淪陷，李華被俘，叛軍強迫他擔任偽政府的職務。戰後被貶，後來生了慢性疾病，辭官隱居，皈依佛門，告訴子孫不要做官。事跡不多，文辭華麗。

浩浩（廣大）乎！平沙無垠（邊界），敻（ㄒㄩㄥˋ 廣闊遙遠）不見人，河水縈（ㄧㄥˊ）帶（圍繞），群山糾紛（不整齊，亂山）。黯兮慘悴（悽慘），風悲日曛（日色昏沉）。蓬斷草枯，凜（寒冷）若霜晨。鳥飛不下，獸鋌（疾走）亡群（不成群）。亭長（地方小吏）告予曰：「此古戰場也，嘗覆三軍。往往鬼哭，天陰則聞。」

浩浩，形容廣大，浩蕩、浩瀚、浩劫，都是大。平沙，廣闊的平地，像沙漠一樣，上面沒有樹木房舍，古琴曲有〈平沙落雁〉，所以戰場又稱沙場。在這一望無邊的平地上，河流是彎曲的，山峰是紊亂的，日光是黯淡的，景象是悽慘的，野草是枯萎的，寒氣逼人，就像深秋滿地濃霜的早晨。這樣的地方，鳥從空中飛過，不肯落下來休息，獸從地上急走，不肯等待夥伴。

這種寫法今人稱為「舞臺布景法」，大幕拉開，演員尚未出場，舞臺上的畫面先給觀眾有力的暗示，培養他的情緒。

浩浩乎，先聲奪人。不安定、不吉祥、不自然的狀態，不是尋常空地，好像被化學品或核子廢料污染過。王國維說：「以我觀物，故物皆著我之色彩」。山水天日鳥獸反映了詩人心情。這是什麼樣的地方呢，亭長出來點破。

亭長：秦漢之制，每十里一亭，亭有長。劉邦曾為泗水亭長。有人說，在這裡，亭長未必一定是官員，也可以是資深的地方父老，俗稱之為「土地公」。

三軍在這裡覆沒。三軍：周朝的制度，天子六軍，諸侯三軍。後來的用法，三軍就是大軍，一場夠規模的戰爭雙方必有相當人數，幾萬幾十萬人主力決戰。

幾百個敢死隊，幾千人前鋒，只能算試探性接觸。

戰場鬼哭，各地都有這種說法。對日抗戰，雲南騰衝戰役慘烈，當地居民說，夜間或陰雨時常常聽到哭聲和吶喊廝殺之聲。

傷心哉！秦歟？漢歟？將近代歟？

上一段描述外景，現在直逼內心。傷心哉，「弔」開始了，三個字如京戲叫板：你聽了……

歟，文言的問句，古時不用標點符號，問句的末一字用歟、乎、耶，表示語氣。李華的三問也表示歷代都是如此，未必要尋找答案。三問喚起以下歷史回顧。

吾聞夫（我聽說）**齊**（國）**魏**（國）**傜**（ㄧㄠˊ 勞役）**戍**（ㄕㄨˋ 守邊）**，荊**（楚）**韓召募**（徵兵募兵）**。萬里奔走，連年暴露**（披星戴月）**。沙草晨牧，河冰夜渡；地闊天長，不知歸路。寄身鋒刃**（刀尖，）**腷**（ㄅㄧˋ 苦悶）**臆**（心事）**誰愬**（訴）**？**

吾聞夫，客氣話，也表示有一大段話要說。

先從戰國說起，戰國時代戰爭次數多，規模大，戰況慘烈（一場大戰，秦坑趙降卒四十萬）。兵學思想務實，繼孫武、吳起之後，出現孫臏、龐涓、樂毅、田單。

戰國時，齊國魏國徵兵徵伕，楚國韓國徵兵募兵，依駢體偶句的寫法兩兩分列，意思是各國都做這些事情。

那些被政府徵募去的人，生活不安定、不正常，更要命的是天天在刀尖上過日子。邱吉爾說，你可以用刺刀做很多事情，但是不可以坐在刺刀上。很不幸，這是一批「坐在刺刀上的人」。

由戰場的靜態發展到戰爭的動態，打破時間空間限制，正如《文心雕龍》所說，作家「神馳萬里，慮接千載」。

誰訴？向誰訴？難訴，無訴。那時軍中不准訴，社會不可訴，「誰」字出現「人」的形象，身旁眼底來來往往多少人！沒有一人可以訴說。

秦漢而還（以來）**，多事**（不斷有戰爭）**四夷**（四方少數民族）**；中州**（中原地區）**耗斁**（ㄉㄨˋ 消耗破壞）**，無世無之。**

戰國之前，秦漢，對邊境少數民族多採攻勢，「攻擊乃最佳之防禦」，在敵人的土地上作戰叫「外線作戰」，在自己的土地上作戰叫「內線作戰」。外線作戰優於內線作戰。

李華似乎把這些戰爭歸咎於朝廷開疆拓土，忽略了少數民族挑釁。

古稱戎外族**夏**漢族**，不抗王師**王者之師，行仁政的軍隊**。文教**禮樂教化**失宣，武臣用奇**出奇制勝**，奇兵有異於仁義，王道**感化吸引**迂闊**不合實際**而莫為。**

李華似乎認為如果君王行王道施仁政，可以感化少數民族自然歸順，邊疆就不會有戰爭。古人推崇義師和仁者之師，人道主義色彩濃厚，敵軍布好了陣勢我再攻擊，敵軍經過險要的隘道，我不乘人之危。不吸收敵方的人做間諜，不鼓勵叛變，不殺負傷的敵人，不殺投降的敵人。敵國有重大災害，或敵國的國君死了，新君剛剛繼位，我都不在這個時候發動戰爭。

軍人有他的專業考量。「戰爭的惟一目的就是勝利」，「勝利是沒有代用品的」。奇兵、奇計，只問效果，不顧道德。《孫子兵法》開篇直言無隱：「兵者，死生之地，存亡之道」。「兵以詐立，以利動。」像孫武、吳起、孫臏這些人，絕對不相信「仁者無敵」，仁義道德可以是戰爭手段，絕不是最高原則。像「坑降卒四十萬」這樣的事，他們不做，像敵軍布好了陣勢我再攻擊，他們也不做，因為對勝利沒有幫助。如果為勝利所必需呢？敵軍布好了陣勢我再攻擊，可以做，「坑降卒四十萬」做不做？咳，咳，難說。

嗚呼噫嘻！吾想夫北風振漠（沙漠）**，胡兵伺便**（得天時地利）**。主將驕**（輕視）**敵，期門**（軍營的大門）**受戰。野豎旄**（ㄇㄠˊ）**旗**（陸戰軍旗，用旄牛尾裝飾）**，川迴**（沿河岸布陣）**組練**（作戰服裝，借代戰士）**。法重**（軍法量刑較重）**心駭，威尊命賤。利鏃**（箭頭）**穿骨**（穿肉）**，驚沙入面**（撲面）**。主客相搏，山川震眩。聲析**（分裂）**江河，勢崩**（塌下來）**雷電。**

由「吾聞夫」到「吾想夫」，由空空的戰場發展到戰鬥實況，調子拔高。

「吾想夫」之前安置「嗚呼噫嘻」，聞者臉色一變。

李華設想戰況：敵人在北，我在南，北風向南吹，捲起塵沙，對敵人有利。不幸我們的司令官低估敵人，戒備鬆懈，敵軍衝到軍營的大門，我軍才起而接戰，仰攻，被動，情勢不利。指揮官在作戰時有絕對權威，軍法的刑罰又比一般刑法嚴厲，想起來令人心驚肉跳，那裡還顧得了自己這條命？指揮上的缺陷，下級官兵只有用鮮血來補救。

敵人順風放箭，威力特別強大，我軍逆風攻擊，風沙也成了敵人的武器。兩軍貼身纏鬥，山川為之震動，江河為之分裂，雷電為之墜落。這是官兵主觀的感受，李華移作客觀的描述，形成修辭的「誇飾」。

至若（至於）**窮陰凝閉**（天地閉）**，凜冽海隅**（邊疆）**；積雪沒脛**（小腿）**，堅冰在鬚。鷙鳥**（猛禽）**休巢，征馬踟躕，繒**（絲織品）**纊**（棉衣）**無溫，墮指裂膚。**

由眼前的戰場發展到其他不同的戰場，想像塞外戰爭的苦況。邊患多在北方，大軍出征，外線作戰，慘烈更甚。

嚴寒的冬天，天地好像關門了。尤其是邊境近海的地方更冷，衣服不能保溫，雪深不能舉步，人的鬍子上結了冰。這種天氣，最兇猛的鳥也待在窩裡，經歷過多次戰役的馬也不肯往前走。人在這種低溫下待得久了，手指頭會凍得掉下來，皮膚會凍得裂開。

當此苦寒，天假（幫助）**強胡，憑陵**（仗著）**殺氣，以相剪屠**（殲滅）**。徑**（正面直接）**截輜重，橫**（側面）**攻士卒；都尉**（武官）**新降，將軍覆沒**（戰死）**。屍填巨港之岸，血滿長城之窟。無貴無賤，同為枯骨，可勝言哉！**

寫天候的壓力。再拔高。

北地苦寒，胡人是在這種氣候裡鍛鍊出來的戰士，同樣的溫度，只傷害漢人，不傷害他們，老天好像站在他們那一邊。胡人仗著這種優勢，士氣很高，想把漢軍全部消滅，先把後勤補給的物資公然搶去了，又從側面攻擊漢人的主力，也得手了，漢軍的將軍戰死了，下面的武官投降了，河邊戰死的官兵，屍首堆得和河岸一樣高，他們的血流到長城城牆下面，把坑洞填滿了……

拿破崙攻俄失敗，原因之一是士兵不能適應冰天雪地，有人說拿破崙是被「雪將軍」和「冰將軍」打敗的。

勝言，說完：可勝言哉，怎麼說得完。文言句法，常用在段落之末。

鼓衰兮力竭，矢（箭）**盡兮弦絕**（斷）**。白刃交兮寶刀折，兩軍**

蹙（ㄘㄨˋ，逼近）兮生死決。降矣哉！終身夷狄；戰矣哉！骨暴（ㄆㄨˋ，顯露）沙礫。鳥無聲兮山寂寂，夜正長兮風淅淅。魂魄結兮天沉沉，鬼神聚兮雲冪（ㄇㄧˋ，遮蓋）冪。日光寒兮草短，月色苦兮霜白。傷心慘目，有如是耶！

戰役結束，哀悼之聲未絕。軍令以鼓聲指揮進攻，可是鼓聲微弱，鼓手沒有力氣了。戰鬥開始，遠距離交鋒用箭，箭已經射完，弓也不能使用了。接著近距離交鋒用刀，刀在激烈的拚鬥中折斷了。兩軍的勝負已經決定，那投降的、一輩子做文化落後的外族人，對不起祖先，那戰死的、屍骨暴露在細沙碎石上，無人掩埋。殺聲停止了，夜很寂靜，戰鬥結束了，夜還很長，明天會有日光，日光也是冷的，今夜還有月色，月色也是苦的。傷心慘目怎麼到這個程度呢！

哀悼由「吾聞之」起頭，「吾想夫」堆高，「至若」再高，到「無貴無賤，同為枯骨」，已經很難得，可是還能再高上去。「堆高法」有必要，作文如造園，不能只有草坪，也得有假山。「堆高法」很難，作者得有那麼多材料可用，那麼多詞句可說，那麼充沛的情感不吐不快，還得有那麼長的一股氣充沛流動。《古文觀止》所收的〈前赤壁賦〉、〈討武曌檄〉、〈岳陽樓記〉、〈阿房宮賦〉，都使用了「堆高法」，非常成功。

怎樣學會這一招呢，目前能夠用語言傳達的方法是，反覆讀這些文章，讀出聲音來。讀多少遍呢？一百遍？不夠；一千遍？也許？你試試看。

「言之不足，故嗟歎之；嗟歎之不足，故詠歌之」，上一段是在嗟歎，這一段是在詠歌了。「弔」以哀歌的形式出現，堆到最高。

吾聞之：牧（戰國名將李牧）**用趙卒，大破林胡**（匈奴的一支）**。開地千里，遁逃匈奴。漢傾天下，財殫**（ㄉㄢ 盡）**力痡**（ㄆㄨ 疲）**。任人而已，其在多乎？**

升高以後，開始下降，論說可以喚起理性，降低情緒。

趙國是戰國時期的一個小國，因為任用了名將李牧，也能把匈奴趕到很遠的地方去。漢朝是大一統的王朝，動用天下所有的力量對付匈奴，最後弄得筋疲力盡。人才重要，人多有什麼用呢！

李華指出戰爭失敗的責任在政府及統帥，下級官兵已付出一切。

周逐玁狁（ㄒㄧㄢˇ ㄩㄣˇ 匈奴前身）**，北至太原，既城**（築城留守）**朔方**（地名，新領土）**，全師而還。飲至**（到太廟報告祖先，行飲酒儀式）**策勳**（功勞列入記錄）**，和樂且閑。穆穆棣棣**（順利，從容）**，君臣之間。**

天下有道，戰爭事半功倍。

情緒再降。

秦起長城，竟（完成、終了）**海為關，荼**（ㄊㄨˊ 苦菜）**毒**（毒蟲）**生靈**（人民百姓）**，萬里朱**（紅色）**殷**（ㄧㄢ 紅黑）**。漢擊匈奴，雖得陰山。枕骸**（屍體枕著屍體）**遍野，功不補患。**

荼毒生靈，毒害百姓。

朱殷，可能指血，鮮血紅色，若干時間後變暗紅色，血痕新舊重疊，表示痛苦無人解救。也可能指戰火，「焦土仍留幾點紅」。

天下無道，戰爭正面作用少、負面作用大。從這些地方可以看出李華的軍事思想。

情緒三降。

蒼蒼（眾多，頭髮黑色）蒸民（眾民），誰無父母？提攜捧負，畏其不壽。誰無兄弟？如足如手。誰無夫婦？如賓如友。生也何恩？殺之何咎（罪過）？

情緒一升。

眾生平等，都有生存的權利，都背負著親人的愛和期望，沒有誰該為誰死的問題。這些人活著的時候得到過什麼恩惠？這些人被殺又犯了什麼罪過？這是李華的反戰色彩。

「生也何恩？殺之何咎？」另一解釋：父母在如此世道中把孩子生下來，不能算是對孩子有恩。殺人本來有罪，如此世道，驅使許多人送死並不負責任。生，沒有目的，死，沒有理由，悲哀。

一連提出六問，改變語氣，化被動為主動，對提高情緒有幫助。只有問題沒有答案，刺激讀者自己思考。

其存其歿（ㄇㄛˋ 死亡），家莫聞知。人或有言，將信將疑。悁悁（憂思）心目，寤（ㄨˋ 睡醒）寐（ㄇㄟˋ 就寢）見之。布（布置）奠（祭品）傾（倒出來）觴（盃中酒），哭望天涯（一ˊ 邊遠）。天地為愁，草木悽悲。弔祭不至，精魂何依？必有凶年（飢荒或瘟疫），人其流離（不能安居）。

「生男埋沒隨百草」的時代，政府對出征戰死的壯丁沒有善後服務，不會通知家屬。有人說他死了，不能相信；有人說他還活著，也不能相信，家人只有心裡憂愁想念，每天上床睡覺好像與他同在，每天早上醒來也好像與他同在。

寤寐見之，有版本作「寢寐見之」，那就是夢中相見。哭望天涯，最後這一段文字的韻腳，押涯、知、疑、之、悲、離，這些字都在四支韻，為協韻，「涯」字讀「夷」。

「大兵之後，必有凶年」。兒子丈夫送死還不夠，自己還可能餓死病死。戰爭結束並非一了百了，許多後事才開始。

寫出死者家人的痛苦。後死者的負擔尚不止此。情緒再升。

嗚呼噫嘻！時耶（客觀因素）？命耶（主觀因素）？從古如斯（這個樣子），為之奈何，守在四夷。

從古如斯，總有一批又一批的人這個樣子死去，寫一個戰場即是寫了所有的戰場，寫了以前發生過的所有戰爭，以後將要發生的所有戰爭，古戰場因此有符號作用。

守在四夷，四方少數民族為天子守土。天子行王道，施仁政，少數民族同化，由強盜變成守衛。李華的儒家思想。

時代愈近，戰爭愈慘烈。武器殺傷力和戰鬥規模愈大，和平愈重要。

李華純粹從人道主義出發，對戰爭所完成的國家目標無感，我死則國生，國旗是用鮮血染紅的。否認戰死者的忠勇精神和優秀品質，對死者及其家屬只有憐憫沒有尊敬。指出人才重要，但肯定李牧，抹殺衛青、霍去病，似有雙重標準之嫌。

反戰者說，宣戰的理由，作戰的宣言口號，都沒什麼意義，戰爭的本質如此，任何漂亮莊嚴的說法都是虛空。手段和目的差距太大，手段與目的無關，手段消滅了目的。

遠古，兩個酋長決鬥。後來封建社會國王把貴族子弟組織起來打仗，再後來徵用民間人力，用平民去打仗，因此只好提高平民的地位，給他們一些權利，服兵役也是一種權利。這一趨勢發展下來，最後出現民主。但是戰爭並未因此變成好東西，政治上的錯誤和失敗，政客用戰爭來補救，戰爭以平民生命的大量浪費來替「他們」解決爭端，平民大眾對此一爭端可能毫無責任。

但世界不會沒有戰爭，國家應該主張和平，但必須能在別人發動的戰爭中求勝，「好戰必亡，忘戰必危。」

阿房宮賦

杜牧

阿房宮是秦王朝的宮殿，規模極大。遺址在今西安西郊的阿房村一帶，也就是秦朝國都咸陽的東面。原來的建築據說被項羽放火燒掉，如今在西安西郊有一座模擬重建的秦阿房宮，為著名的觀光景點。

宮殿壯麗，大獨裁者有人性上的滿足。對外邦四夷，以建築顯示國威，令百姓和異族懾服，有謀略上的效果。天下勞民傷財，權力威嚴觸及萬民神經，訓練服從，有統治上的需要。但負面作用很嚴重。

賦，中國古典文學的文體之一。本來詩有詩法，文有文法，賦以詩法入文，注重文采節奏，多用排比對偶，筆勢大開大闔。賦體產生了許多大家，我們最熟悉的名字有屈原、司馬相如、賈誼、曹植、左思等等。賦也隨著文學的發展演進，出現了不同的面貌而有不同的名稱，到了唐代，在詩文之間遊走的賦體向「文」靠攏，稱為「文賦」，《古文觀止》所收的〈阿房宮賦〉、〈秋聲賦〉、〈赤壁賦〉都屬於這一類。

杜牧，今陝西西安人，頗有才華，詩文俱佳，憲宗的宰相杜佑之孫。為人不拘小節，放蕩不羈，風流韻事極多。在朝受到排擠，應淮南節度使牛僧孺之聘，到揚州為節度使掌書記。

揚州是一個繁華的城市，商業繁榮，倡樓酒館之盛也僅次於京城長安。由一些詩人的描述可見一斑：「千家養女全教曲，十畝栽花算種田」。「腰纏十萬貫，騎鶴下揚州」。杜牧心情抑鬱，加上他本就不拘小節，經常在夜晚偷偷地出入於秦樓楚館作為消遣，牛僧孺擔心他出事，派人化裝在暗中保護。

後來他作了一首詩，回憶自己在揚州所過的生活：「落魄江湖載酒行，楚腰纖細掌中輕，十年一覺揚州夢，贏得青樓薄倖名。」回京後做到監察御史，生活方式不改，洛陽有一位名士宴客，不敢請他來徵逐聲色，杜牧主動參加，入席後問「誰是紫雲」，紫雲是一個名伎。

杜牧長於七絕抒情，與杜甫合稱老杜小杜，他生在杜甫之後，詩的格局也比較小。與李商隱齊名，合稱小李杜。

六王（戰國時，齊楚燕趙韓魏）**畢**（秦滅六國）**，四海一**（天下各處統一）**。蜀**（四川）**山兀**（光禿）**，阿房出。**

古代認為中國四周環海，因而稱四方為「四海」。戰國時代，四海之內七雄並立，後來六國俱已滅亡，秦統一天下。秦皇蓋阿房宮，中國古代建築喜歡用木材，始皇把四川山上的樹伐光了。據說建造阿房宮需要的上等木材必須到四川的原始森林中採辦。就文學修辭而論，四川木材代表遠近各地的資源，也就是「傾全國之力」。

詠歎阿房宮的成毀，必須交代歷史背景，秦兼併六國事件複雜，此處必須簡潔明快，迅速楔入主體。杜牧完全做到，而且充滿感性。

開頭四句，每句都是三個字。我們讀四個字的句子讀慣了，忽然遇到一連串三字句，覺得氣促，有挫折感，跟我們對六國的同情相應。句末用入聲字，如嗚咽吞聲，跟我們對歷史興亡造成的悲愴相應。杜牧敘事，同時營造節奏，賦重聲韻，聲韻可表情，表情即所以表意，杜牧批秦已在其中。

覆壓三百餘里，隔離天日。驪山北構而西折，直走咸陽

（秦國京都）。二川（涇渭二水）溶溶，流入宮牆。五步一樓，十步一閣。廊腰（走廊轉角）縵迴（曲線設計），簷牙（簷端上翹）高啄。各抱地勢，鉤心鬥角。盤盤焉（盤旋），囷囷（ㄐㄩㄣ 迴旋曲折）焉，蜂房水渦（宮室之多），矗（ㄔㄨˋ 直立高聳的建築群）不知乎幾千萬落（院落，或謂簷滴）。

地球承載萬物，阿房宮這樣禍國殃民的東西，並非地球願意承載，而是「覆壓」到地球上來，強迫，不自然，秦朝霸道。「隔離天日」的貶意更明顯，秦皇有法無天。

阿房宮除了主要建築，應該還有附屬建築，像製作器具，修繕房屋，維持清潔，護衛安全，加上外圍相當數量的駐軍，這些人和他們的眷屬需要房屋，恐怕都在規畫之內。這些人住進來以後，又會有商人來為他們服務，就像美國的一所大學、一家公司可以形成一座城市。所以建築順著地形由驪山一路延長過來。

阿房宮內外聯繫到一座山、兩條河，可見宮殿面積之大。在這麼大的面積上，五步一樓、十步一閣，可見宮中建築之多。

建築物是靜止的，杜牧把它寫成動物世界，廊腰擬人，簷牙擬鳥。建築群依地勢高低，參差不齊，似乎爭先恐後，各不相讓。或簷牙伸向另一屋心，或屋角與屋角並峙，建築精巧，互相比賽，心與心爭，角與角鬥。暗示生存競爭，宮中非人間淨土，也暗示秦建阿房為自己營造不安。

以蜂房水渦形容宮室之多，水渦，雨點滴在湖面上形成的畫面，大遠景手法。宮室建築多了，數不清有多少院子，也有人說數不清多少滴水的屋簷。院子怎麼會高舉呢，因為地勢高，老百姓從低窪地區遠看。詩沒有標準解釋，這是文體「詩化」的現象。

長橋臥波，未雲何龍？複道行空（高架道有彩漆），不霽（ㄐㄧˋ　雨後晴）何虹？高低冥迷（景物模糊），不知西東。歌臺暖響，春光融融。舞殿冷袖，風雨淒淒（長袖生風）。一日之內，一宮之間，而氣候不齊。

阿房咸陽之間河上有三座長橋，阿房往驪山有八十里高架道，長橋和高架道都塗上彩色油漆，景物不似人間，使觀者感到迷失。「一日之內，一宮之間，而氣候不齊。」本是說宮人的生活處境冷暖不同，它放射的意義也間接烘托了阿房宮之大。

妃（國王的妾）**嬪**（宮中女官）**媵**（ㄧㄥˋ陪嫁的女子）**嬙**（ㄑㄧㄤˊ宮中女官）**，王子皇孫，辭樓下殿，輦來於秦。朝歌夜絃，為秦宮人。**

六國精華，都成了秦朝的戰利品。杜牧選擇了一件非常尖銳的事刺入失敗者的神經，男人不能保有他的女人。這些男人也不能保全自己，他們伺候的新主子正是占有他們妻妾的人。杜牧在繁麗的文采遮蓋下端出亡國的殘酷。

史家說，秦破諸侯，把各國美人當作戰利品，放進自己新建的宮中，但是與阿房宮無關，那時阿房宮尚未建造，而且直到秦亡，阿房並未建成。

杜牧把這件事寫進〈阿房宮賦〉，用「拼貼法」，美文（文章以製造美感為目的）為了藝術效果可以拼貼，記實文不可以；寫阿房宮「賦」可以，寫阿房宮「記」不可以。

輦，帝后王族坐的車，交通工具，此處的意思是運載。這些本來坐輦的人，現在被強秦運到阿房宮裡來為征服者增添快樂，沒有自己的人格。用一「輦」字，就不必說得那麼露骨。如此用法，古人叫「鍊字」。現在白話文作家有時候也對鍊字下功夫。

明星熒熒（光亮閃動），開妝鏡也；綠雲擾擾（紛紛），梳曉鬟（髮型）也。渭流漲膩，棄脂水也；煙斜霧橫，焚椒蘭（香料）也；雷霆乍（忽然）驚，宮車過也；轆轆遠聽，杳（很遠、看不見）不知其所之也。一肌一容，盡態（各種模樣）極妍（刻意求美）；縵（久）立遠視，而望幸（寵愛）焉。有不得見者三十六年。

運用六個也字，語氣舒緩，安閑舒適，令我們想到秦人沒有憂患意識。

寫阿房宮社會財富之集中，國家資源之浪費。明鏡如繁星，曉鬟如綠雲，香氣如煙霧，車聲如雷霆，美人洗下來的脂粉倒進河水，如河水暴漲。五個比喻，誇大形容，布置幻境，引讀者入內。成功。

終秦之世，阿房宮並未建成，遺跡蕩然無存，杜牧作賦，全憑想像。但是此賦一出，我們腦中都有一座完成了的阿房宮。多少人都「知道」始皇在位三十六年，住在阿房宮裡，有些宮女一直到始皇死亡也沒見過這位大君的影子。文學是一種文字催眠術，能使人相信並未發生之事。

按，世事有已經發生的事情，將要發生的事情，正在發生的事情，可能發生的事情，未必發生的事情，永不發生的事情。為了藝術上的需要，作家要它發生它就發生。

燕、趙之收藏，韓、魏之經營，齊、楚之精英，幾世幾年，剽（ㄆㄧㄠˋ 偷）**掠**（搶）**其人**（民）**，倚疊如山。一旦不能有，輸來其閒**（間）**。鼎鐺**（ㄔㄥ 鍋）**玉石，金塊珠礫**（ㄌㄧˋ 碎石）**，棄擲邐迤**（亂丟亂放）**。秦人視之，亦不甚惜。**

「燕、趙之收藏，韓、魏之經營，齊、楚之精英」，意思就是燕趙韓魏齊楚之收藏、經營、精英，賦體構造偶句，如此分列並舉。

秦皇看鼎不過一只鍋，看玉不過一塊石頭，看黃金如幾塊黃土，看珍珠不過一堆碎石，不惜物，不惜福，當然不能愛民。

秦之財富，來自六國，六國之財富，來自各國民間，六國無道，對人民巧取豪奪，貪得無厭，先亡。秦亦無道，不顧人民生死，只填自己慾壑，後亡。伏下後文「秦人不暇自哀，而後人哀之；後人哀之，而不鑑之，亦使後人而復哀後人也」。

嗟乎！一人之心，千萬人之心也。秦愛紛奢，人亦念其家。奈何取之盡錙銖（極小的重量單位），用之如泥沙！

描述做小結，插入感歎，駢句暫歇，使用散句，如此這般形成頓挫，這是文章的變化。

人同此心，奈何執政掌權的人不能將人心比自心。孟子見齊宣王論政，宣王很坦白的說，「寡人好色」。孟子說沒關係，老百姓也都男大當婚、女大當嫁。王說「寡人好貨」，喜歡財物，孟子說沒關係，老百姓也都想豐衣足食。國王把自己好色好貨之心推而廣之，就可以治國了。

這幾句感歎也引出下文，如同下一段的導言。

使負棟之柱，多於南畝之農夫；架梁之椽，多於機上之工女；釘頭磷磷（明顯），多於在庾（倉）之粟粒；瓦縫參差（ㄘㄣ ㄘ 不齊），多於周身之帛縷；直欄橫檻（ㄐㄧㄢˋ 欄杆），多於九土（九州）之城郭；管

絃嘔啞（聲音雜亂）**，多於市人之言語。**

宮殿裡的木柱比田裡的農夫多，屋頂的椽子比織布的女工多，宮室木材上的鉚釘比倉庫裡的米粒多，宮室屋頂上的瓦縫比衣服上的針線多，宮室的欄杆比全國的城牆多，樂器的奏鳴比人群的嘈雜還多。

這是修辭的誇飾法。句型對比，賦體的特色。這一段話是憑感覺，不是憑調查統計，它是示現，不是論斷。它是文學語言，而非科學語言。

杜牧的意思是說，秦國的消耗靡費已遠超過生產力，而且這樣的支出沒有回報，只能得到自身的腐敗和百姓的怨恨。

使天下之人，不敢言而敢怒。獨夫之心，日益驕固。

獨夫，孟子稱殷紂王為「一夫紂」，意思是說，君王代表國家，所以人民尊敬服從，紂王無道，脫離了人民，脫離了國家，脫離了部下，他完全喪失代表性，只是一個孤獨的匹夫。

中國有所謂「統御術」，做一兩件不該做的事測試人心，做對了，有人擁護服從不算什麼，做錯了，沒有人反對，只有人服從，你才真有威望真有死黨。趙高「指鹿為馬」，大家順著他也說鹿是馬。獨夫壞事做得愈多，自信心愈強。

戍（守邊境）**卒**（兵丁）**叫，函谷**（關）**舉**（攻破，得手）**。楚人**（亡秦必楚）**一炬**（火）**，可憐焦土。**

秦滅六國後，楚國的後人說：「楚雖三戶，亡秦必楚。」楚國面積最大，人口最多，楚懷王受秦欺騙，最令人同情，所以楚人立下這樣的誓言。始皇死後，楚人陳勝、吳廣首先揭竿起義，楚人項家軍立楚懷王後裔號召天下，劉邦也與項家軍合流。陳勝、吳廣那一幫人本來是要編入軍隊駐守北方邊境的，所以說「戍卒叫」。

阿房宮是項羽放火燒掉的，項羽是從函谷關進入關中的。阿房宮「大火三月不熄」。大概項羽把阿房宮「迤邐三百里」的建築帶燒成一條灰燼線，有些東西沒有充分燃燒，埋在灰裡，風吹過不斷有死灰復燃。

全文結束前的這四句，跟全文開頭的四句，同樣精采驚人。節奏驟變，短句，急促。押上聲，亢奮，情緒高昂。一叫，一舉，一炬，起於微，亡得快。

內部脆弱一如外表堅硬。一炬，焦土，不再仔細描述，八個字將前面的奢華專制一筆勾消，一幅畫忽然變一張白紙，一場春夢忽然醒來。

四個短句寫盡王朝興起，四個短句寫盡王朝覆滅，中間鋪陳浮華。用古人的說法，這篇賦的布局是「鳳頭，豬腹，豹尾」。鳳頭，文章開始要簡單明快，插入要害。豬腹，文章中間要擴張發展，精華盡在此處。豹尾，文章結束要短而有力。這種布局，白話文學的作家仍在使用，稱為紡錘形結構（當然，這並非惟一的方式）。

嗚呼！滅六國者，六國也，非秦也；族（滅族）秦者，秦也，非天下也。

杜牧在前面敘事寫景中已經包藏了議論，現在文章快要結束，再把議論釋放出來，讀者也正在等待。他用散文的句子層層遞進，放棄精簡，關鍵詞也反覆出現，使情感奔放，議論透徹。

杜牧此賦，到「可憐焦土」已經算是結束了，但文豪以激盪性靈之筆，鼓動了蓄積了讀者滿腔激情，應該予以紓解揮發，所以下面有議論。

嗟夫（歎詞）**！使**（如果）**六國各愛其人**（民）**，則足以拒秦；秦復愛六國之人，則遞**（傳到）**三世可至萬世而為君，誰得**（能）**而族滅**（滅亡他）**也。**

秦始皇當初的設計，皇位一代一代傳下去，每個皇帝不設個別的稱號，用數字排列，由始皇至萬世，「萬世一系」。

族滅，全族被人滅絕。滅族，有人殺滅他的全族。都是滅亡的意思，古代王朝是同宗同姓掌權，滅亡由全族承擔。

這一小段，杜牧換個角度，再用層遞法申述一遍。據說杜牧作賦時心中以當朝皇帝敬宗為對象，勸他節用愛民，不要大興土木。政權的基礎在民，沒錯，只要愛民就可以萬世為君，未免把問題看得太簡單了。不過對皇帝講話也必須簡單扼要。

秦人不暇（來不及）**自哀，而後人哀之；後人哀之，而不鑑**（照鏡子）**之，亦使後人而復哀後人也。**

最後這兩段話可說是替讀者「書後」，慢慢抒散了讀者的感情，文章也出現美好的洄波蕩漾。

六國無道在先，滅亡在先，秦無道在後，滅亡在後。秦之後可以推論而知。

唐太宗說，以銅為鑑，可正衣冠；以人為鑑，可明得失；以史為鑑，可知興替。中國人常常引用。但英史家湯恩比說，歷史留給後人的教訓是，世人不接受歷史教訓。

此賦結尾四句是傳世的名句，和王羲之「後之視今，猶今之視昔」相比，多了四個「哀」字，一個「也」字，放慢節奏，拖長腔調，如聞哀音。今人作文引用，如文章要言不煩，則引王羲之，如文章迴環往復，一唱三歎，則引杜牧。

白話有云：「昨天我看人，今天人看我。婆婆看媳婦下轎，媳婦看婆婆下坑。」意思相近，可視為王羲之、杜牧名句之脫胎。今人作文，如莊嚴雅正，引古文，如通俗活潑，自己脫胎。

司馬季主論卜

劉基

司馬季主，西漢人，在長安東市為人占卜。賈誼曾向他問卜。《史記》有司馬季主的事蹟。

卜，占卦，起初用龜甲和筮ㄕˋ草。筮草一作蓍草，學者認為可能是艾草。龜甲，龜背部的外殼。最早占卜的方法已失傳，留下模糊的記載，好像是用五十根蓍草，減去一根，把四十九根蓍草在龜甲兩旁擺來擺去，定出卦象，再由專家做出解說，方法複雜，儀式莊嚴。

後來有人發明用銅錢代替筮草。銅錢有兩面，一面有字，為陽；一面無字，為陰，搖晃銅錢，倒出來，看銅錢的那一面向上，憑陰陽定出卦象，把遠古的方法簡化了，容易在民間軍中推行。

占卜的聖經是《易》，《易經》的基本符號是八卦，八卦的作者據說是伏羲。中國人常說三皇五帝，伏羲列為三皇中的第一位，中華民族第一位留下名號的領袖。據說八卦是伏羲首創的文字符號，八卦的基本符號是陰陽，伏羲用一根橫線代表陽，把一根橫線從中間切斷，分成兩截，代表陰，陰陽兩個符號重疊組合成八種樣式，產生八卦。據說伏羲最先畫出那一根橫線，從此打破了宇宙的渾沌，開啟了人類的智慧，所以說「伏羲畫卦，一畫開天」。

八卦的符號是：

乾 ☰	坤 ☷	震 ☳	艮 ☶
離 ☲	坎 ☵	兌 ☱	巽 ☴

世事萬殊，八個符號太簡單，周文王又把這八個卦重疊組合成六十四個單元，演化出六十四卦，每一卦都有名稱，有基本解釋。一卦由六爻（ㄧㄠˊ）構成，經過其他人的參與（包括周公旦和孔子），不但每一爻也有了解釋，還做了導讀，周密的理論形成。以上是傳統的說法，後世研究《易經》的學者有很多不

同的意見。

古人面臨重要問題時照例要占卜決疑。《左傳》記載秦國攻打晉國，戰前卜得吉卦才渡河伐晉，打了勝仗。《國語》記載晉國的公子重耳因政爭逃亡在外，後來局勢改變，也是用占卦來做決定是否回國。

後來六十四卦配上天干地支五行，變化更多。到底有多少變化，現在已有人做成電腦程式，容易掌握。不過占卜容易斷卦難，斷卦要靠知識經驗還有靈感，不能全憑機械式的記憶。據說孔子派子貢出外辦事，很久沒回來。孔子讓弟子占了一卦，得鼎卦，爻象是「鼎折足」，大家都說走路要用腳，既然「折足」，恐怕凶多吉少。只有顏回認為子貢會坐船回來，後來果然。這樣的例子很多。

這篇文章的作者劉基，明朝的開國功臣劉伯溫，〈賣柑者言〉中有介紹。

東陵侯既廢，過司馬季主而卜焉。

焉，虛字，文言文的基本特色。之乎者也矣焉哉，安排好了是秀才。

東陵侯是戰國時代秦國人（也有人說他是楚國的大夫）。秦亡，失去爵位，變成貧窮的老百姓，在長安城東種瓜，他的瓜又好吃又好看，創出品牌，叫「東陵瓜」。

中國民間俗語：「窮燒香，富吃藥。」人在處境困難的時候關心未來，明天會更好，人在生活滿足的時候希望保持現狀，維穩。東陵侯是過氣的人物，他占卦要問什麼事呢？

季主曰：「君侯（敬稱）何卜也？」東陵侯曰：「久臥者思起，久蟄者思啟，久懣（ㄇㄣˋ 心煩）者思嚏（ㄊㄧˋ 噴嚏）。吾聞之：『蓄極則洩，閟（ㄅㄧˋ 不透氣）極則達，熱極則風，壅（ㄩㄥ 堵塞）極則通。一冬一春，靡（無）屈不伸，一起一伏，無往不復。』僕（我）竊有疑，願受教焉！」

文言裡面人對人的稱呼很複雜，在這篇文章裡，司馬季主稱東陵侯為「君侯」，這是敬稱，東陵侯自稱「僕」，這是謙稱。

東陵侯說，躺得久了想起來，封閉久了想打開，憋得久了想噴出來。他又說，太緊了就想放鬆，天太熱就要起風，堵久了就會打通，有春就有冬，有降就有升。到底是不是真的如此，我很懷疑，很想聽聽你的判斷。

東陵侯的這段話，句型相同，意思對稱。如「久X者思X」，同型者三句。如「X極則X」，同型者四句。「一X一X，無X不X」同型者兩句。同一意思，反覆申說。

《易經》說，陰極生陽，陽極生陰。「否」是壞卦，「泰」是好卦，否極則泰來。「剝」是壞卦，「復」是好卦，無剝不復。中國人普遍的信念：樂極生悲，苦盡甘來，天無絕人之路，吃虧就是占便宜。

《易經》的「謙」卦，全部吉利。你看月無常圓，圓了以後，老天就要它一步一步瘦身減肥，月也不會常缺，缺到不能再缺的時候，老天又一點一點給它添上去，慢慢圓起來，這叫「天道虧盈而益謙」；你看院子裡這邊有個地方堆了一堆土，凸起來，過了一段時間，這堆土不見了，院子裡有個地方凹下去，老天用凸起來的這堆土把那邊凹下去的坑填平了，這叫「地道變盈而流謙」。還有「鬼神害盈而福謙」；「人道惡盈而好謙」。所以《易經》勸人「裒（ㄆㄡˊ）（減少）多以益（增添）寡」。老子說「天之道，損有餘以奉不足」。

東陵侯有一段潛臺詞：我由侯爺變成平民，而且是貧民，以後還有機會翻身嗎？他不好意思說得這樣明白。

季主曰：「若是，則君侯已喻（明白）之矣！又何卜為？」東陵侯曰：「僕未究（徹底弄清楚）其奧（最深處）也，願先生卒（最後，完全）教之。」

司馬季主不願意討論這個廢侯的未來，給他裝糊塗。東陵侯放不下，硬要追問。

一般人占卦，多半是生意能不能賺錢，謀職能不能成功，遺失的財物如何找回來。其實《易經》是很高的智慧，提供總原則大方向。司馬季主認為東陵侯業已掌握了易理，用不著再占卜了。

以「乾宮八卦」為例，每一卦有六爻：

䷀ 天

以上第一卦六爻皆陽，陽極盛。

䷫ 姤

以上第二卦就生出一個陰來，五爻屬陽，一爻屬陰。

䷠遯

以上第三卦再生一陰，四陽二陰。

䷋否

以上第四卦再生一陰，三陽三陰，陰陽相等。

䷓觀

以上第五卦再生一陰，二陽四陰，陰超過了陽。

䷖剝

以上第六卦陰繼續增加，陰極盛，只剩下一個陽了。

䷢晉

以上第七卦就有一個陰變成陽，陰開始減少，陽開始增加。

䷍大有

以上第八卦，五個爻都變陽，只剩下一個陰。

這就是《易經》所謂盈虛消長。司馬季主認為明白這個道理的人用不著占卜。

季主乃言曰：「嗚呼！天道何親？惟德之親。鬼神何靈？因人而靈。夫蓍ㄕ，枯草也；龜，枯骨也；物也。人，靈於物者也，何不自聽而聽於物乎？

司馬季主存心迴避正面答覆，再一次勸他不必占卜。

季主先歎一口氣，好像對東陵侯同情，也好像面對東陵侯一再追問有些無奈。老天跟誰也沒有親密的關係，老天只跟有德行的人站在一起，人為萬物之靈，鬼神的靈驗要通過人的靈性來表現。占卦用龜蓍，蓍不過是枯草，龜甲不過是枯骨，這兩樣東西有什麼靈性？怎麼能跟人相比？你為什麼不從自己的靈性得啟示，為什麼向枯草枯骨求答案呢！

古人認為天人之間有微妙感應，人可以藉著看來無關的現象得到預示，占卜的龜蓍乃是人神交通的媒介，這個「人」不是任何人，而是特定的、特選的、受特別訓練的某種人，因此，占卜成為專門的行業。

所以東陵侯不是來向枯草枯骨請教，而是向使用枯草枯骨的司馬季主請教。身為專業占卜家的司馬季主居然說一切作用在人，而這個「人」居然可以是東陵侯自己，勸東陵侯「自聽」。論者說他有唯物思想，唯物論者搞占卜，豈不成了騙子？也許司馬季主不耐煩了，便丟掉職業性的圓滑，把狠話說出來了！「你既然明白易理，何必再問我呢！」

且君侯何不思昔者也？有昔者必有今日。是故碎瓦頹（倒塌）垣（牆），昔日之歌樓舞館也；荒榛（叢生的灌木）斷梗（植物的枝莖），昔日之瓊（名貴品種）蕤（ㄖㄨㄟˊ 茂盛的植物）玉樹也；露蛬（ㄍㄨㄥˇ 蟋蟀）風蟬，昔日之鳳笙龍笛也；鬼燐螢火，昔日之金釭（金碧輝煌的燈盞）華燭（華麗的大門燈燭）也；秋荼（ㄊㄨˊ 苦菜）春薺（野菜），昔日之象白（脂肪）駝峰（背上的肉）也；丹楓白荻，昔日之蜀（四川）錦（有花紋的絲織品）齊（山東）紈（ㄨㄢˊ 絹）也。

司馬季主的潛臺詞是：「你的今生也就是這個樣子了，不可能再翻身出頭了！」他繞個彎兒說，今天的破磚爛瓦，就是以前的深宅大院，以前的山珍海味，就是今天的粗茶淡飯，今天的蟋蟀知了，就是從前的絲竹管絃，今天的滿屋禮品，就是明天的一疊帳單。同一意思，反覆申說。句型相同，節奏必快，形成江河浩蕩之勢，淋漓盡致。

「事情總是向相反的方向發展。」有一位富翁興建豪宅，落成之日大宴賓客，請工頭坐首席，兒子在末座奉陪。富翁指著工頭對來賓說：這是蓋房子的。又指著兒子說：這是賣房子的。前人地，後人收，還有後人在後頭。十年河東，十年河西。桑田變滄海，滄海變桑田。千里搭長棚，沒有不散的筵席。好就是了，了就是好。

塞翁養的一匹馬走失了，大家都來安慰他，他說也許是好事；過了幾天，他的馬回來了，居然另外帶來一匹馬，大家對他說恭喜，他說也許是壞事；塞翁的兒子試騎那匹新來的馬，馬跳起來，塞翁兒子的腿摔斷了，大家來安慰他，他說也許是好事；政府忽然下令徵兵，很多壯丁一去不返，塞翁的兒子斷了腿，軍隊不要他，保全下來。事情一直在發展，一直在發展中變化，一直在變化中自動補償。幾千年了，中國人就靠這一點子人生哲學，度過千劫萬難。

昔日之所無，今日有之不為過；昔日之所有，今日無之不為不足。是故一晝一夜，華（花）開者謝；一春一秋，物故（舊），（滅）者新；激湍之下，必有深潭；高丘之下，必有浚（ㄐㄩㄣˋ 深）谷。君侯亦知之矣！何以卜為？」

文言句法：何以卜為？（為什麼還要占卜？）

從前窮，現在富，那是應該，從前貴，現在賤，那也是應該。有白天，有黑夜，有花開，有花謝，喜新厭舊，新的將來也會變舊，舊的以前也曾是新，見了高山才知道平地好走，見了虎豹才知道狗貓可愛。這些你都知道，還占卦做什麼？

這一段，司馬季主再反覆申說七次。

歷史的公平是大公平，它在總結算的時候收支兩抵。臺灣解嚴後，許多人罵蔣介石，有些話並不公道，我說，他現在所受的「毀」，有很多是他不該得到的，他當年在位時所受的「譽」，大家喊的那些萬歲，也有許多是他不該得到的，結算一下，蔣公大概沒吃虧。我們年輕的時候不懂事，家庭和社會處處嬌慣年輕人，我們得到許多不該得到的，我們不知道感恩，對家庭對社會有虧欠，我們老了，社會對我們冷淡、欺弄，社會遺忘老人以前的貢獻，我們失去許多應該得到的，說起來也是一種公平。

司馬季主和東陵侯這一番對話很有趣。我很想知道，司馬季主大刀闊斧的分析，可曾劈開東陵侯的心結？東陵侯臨走的時候，究竟是恍然大悟，還是垂頭喪氣？他是因此才到東門外去種瓜呢，還是回到東門再也不種瓜了？今天的白話文作家寫這個題材，多半會安排一個結尾，而精采的結尾不容易。

送孟東野序

韓愈

孟東野即詩人孟郊，我們都熟知他的「慈母手中線，遊子身上衣」。孟東野，今浙江德清人，孟浩然的孫子。現在德清縣在杭州之北，離名勝莫干山很近。

孟郊早年生活貧困，曾周遊湖北、湖南、廣西等地，沒有找到機會，他形容自己的生活是「影孤別離月，衣破道路風」。屢次參加考試，四十六歲才考取進士，登科後有詩：「昔日齷齪不足誇，今朝放蕩思無涯；春風得意馬蹄疾，一日看盡長安花」。成語「走馬看花」由此而來。

孟郊作詩，很用心思，過程艱苦，他的題材也多半寫人間的困苦，當時的人說他是「苦吟」，以「枯林朔吹，陰崖凍雪」形容他的風格。當時苦吟的詩人還有賈島，「二句三年得，一吟淚雙流。」還有李賀，他的母親說他作詩的時候嘔出肝臟。

序，文體之一，在這裡指臨別贈言的文章。韓愈和孟郊有交情，曾經說自己願意化作雲，孟郊化作龍，他的意思是雲生從龍，給孟郊創造客觀條件。孟郊一直很窮困，韓愈常常幫助他，後來韓愈官做得大，錢賺得多，兩人的交情並沒有改變。孟郊雖然中了進士，他不會做官，也不會理財，身後沒有錢辦理喪事，韓愈和幾個朋友一同捐款料理。

大凡物不得其平則鳴。

先下論斷，後說理由，判決書式的寫法。

論斷和敘述有別，論斷是抽象的，敘述是具體的。「物不得其平則鳴」立一個共同的原理，抽象；「草木之無聲，風撓之鳴」，敘述個別事件，具體。一個抽象可以包含很多很多具體。論斷所立者為是非，敘述所現者為真假。論斷不能變真為假，可以變非為是，變是為非。

成語「不平則鳴」，由韓愈的這句話簡化而來。有人批評韓愈的文章，質問：「飛蝶無語，其亦為平乎？」韓愈原句有「大凡」，表示有例外。飛蝶的翅膀振動空氣，有聲音，只是我們的耳朵聽不見而已。

「天下的官吏都貪污」，這是全稱否定，「天下的官吏都廉潔」，這是全稱肯定。我們寫文章要謹慎使用，因為世事複雜，我們不能全知。

以下以證據支持論斷。證據對議論文很重要，描寫和比喻只是輔助。證據要多，只有一個證據叫「孤證」，通常不能成立。

草木之無聲，風撓（ㄋㄠˊ，攪動，搔抓）之鳴；水之無聲，風蕩（搖動）之鳴。其躍（向上）也，或激（阻擋）之；其趨（向下）也，或梗（阻塞）之；其沸（ㄈㄟˋ，翻滾）也，或炙（燒煮）之。

草木和水都是「物」，撓、蕩、激、梗都使它不平，於是草木和水都發出聲音。

金石之無聲，或擊之鳴。

以上可視為第一組證據，物理的不平，物體振動發聲。

人之於言也亦然。有不得已者而後言，其歌也有思，其哭也有懷（感傷）。凡出乎口而為聲者，其皆有弗（不）平者乎？

歌哭兩種動作代表人言，如同以悲喜兩種臉譜代表戲劇。思，思想，懷，情感，人言的內容。不得已即不平，打破了內心的寧靜，有「歌哭」等等聲音表達「思懷」等等內容。

這一段話的理路：事理不平↓心動↓言為心聲。加強他的論點：物不得其平則鳴。落實到寫作，說出來的是口頭語言，寫出來的是書面語言，憤怒出詩人，文學大抵皆是憂憤之作。韓愈用問句，好像和讀者商量，很好。

這是第二組證據，心理的不平，情感激動，發言或作詩文。

樂也者，鬱（醞釀）於中而泄（表現）於外者也，擇其善鳴者而假（借助）之鳴：金、石、絲、竹、匏（ㄆㄠˊ）、土、革、木，八者，物之善鳴者也。

不用語言文字直接說，假借別的工具，由起心動念到表達於外，中間有樂器幫忙。韓愈稱樂器為善鳴者。

樂器分八類，稱為八音，由金、石、絲、竹、匏、土、革、木八種材質製成樂器。如鐘屬金；磬屬石；琴、瑟屬絲；簫、笛屬竹；笙屬匏，一種葫蘆，晒乾之後從中剖開，可做盛水的容器，笙以匏為座；壎（ㄒㄩㄣ）塤，陶製，吹孔在頂端，雙手捧著吹奏，屬土；鼓用獸皮裝造，屬革；柷（ㄓㄨˋ）、敔（ㄩˇ），敲擊樂器，以木製成，屬木。

八類樂器各有特性，音質音色音量都有考究，所以「善鳴」。

這是第三組證據，心理的加物理的。音樂家表達內心不平借助樂器，而樂器之「鳴」也要經過「不平」，就是演奏。心理物理合一，胡琴蒼涼，江湖夜雨十年燈。嗩吶喜慶熱鬧。軍號，衝鋒號緊張，熄燈號安靜。

惟天之於時（季節）也亦然，擇其善鳴者而假之鳴：是故以鳥鳴春，以雷鳴夏，以蟲鳴秋，以風鳴冬。四時之相推敓（ㄉㄨㄛˊ）（奪），其必有不得其平者乎？

由音樂說到「天」，天何言哉，也是找工具替它發聲。天道難知，用推測的語氣。由「不得其平則鳴」推測「鳴則知其不平」，前者為正定理，後者為逆定理。有煙的地方必有火，正定理；有火的地方必有煙，逆定理。

有時候正定理可以成立，逆定理未必能成立。「有恆者成功」，但成功者未必都有恆，掠奪、侵占、投機和奇遇可以速成。「一男一女結為夫婦」，但夫婦未必一男一女，現在有同性戀婚姻。韓愈說過一句「角者吾知其為牛」，有人挑他的毛病，牛有角，但有角的並非都是牛。

第四組證據，大自然的不平。

以下專指文學創作為作家不平之鳴，本文最重要的部分。

其於人也亦然。人聲之精者為言，文辭之於言，又其精也，尤擇其善鳴者，而假之鳴。

叫、號、吼、嘯，獸也能發出同樣的聲音來。「我愛你」，只有人能說出來，這是人聲的精華。「君住長江頭，妾住長江尾，日日思君不見君，共飲長江水」，這又是人言的精華，只有作家說得出來，所以作家是「善鳴者」。

人人能言，只有文人能文。人聲、人言、文辭，三個等級。有學問的人說，詩人提高一個民族的語言水準。作家要從人聲的階段進升到人言，由人言的階段進升到文辭，韓愈的意見值得注意。

人群是沉默的大多數，有待作家做代言人。作家除了鳴個人之不平，更要為時代或群體鳴普遍之不平。下面再以大量證據支持論斷。

其在唐、虞，咎陶（ㄍㄠ　ㄧㄠˊ）、禹其善鳴者也，而假以鳴。

唐虞，堯舜的時代。咎陶就是皋陶，據說是虞舜的司法大臣。

夔（ㄎㄨㄟˊ）弗能以文辭鳴，又自假於《韶》以鳴。

夔，堯舜時主管音樂，創作「韶樂」，《論語》說孔子在齊聞韶，三月不知肉味。

這一小段談到音樂，如果當初併入前面談音樂的部分是否好些？我們替他找理由，前面談音樂鎖定演奏，此處舉作曲，有別。而且這一部分由歷史先後舉證，不能撇開堯舜，堯舜時，除音樂外沒有更好的材料。

以下論證回到文章著述，廣義的文學。

夏之時，五子以其歌鳴。伊尹鳴殷，周公鳴周。凡載於《詩》、《書》六藝，皆鳴之善者也。

夏朝的第三任帝王太康，喜歡打獵，荒廢政事，他的五個弟弟作歌諷勸。伊尹，商湯的開國功臣。周公，周武王開國的功臣。傳說兩人都有重要著作。六藝，禮、樂、射、御、書、數。六經是六藝的教本，六經亦稱六藝。

周之衰，孔子之徒鳴之，其聲大而遠。《傳》古書曰：「天將以夫子為木鐸。」其弗信矣乎！

木鐸，金口木舌的鈴，用以集合百姓宣揚教化。《論語》說孔夫子是活生生的木鐸。「其弗信矣乎」，難道還有人不相信嗎，文言特殊句法。

其末也後來，莊周以其荒唐之辭鳴。楚，大國也，其亡也，以屈原鳴。臧孫辰、孟軻、荀卿，以道鳴者也。楊朱、墨翟ㄉㄧˊ、管夷吾、晏嬰、老聃ㄉㄢ、申不害、韓非、眘ㄕㄣˋ慎到、田駢、鄒衍、尸佼、孫武、張儀、蘇秦之屬，皆以其術鳴。

莊周，莊子。屈原，楚國名臣，〈離騷〉的作者。臧孫辰即臧文仲，春秋魯人。孟軻，孟子。荀卿，荀子。楊朱，楊子，主張為我，拔一毛利天下不為。墨翟，墨子，主張兼愛，摩頂放踵利天下為之。管夷吾，管仲，輔佐齊桓公，尊周攘夷。晏嬰，晏子，春秋齊相。老聃，老子，道家鼻祖。申不害，法家，相韓而韓強。韓非，法家集大成者，秦行法家而強。昚〔慎〕到，戰國時趙國人，法家，著有《慎子》四十二篇。田駢，戰國齊人，口才極好，號稱口大如天。鄒衍，戰國齊人。長於思辨，陰陽家。尸佼，戰國人，參與商鞅的變法計畫。孫武，孫子，著兵法。張儀，主張連橫。蘇秦，主張合縱。

韓愈對六經孔子以後的著作進行檢閱批判。他認為莊子之鳴漫無邊際，荒誕不經，想像豐富。屈原為楚國的滅亡也作不平鳴。然後他提出「以道鳴」和「以術鳴」兩個層次，臧文仲、孟軻、荀卿，「以道鳴」。楊朱、墨翟、管仲、晏嬰、老子、申不害、韓非、昚到、田駢、鄒衍、尸佼、孫武、張儀、蘇秦，都是「以其術鳴」。道是大經大法，術是策略計謀，他把老子貶為「術」。這些人都有著作、聲音、影響。

韓文公學問太大，這一段如小型的文學史觀，下筆不能自休，材料擁擠，如背人物表，不能學。

秦之興，李斯鳴之。漢之時，司馬遷、相如、揚雄，最其善鳴者也。其下魏、晉氏，鳴者不及於古，然亦未嘗絕也。

李斯，秦相，文學家。司馬遷、司馬相如，文章西漢兩司馬。揚雄，文學家、思想家。到了魏晉，盛行駢儷，韓愈認為是文學發展的退化。「然亦未嘗絕也」，語意不很清楚，猜想應該是說古文的統緒未斷，由他一脈相承，發揚光大。

以下進一步指出，鳴之善與不善並非只是技術問題，包括內容，因為「文以載道」，技術是為內容服務的，古文運動的核心主張。

就（即使）**其善者，其聲清**（音質美）**以浮**（情感誇張）**，其節數**（ㄕㄨㄛˋ 節奏短促頻繁）**以急，其辭**（言辭）**淫**（放蕩無節制）**以哀，其志弛**（鬆弛頹廢）**以肆**（無禮法約束）**。其**

為言也，亂雜而無章（非精品）。將天醜（憎惡）其德（行）莫之顧（管）耶？何為乎不鳴其善鳴者也？

這一段話評述「魏晉以下」主流文學的「不善」。「就其善者」，即使他們中間最好的作品，也是如何如何。既然判決他們整體為「不善」，對「善」字定了價值標準，他們的作品都不符合此一標準，不能又有「善者」。在這等地方，「善」字不應有歧義。

韓愈從聲韻、文詞、主題和章法結構四方面下評語，老辣準狠。他前面說，作家之鳴是「天假以鳴」，是上天使用作家代言，上天為何冷落了「鳴其善者」的作家，選擇了「鳴其不善」的作家呢？請注意，韓愈說善鳴者、不善鳴者，「善」字偏重技術，他說鳴其善、鳴其不善的時候，「善」字就偏重內容了。如果今天的白話文作家這樣用心，就得在前面把「善」字的定義說清楚才好。

梳理一下：「善」和「鳴」的關係，有善鳴者鳴善，善鳴者鳴不善，不善鳴者鳴善，不善鳴者鳴不善。韓愈的理想是善鳴者鳴善，現實狀況是不善鳴者鳴不善，上天故意讓不善鳴者出醜。

以下再縮範圍，由唐朝及於孟東野。

唐之有天下，陳子昂、蘇源明、元結、李白、杜甫、李觀，皆以其所能鳴。

陳子昂，詩人。蘇源明、元結，玄宗時期文學家。李白、杜甫，詩人。李觀，與韓同代的詩人，早死，皆以其所能鳴。沒有提到柳宗元。

在以道鳴、以術鳴之外，加了一項「以能鳴」，道、術、能，一字褒貶。

其存而在下者，孟郊東野始以其詩鳴。其高出魏晉，不懈而及於古，其他浸淫（逐漸滲透，接近）**乎漢氏**（漢代詩歌）**矣。從吾遊者，李翺**（ㄠˊ）**張籍其尤**（特別好）**也。**

韓愈說他和孟東野的因緣，所以寫這篇序。他對孟詩評價很高，他的標準是「及於古」。張籍，詩人，李翺，散文家，都是韓愈的追隨者。李翺有禪詩〈贈送藥山惟儼禪師〉：「煉得身形似鶴形，千株松下兩函經。我來相問無餘說，雲在青天水在缾。」

三子者之鳴，信（誠然）**善**（很好）**矣！抑**（但）**不知天將和**（ㄏㄜˋ）**其聲而使鳴國家之盛耶？抑**（或者）**將窮餓其身，思愁其心腸，而使自鳴其不幸耶？**

在這裡，又把善鳴者分成兩種，一種是生活在國家的盛世裡，壯大國家的聲威，反映國人的自信；一種是生活在窮愁潦倒裡，排遣自己的愁腸。在這裡，韓愈認為詩人飽受打擊損害，有動乎中而形之於外，合乎不平則鳴的原理，詩人見郁郁文治赫赫武功，皇恩天威如雷霆雨露，也會有動於中而形之於外，也合乎不平則鳴的原理，這是他對「不平」的擴大解釋。

不論那一種鳴，韓愈都認為是天意，是天假之鳴。在這裡，韓愈並未規定只有教忠教孝、講仁講義才是善鳴。

讀到這裡，梳理一下，韓愈的「鳴」，有自鳴和代鳴（假之鳴），代鳴又分「人假之鳴」和「天假之鳴」，天假之鳴又有鳴其善、鳴其不善，「鳴其善」又分鳴國家之盛和鳴自身之不幸。順著這條理路，可以找到孟東野的位置，他是天假之鳴、鳴其善、鳴自身之不幸。韓愈認為這是上天安排，以此理論安慰仕途坎坷的孟郊。

論「鳴」的內容，本文似乎可以分成有意義的鳴和沒有意義（或不知其意義）的鳴。風聲水聲雷聲，我們不知道它的意義，文字著述，我們知道它的意義，古聖先賢，諸子百家，大略區分為以道鳴、以術鳴、以能鳴。韓愈才大氣豪，筆下條理亂了一些。

三子者之命，則懸（高掛）乎天矣。其在上也，奚（何）以喜？其在下也，奚（何）以悲？

人心動而後鳴，天要借人鳴，先動其心。有兩途，一在上，鳴國家之盛，一在下，鳴自身不幸。皆出於天。語言文字是文學的工具，文學是作家的工具，作家又是天的工具，作家要通達，不計得失。介紹韓愈文學理論的人應該記住這一段。

韓愈的「天」是儒家的「天」，沒有思想、感情、意志、計畫，用今天的語言來說，叫做沒有「人格」。孟郊恐怕很難從這樣的「天」得到救贖。後來孟郊親近佛教，曾有詩自述：「始驚儒教誤，漸與佛乘親。」

東野之役於江南也，有若不釋然者，故吾道其命於天者以解之。

朝廷派孟郊到江蘇溧陽就任縣尉，韓愈託他就近帶信給十二郎，〈祭十二郎文〉中提到。縣尉的地位大概近似副縣長，孟郊難免失望，所以韓愈送序安慰他。

今人寫議論文，多少都受過邏輯訓練。如果這個題材由白話文作家來處理，他會把「大凡物不得其平則鳴」當作演繹法的大前提，演繹法是先樹立原理通則，再列舉個別事件，這些個別事件叫作小前提。個別事件符合原理通則，原理通則也能完全包納這些個別事件，個別事件證明原理正確，原理也證明個別事件真實。邏輯課本上有個例子：「凡人皆有死」，這是大前提，孔子、成吉思汗、希特勒、愛因斯坦都是人，所以，孔子、成吉思汗、希特勒、愛因斯坦都死了。

如果「物不得其平則鳴」是大前提，「草木無聲，風撓之鳴，水之無聲，風蕩之鳴，金石無聲，或擊之鳴，人有不得已而後言」，都是小前提。孟郊、張籍、李翺都有不平，所以孟郊、張籍、李翺都善鳴，他們的「鳴」都有正當性。

文章寫到一半，韓文公又拋出一個議題：「天假之鳴」，為此列出一張超過三十九個人的名單，結構有失均衡。文公是大文豪，當然不管你寫作教科書上的事，雄辯滔滔，辭充氣沛。他還是有邏輯觀念的，為了照顧到「物不得其平則鳴」，他說天要誰替它鳴，就在誰心中製造不平。為了使邏輯周延，他認為「春風得意馬蹄疾」和「艱難苦恨繁霜鬢」都是不平。可是，彼此同是「天假之鳴」，上天為何要刻意優待某人而盡情虐待另一人呢？文公似乎不能答覆。所以孟郊還是去找菩薩佛陀。

我們今天讀《古文觀止》，這一部分已不重要，如何把主題說透，說滿，如何說得有氣勢，有變化，文公仍是我們的「上師」。議論文重證據，證據都是「已成之事」，而已成之事都在書本裡，因此讀書很重要，「腹有詩書氣自華」，文公典型俱在。

與韓荊州書

李白

這是李白寫給「韓荊州」的一封信。

韓荊州的名字叫韓朝宗，長安人。李白三十四歲時寫了這封求職信，當時韓朝宗在襄陽做官，常常向朝廷舉薦人才，在士人中有很高的名聲。唐代風氣，士子可以到處寫信給大官要求拉一把，並不構成品格上的瑕疵，《古文觀止》還收了蘇軾寫給樞密韓太尉的信，韓愈寫給宰相的信，都對怎樣有求於人做了高雅的示範，可以參照研讀。

李白這封信創造了一個典故，見到名人貴人稱為「瞻韓」。瞻，往高處看，往遠處看，表示對方高高在上，和我們有相當的距離，平視俯視是看不見的，你得仰視。現在對人說客氣話，有時候還用「瞻仰」。

中文講求對仗，有了「瞻韓」，又有「御李」，御，趕馬車，跟一位姓李的做過車夫。這個姓李的是漢朝的李膺，名門望族，直臣清流，知識青年的偶像，能夠蒙他接見，稱為「登龍門」。有一次他正要坐馬車出門，忽然有人求見，這位客人知道見面的機會難得，要求在馬車上談話，於是李膺坐在車內，來客坐在車夫趕車的位子上，邊走邊談，完成了這一次拜會。這位客人很得意，向人誇耀「我今天替李膺趕車」。在文言的尺牘裡面，表述想跟一個人見面而不能如願，他使用的語言可能是「有志瞻韓，無緣御李」。

李白在這封信裡高度頌讚了韓荊州，有些人讀了，認為這種讚美只有韓愈當得起。李白死後六年韓愈出生，兩人差了一代。

這篇文章的題目是「與韓荊州書」，不是「上」韓荊州書，這是李白的傲氣。

古人留下很多捧人、求人的詩文，都寫得很好，成為中國古典文學特色之一。有學問的人說，中國人在專制政權下活了兩三千年，一切靠由上而下的賜予，對有權勢的人不能爭、只能求，不能罵、只能捧，發展出一套技巧，克服了尷尬肉麻。

舊時基本教育，「萬事不求人」，其中有一卷尺牘，專門教你如何求人。

直到今天寫吹牛拍馬、歌功頌德的文件，還是用文言文比較順溜、大方。文言有典故，古人分擔了難為情，有陳套，構詞容易，含蓄，可以心領神會。

李白雖然寫了這樣一封信，並未得到韓朝宗的幫忙，反倒是他幫了韓朝宗一個大忙，如果沒有這封信，我們大概不會知道有個韓朝宗。

白聞天下談士以言談見長者**相聚而言曰：「生不用封萬戶侯，但願一識韓荊州！」何令人之景慕一至於此耶？**

萬戶侯，公侯伯子男，古代的爵位。君主封臣子為侯，賞賜他一塊土地，在這塊土地有一萬戶人家，這些人家交的稅就是這位侯爺的俸祿。史書有萬戶、八千戶、五千戶等字樣。

李鴻章的詩：「一萬年來誰著史，三千里外欲封侯」。封侯是很高的爵位。

「生不用封萬戶侯」云云，可能不是「天下談士相聚而言」，這頂帽子太高，韓朝宗並沒有「偉大」到這個程度，有理由懷疑出於李白的假託。他像一個賭客，一出手就下大注，可以看出他的決心。

有求於人，照例先討對方歡心。從前的人寫信有一個格式，開頭問安，祝福，稱讚對方了不起，然後寫「敬懇者」，轉入本題正文。有一個大官，每天叫祕書把別人的來信念給他聽，他對祕書說：你從「敬懇者」開始念好了。

豈不以有周公之風，躬吐握之事，使海內豪傑奔走而歸之；一登龍門，則聲價十倍。

韓公您何以能令天下士子傾倒呢？難道不是因為您像周公、像李膺嗎？

周公，輔佐周武王治國，武王死後，繼位者成王年幼，由周公攝政，一向禮賢下士。他正在洗頭，有人求見，他立刻握著濕淋淋的長髮出來，等客人走了再繼續洗；他正在吃飯的時候，有人求見，他立刻把口中的飯吐出來，等客人走了再繼續吃，稱為「一沐三握髮，一飯三吐哺」。

龍門：傳說每年暮春，黃河鯉魚逆流而上，到了龍門，跳過龍門山，化為龍。人才若被埋沒，和一般人混在一起，一旦得到重用，立時變化超凡。科舉試場的正門也叫龍門，考取了功名，等於魚跳過龍門。東漢李膺名滿天下，士子若蒙他接待，也立刻出名，人們稱為登龍門。

所以龍蟠鳳逸之士，皆欲收名定價於君侯（尊稱）。願君侯不以富貴而驕之（我富貴），寒賤而忽之（他貧賤），則三千（齊孟嘗君養士三千）之中有毛遂（趙平原君門客），使白得穎脫而出，即其人焉。

您是第一流老板，吸引第一流人才，所以我來了。

龍鳳，人才。蟠逸，姿勢處境，不能龍飛鳳舞，龍嘯鳳鳴，不得志。到底是不是龍鳳，要到您這裡來鑑定。

富貴驕人：有錢財有地位即盛氣凌人，財大氣粗。

毛遂，戰國時期趙國人，平原君趙勝的門客，秦國圍攻趙國都城邯鄲，平原君到楚國求救，毛遂自告奮勇陪同前往。平原君和楚考烈王談判時，毛遂直說利害，使得楚王同意與趙國結盟，並派春申君援救趙國。

穎，尖端。引申，筆尖，才能出眾的人。俗語說「尖子」、「冒尖子」；文雅一點說「聰穎」、「穎悟」，都是說有才能的人跟一般人不同。

毛遂自己請命的時候，平原君曾說：「把鐵錐裝進布囊中，錐尖立即穿透布囊露出來，你在我這裡好幾年了，沒看見你有什麼苗頭啊？」毛遂說：「現在我要求跟你出使楚國，就是想請你把我放在囊中啊！那時我這把錐子的錐尖自然跳出來！」這是「穎脫而出」成語的來源。

白隴西（甘肅）**布衣**（平民）**，流落楚漢**（荊州）**。十五好劍術，偏干**（拜謁）**諸侯**（地方大吏）**；三十成文章，歷抵**（一一拜訪）**卿相**（朝廷大員）**。雖長不滿七尺，而心雄萬夫**（有大志）**，王公大人，許與**（贊許）**氣**（內心修養充實）**義**（外部行為正當）**。此疇曩**（長久以來）**心跡，安敢不盡**（都說出來）**於君侯哉？**

先自我介紹：我是甘肅平民，到內地遊歷，現在來到您韓公治理的地方。我十五歲習武，三十歲習文有成就，這幾年滿懷雄心壯志，拜見了各地的軍政領袖，那些王公大人都認為我內有正氣，外有義行。這是我多年以來的經驗閱歷，怎麼可以不向您傾心吐膽呢！

三十成文章，李白寫這封信的時候三十四歲，正值完全成熟的巔峰。

推銷自己，表示見過場面，得到許多有地位的人肯定。特別提到自己還是平民布衣，表示還沒有派系歸屬，是政治上的「處女」。

安敢不盡於君侯哉？有人說，「盡」是盡心竭力，平生氣義都願供韓荊州使用。

君侯制作侔（看齊）**神明，德行動天地**（世界）**，筆**（文章）**參**（參加）**造化**（大自然神功）**，學**（學問）**究**（澈底）**天人**（天道人事）**。幸願開張心顏**（態度開放，表情和悅）**，不以長揖見拒**（我只作揖不磕頭）**，必若接之以高宴**（高等菜色，高等場所，高等來賓）**，縱**（不加限制）**之以清談，請日試萬言，倚馬**（作文敏捷）**可待！**

倚馬，晉桓溫北征，袁宏倚馬作檄。

功業可以比神明，道德修養可以影響世界，文章可以轉變社會，學問可知澈底明白天道人事……這是一個什麼樣的人？

這一段把韓荊州捧得更高，可以說李白非常慷慨。俗語說上了臺就是唱的，挑出來就是賣的，李白放得開。

應酬話總是言過其實，祝壽壽比南山，證婚珠聯璧合，拜年恭喜發財。約定俗成，說的人未必認真，聽的人也不要認真。當然，說得好，仍然博得滿堂掌聲。

抬高韓荊州之後，李白接著抬高自己，我以平等地位見你，你以貴賓待我。你是一流，我也是一流。有其君，有其臣，一流老闆用一流人才，二流老闆用三流人才。

求職的人對自己的才能表示非常自負，以引起主人的注意，不但在春秋戰國時代有很多前例，現在工商業社會中也常有所聞。某公司徵才，一人打電話應徵，老板告訴他已經找到人了。此君提高聲調說：「你若看到我，你的意見會改變。」老板接見了他，也錄用了他。

當然，分寸很難把握，李白是否做對了，有爭議。

今天下以君侯為文章之司命（決定文章命運）**，人物之權衡**（評判人才輕重）**，一經品題**（打分數，排名，加批語）**，便作佳士**（品行端正、才學兼優）**。而君侯何惜階前盈尺之地，不使白揚眉吐氣**（施展抱負）**，激昂青雲**（向最高發展）**耶？**

今天您一言九鼎，只要您讓我站在您的臺階下面，我就可以怎樣怎樣……

在這裡，李白用了第三者勸說的口吻，雖然迫切，卻顯得委婉。

昔王子師（漢朝的王允）**為豫州**（刺史）**，未下車**（到任）**，即辟**（主動任用）**荀慈明**（荀爽）**；既下車，又辟孔文舉**（孔融）**。山濤**（晉人）**作冀州**（刺史）**，甄拔**（選）

拔

三十餘人，或為侍中、尚書（大官），先代所美（做得漂亮）。

荀爽，荀氏八龍之一，後來做到司空。孔融，建安七子之一，做到北海相。山濤，竹林七賢之一。

舉前賢以勉勵之。歷史怎樣記載他們，也怎樣記載你。今人怎樣稱讚他們，後人也怎樣稱讚你。

而君侯亦一薦嚴協律（嚴武），入為祕書郎。中間崔宗之（御史）、房習祖、黎昕、許瑩之徒，或以才名（能力）見知，或以清白（品格）見賞（見知見賞，文字不重複，意義相近）。白每觀其銜恩（不忘恩）撫躬（捫心，反省），忠義奮發（一股豪氣，要報恩）。白以此感激，知君侯推赤心於諸賢之腹中，所以不歸他人，而願委身國士（全國所推崇景仰的人）。儻（倘）急難有用（不僅平時，疾風知勁草，赴湯蹈火），敢效微軀！

舉韓荊州已經有的成績以鼓動之。你已做了許多，還可以再做一件。我才值得你這樣做。

特別說受提拔的人都感恩圖報，引發韓荊州推薦的動機。再進一步說我受到感動，所以不投別人來投你，要和他們為伍，看齊，一同感激你、報答你。但是非常委婉。李白說明自己也是有選擇的，君擇臣，臣亦擇君。良禽擇木而栖。

說到這裡已淋漓盡致。

且人非堯舜，誰能盡善？白謨猷籌畫（出謀定計），安能自矜（自誇）？至於制作（詩文作品），積成卷軸（書本前身），則欲塵穢視聽（希望你看看，弄髒耳朵眼睛。謙詞），恐雕蟲小技，不合大人（尊者貴者，做大事的人）。

聖人無所不知，無所不能，我不是聖人，政治上的縱橫捭闔，軍事上的運籌帷幄，我知道謙虛，至於說到文學方面的成績，我累積了不少，很值得您看看。您是做大事的人，只怕我這點小玩藝兒不合您的胃口。

淡淡提及謨猷籌畫，暗示可以當大任成大事，非僅文章。揣摩韓荊州的心，點到為止，以免墜入蘇秦、張儀之流。

詩文的材料都是具體事物，所謂風花雪月。作家小處著手，盡心刻畫，因此稱小說，小道，雕蟲小技。

漢揚雄說雕蟲，南北朝劉勰說雕龍。詩文作品小處見大，寓抽象於具體，藏無限於有限。造端乎夫婦，達於天地。雕蟲可以化龍。

若賜觀芻（割草）**蕘**（打柴。芻蕘之言，自謙水準低）**，請給紙筆，兼之書人**（繕寫的人）**，然後退掃閑軒，繕寫呈上。庶青萍**（劍名）**結綠**（玉名）**，長價**（提高價值）**於薛**（薛燭，劍專家）**卞**（卞和，玉專家）**之門。**

依慣例，上書求見的人會把自己的作品一併送去，李白不然，你如願意讀我的作品，請派人到我家抄寫，並且自備紙筆。姿態高。

李白一再說自己的作品很平凡，但是，他說，您不看則已，一旦看了，就會發現這些作品出類拔萃，正是您這位文學權威尋找的東西。這些作品一旦得到您的認可，也就從此有了很高的價值。很自負。

李白用劍和薛燭的關係，玉和卞和的關係，比喻他和韓荊州的關係，或者說他希望兩人是這種關係。

在中國古代，劍是一種神祕的武器，附有許多傳說。薛燭，給劍「看相」

的專家。卞和，春秋楚人，識玉的專家。

卞和在荊山發現一塊石頭，知道石頭裡藏著寶玉，獻給楚王開採，楚王不信，以欺君論罪砍掉他的左腳。楚王死，兒子繼位，卞和再把藏玉的石頭獻給新王，新王不信，砍掉他的右腳，等到孫子做了楚王，才把石頭剖開，把寶玉取出來，就是有名的「和氏璧」。藺相如完璧歸趙，秦始皇的傳國璽，都是這塊玉。

李白對韓荊州說，我進了你的門下，等於寶劍到了薛燭手裡，美玉到了卞和手裡。既捧對方，也捧自己。

物品的價值，要看歸誰所有。和氏璧做了秦始皇的玉璽，加倍珍貴。一隻襪子，楊貴妃穿過，看一眼也得交錢。馬，楚霸王騎過，首飾，依麗莎白·泰勒戴過，都會增加身價。

幸推推薦**下流**指自己，謙詞**，大開獎飾，惟君侯圖之！**

幸推下流，有人說是推恩到達下層。推恩，恩德由高到低，由近到遠，由親到疏，愛屋及烏，擴大關懷，所以接著說「大開獎飾」。也有人說是推薦我這個才能很低的人。

由這封信看，早期李白也願意遵照一般遊戲規則，角逐世俗上的成就，與我們對他的刻板印象不同。後來「天子呼來不上船」，「鐘鼓饌玉不足貴，但願長醉不願醒」，「痛飲狂歌空度日，飛揚跋扈為誰雄」，是他遭受重大挫折之後「看破了」，而李白的看破代表對富貴功名的絕望，所以一切表演遷就都不必了。孔子曰：「富而可求，雖執鞭之士吾亦為之，如不可求，從吾所好。」

有學問的人說，中國從前的讀書人受兩種思想交替支配，一是「仕」的思想，一是「隱」的思想。仕，求功名顯達，有權力成就一番事業，小而言之光宗耀祖，大而言之福國利民。隱，退出跑道，放棄世俗都在追求的目標，與大自然為伍，過簡樸的生活，小而言之陶情怡性，大而言之天人合一。

李白的這封信，可以代表「仕」的思想，他學劍，學書，學縱橫，都是為了用世。二十二歲開始漫遊各地，「遍干諸侯，歷抵卿相」，尋找出仕的機會。來到荊州，把希望放在韓朝宗身上，放下身段，壓抑個性，好話說盡。他必須遵守遊戲規則，才會入局，必須入局，才會贏，必須贏了，才有舞臺實現理想抱負，展示風骨氣節。

陶淵明的〈歸去來辭〉，表現了「隱」的思想，《古文觀止》也收了這篇文章。陶淵明對遊戲規則感受不到「遊戲」的滋味，那只是拘束，只是屈辱，只是弄虛作假違反自然。從這條管道鑽出來，如何能有完整的人格？如何能有高尚的理念？這個過程是毀滅，必須毅然退出，逃走，保全自我的純真。現在好了，歸去來兮，他是如何自在！讀過〈與韓荊州書〉，再讀〈歸去來辭〉，可以體味一事的兩面。

仕和隱，常常一同潛伏在某個人的靈魂裡。李白求仕，他年輕的時候也曾學神仙，也曾有隱於山中的記錄。陶淵明求隱，也曾「誤落塵網中，一去三十年。」（據有學問的人考證，陶公由求仕到歸隱為時十三年，我們不敢廢，陶公詩集中的句子是「一去三十年」，我們不敢改。）大多數人先求仕，後求隱，仕是他的特技表演，隱是他的安全網。

歸去來辭

陶淵明

〈歸去來辭〉，有些書稱之為〈歸去來兮辭〉。歸去，辭官回鄉。來，兮，虛字。但很多人視「來」為實字，「三絕詩書畫，一官歸去來。」歸，去，來，就是歸去和歸來，棄官為去，還鄉為來。歸去，目送自己，歸來，目迎自己，觀察點變換。或許這樣解釋更能顯示陶淵明的文心。

陶淵明之後，「歸去來」成為詩人的熟詞。馬致遠：「酒旋沽，魚新買，滿眼雲山畫圖開，清風明月還詩債。本是個懶散人，又無甚經濟才，歸去來。」吳弘道：「栽，統籬黃菊開。傳千載，賦一篇歸去來。」還有無名氏的「綠柳倚門栽，金菊映籬開。愛的是流水清如玉，那裡想侯門深似海。幽哉，袖拂白雲外；歸去來」。

辭，文體名。起於戰國時期的楚國，屈原為最具代表性的作家。漢人集屈原、宋玉等人作品為《楚辭》。

陶潛，字淵明。《易經》：「潛龍勿用」，龍藏在深水裡，不要有大動作；君子在條件不足、時機不到的時候，要像龍潛淵中。淵水雖深，並不黑暗，光線明亮接天；君子屈不能伸，並不悲觀沮喪，此心光明。

古人的「名」與「字」常常互相呼應，韓愈字退之（「愈」是過人之處，要記得退一步），司馬光字君實（「光」是表現在外面，不能虛有其表），左宗棠字季高（「棠」是一棵樹，要長高長大），趙雲字子龍（雲生從龍），陶淵明也是。

陶淵明，江西九江人，東晉末期大詩人。曾祖陶侃為名將，留下名言：「古人惜寸陰，我們惜分陰」，官至大司馬。母親是東晉名士孟嘉的女兒，孟嘉留下「落帽風」的掌故。

陶淵明做過江州祭酒，鎮軍參軍，建威參軍，都是小官。四十一歲時任彭澤縣令，藐視官場規則，每天喝酒作詩，衣著很隨便。上級派員來視察的時候，縣衙的官吏提醒他要穿上整整齊齊的官服去拜見，陶淵明歎了一口氣：「我不能為五斗米向鄉里小兒折腰」。五斗米，當時縣令的俸祿，折腰，鞠躬跪拜，這句話也成為著名的典故。陶淵明立即辭官回家，隱居務農，從此未再出仕，六十三歲去世。

李辰冬教授著《陶淵明評論》，指出陶公本來也有一番抱負，由於性格衝突，經過長期的內心掙扎，最後毅然歸農。用陶公自己的詩句來做標籤，由「猛志逸四海」，經過「冰炭滿懷抱」，到「復得返自然」，最後「不覺知有我」。可以說，他的思想開始是儒家，最後是道家，在儒家受苦，從道家得到救贖。

古人隱居，多半是先做官存下財產，然後安享歲月，今人稱為「生涯規畫」。孟浩然說他自己「一丘常欲臥，三徑苦無資」。陶淵明的退隱沒有經過規畫，他在生活困難的時候去做縣令，做了八十三天，以「任性」或「即興」的方式走人，他沒有錢。李白曾經有過錢，亂花錢，沒有積蓄，兩人後來的生活都很困苦，但是在這篇〈歸去來辭〉裡面，洋溢著「復歸自然」的歡欣和美好想像，完全沒有去想經濟條件，後世稱他是田園文學的創始者。

詩人多半愛酒，陶淵明尤甚，有學問的人說他每一首詩裡都有酒。他做彭澤令，吩咐縣府的「官田」一律種秫，「秫」是釀酒的原料。他退隱以後，有一年窮得沒飯吃，顏延之送給他一筆錢，他全都買了酒，不顧老婆孩子的生活。愛酒愛到這個程度，已是酗酒，酗酒是惡行，但是陶淵明受後世讚美。可能這些評論家認為陶公酗酒是對黑暗政治的反抗，他們支持反抗，也可能因為陶公有酒才寫出那麼多好詩，他們因珍惜結果而美化過程。

陶公是大詩人，《古文觀止》收了他三篇文章：〈歸去來辭〉、〈桃花源記〉、〈五柳先生傳〉。

歸去來兮，田園將蕪[荒蕪]胡[何]不歸？既自以心[心靈]為形[肉體]役[使用]，奚惆悵而獨悲？悟已往之不諫[改正]，知來者之可追[補救]。實迷途其未遠，覺今是而昨非。

田園荒蕪，包括心靈污染、寫作荒廢等意義，都是出外做官造成的重大損失。

做人應該以心靈主宰肉體，做官因形體役使心靈，這是問題之源，既已犯下這樣的大錯，改正就是，不必陷於悔恨，好在以後還有許多時間可以重新開始。

《論語》：往者不可諫，來者猶可追。變化而成「悟已往之不諫，知來者之可追」。通常不加註出處。

歸去來，田園將蕪，心為形役，我們也都在使用，未必註明出於陶潛。這樣做是否正當，可以研討。

舟遙遙以輕颺，風飄飄而吹衣。問征夫（行人）**以前路，恨晨光之熹微**（微明）**。**

走水路，舟行水上，隨波盪動，如舞。脫去官服，如卸鐐銬，不必束帶，也不必把鈕釦一一扣好，江風拂面，衣襟飄揚，如飛。離官銜一步，滋味如此不同。

歸心似箭，連夜趕路，問路程，恨看不遠。「晨光熹微」，成語。

〈歸去來辭〉的風格近似抒情詩。這四句的句法相似，都是一二一二，造成流暢，中間加上之、其、而，增加節奏變化。

乃瞻（遠看）衡宇（房子），載（又，且）欣載奔。僮僕歡迎，稚（幼齡）子候門。三徑（小路）就（快要）荒，松菊猶存。攜幼入室，有酒盈樽（盛酒的容器）。

換韻，改四言，配合情景變換。節奏變快，顯示動作匆忙，心情興奮。上岸步行，看到自家住的房子，開始快跑。家中僕人早已出來迎接，孩子年紀小，在家門口等著。這時家中還有未成年的傭人，也未遭天災，日子還過得去。

走到家門口拉起孩子的手，那個年紀最小的孩子。走到院子裡一看，小路還沒有被荒草掩沒，當年種的松樹菊花也還活著，暗示舊業未凋盡，平素志向未改。

有下一代，有酒，不再需要別的。放開孩子去倒酒，酒更重要。

引（拿起）壺觴以自酌，眄（ㄇㄧㄢˇ 隨意看看）庭柯（樹）以怡（喜悅）顏（神色）。倚南窗以寄傲，審容膝（能把膝蓋放進去，狹小）之易安。園日（每天）涉（到）以成趣，門雖設而常關。策（手持）扶老（手杖）以流憩（邊走邊停），時矯首（抬頭）而遐

觀（遠看）**。雲無心以出岫**（山洞）**，鳥倦飛而知還。景翳翳**（暗淡）**以將入**（入夜）**，撫孤松而盤桓**（流連不去）**。**

再換韻，配合生活的新畫面。十二句的句法相似，都是一、二、一（虛字）、二。隨意舒展，和歸田後的自由自在契合。

自己拿起酒壺，倒酒入杯，自己喝。喝酒的時候隨意看看，院子裡的樹使我心情愉快。靠近南面的窗子，用很舒服的姿勢坐著，解放個性，維持人格尊嚴。我確實感覺到這個狹小的屋子才是我永久安居的地方。我天天到園中散步，趣味無窮，園門總是關著，沒有客人進來。有時候我拄著手杖走出去，走走歇歇，常常抬起頭來看遠處的風景，看到山中的白雲依戀在山洞內外，不想遠走天涯，看到飛鳥也都疲倦了，回到自己的窩裡休息。

為什麼在風物之中偏寫飛鳥白雲呢，因為倦鳥歸巢、白雲依岫，都有歸隱之心，它們都是陶淵明。日光逐漸黯淡的時候，為什麼要寫扶著一棵松樹不肯離開呢，因為陶淵明就是一棵孤松，不問外物如何變化，自己的立場堅定不移。這就是作家對素材的「選擇」。

這一段寫歸隱初期的日常生活。

歸去來兮，請息交以絕游。世（世俗）**與我而相違**（違反、違背）**，復駕**（遠行）**言**（虛字）**兮焉**（何）**求？**

歸去來兮，再以詠歎的語氣重複一次，是抒情，也是明志。

前面偏重描述外景，再換韻，以下描述自己的心情。

交遊，社會上的人際往來。息交、絕遊，停止、斷絕這些世俗關係。

世俗不能與我相合，我也不能與世俗相合，彼此格格不入，我還到外面去幹什麼呢！

悅親戚之情話，樂琴書以消憂。農人告余以春及（到）**，將有事於西疇**（田畝）**。或命巾**（帷幔）**車，或棹**（船槳，用槳划船）**孤舟。既窈窕**（地形曲折）**以尋壑**（山谷）**，亦崎嶇**（道路不平）**而經丘**（高地）**。木欣欣以向榮，泉涓涓而始流。羨萬物之得時，感吾生之行休**（可以休息）**。**

官場說話，虛虛實實，爾虞我詐。親戚談話，有真實的感情。悅，我喜歡。

春天到了，農人都到田野中耕作。我有時候坐在有帷幔的車中，一路高高低低經過隆起的土山，有時找人划一條小船，彎彎曲曲沿著幽深的谷地走去走來。看春色來天地，看又綠江南岸。萬物得天時，而我的時代過去了，可行則行，可止則止，我該停止了。

為什麼只寫春天，不寫冬天呢，因為春天的氣候、風景、人物動作，使人放鬆，使人舒展，使人看一個從頭開始的世界，人與自然容易相契，這樣的背景跟他歸隱的願望配合。秋氣肅殺，冬氣閉塞，都不適合，所以作家對素材要「選擇」。

已矣乎！寓形宇內復幾時？曷（何）不委心任去留？胡（何）為遑遑（不安）欲何之？

「算了吧！」這時陶淵明還沒到「不覺知有我」的境界，語氣還有不甘，就文論文，這樣增加了文氣的抑揚。

寓形，人的形體寄放在世界上，時間並不長久。何不想做什麼就做什麼、想到那裡去就到那裡？為什麼還要匆忙奔走，心神不定？孔子周遊列國，被人描述「栖栖皇皇，如喪家之犬」。

人不過是滄海之一粟，不要跟自然法則爭長短，用西方人的說法，不要替上帝解決問題。

富貴非吾願，帝鄉不可期。懷良辰以孤往，或植杖而耘耔。登東皋以舒嘯，臨清流而賦詩。聊（姑且、暫且）**乘化以歸盡，樂夫天命復奚疑？**

再換韻。我不希望富貴，也不知道人是否能夠得道成仙。我只是享受眼前的生活，希望趁著天氣好，一個人投入大自然的懷抱。別人已耕過的土壤鬆軟可愛，我把手杖插在地上，拔草培苗。走到地勢高的地方放聲長嘯，來到河水旁邊吟詩。

春夏秋冬生老病死都是宇宙的自然變化，我要任憑它、順從它，像坐車一樣由它把我載到生命的終點。這是天地自然的法則，我接受它，順從它，不用再東想西想。用陶公自己的詩句：「縱浪大化中，不喜亦不懼。」

最後，陶淵明把他的歸隱提高到哲學的層次，歸隱的問題不是經濟，而是思想觀念。陶公一路寫來，安排了層次，起初，舟遙遙以輕颺，風飄飄而吹衣，只是單純的快感，然後，世與我而相違，復駕言兮焉求？有了反思。最後，聊乘化以歸盡，樂夫天命復奚疑？皈於哲學。一層比一層深刻。「層次」，我們今天寫白話文的人，也都沒有忽略。

陶淵明的作品得到後世極高的評價。昭明太子說他「獨超眾類」，唐宋大詩人李白、杜甫、白居易、蘇軾、陸游都非常推崇他，朱熹指出，〈歸去來辭〉雖然繼承楚騷，卻沒有苦眉皺臉怨天尤人。歐陽修甚至說，西晉東晉只有一篇文章，就是〈歸去來辭〉。

宋濤在他編註的《古文觀止》裡稱讚它的形式美：「全文韻律優美，意境空靈，同時又有抒情和浪漫氣息，千多年來廣為傳誦。」謝冰瑩等八位教授註釋的《新譯古文觀止》，指出它的「表象」與內層的複式結構：「所謂歸去，意指由城還鄉，由官坊歸田園，就其內涵看，實際是從心為形役到委心任去留的心靈主體性的追尋和回歸。」網路上也有很多高見，「山中人」表揚〈歸去來辭〉淡雅自然，優美含蓄，音節和諧，章法勻整，有悠然沖淡的情致。一篇沒有作者署名的文章說，「〈歸去來辭〉是一篇孤憤難平、憂樂相生的心靈之歌，有反璞歸真、頤養天年的自足自安，也有時光易逝、人生苦短的悲愁苦歎；有縱浪大化、逍遙浮世的自由自在，也有誤入官場、心性扭曲的懊悔痛心；有家人團聚、琴書相伴的寧靜淡泊，也有世乏知音、心曲難訴的鬱悶孤寂。」這一段話最能說出陶公作品似簡單而實繁複、似獨奏而實交響的藝術特色。

「不為五斗米折腰」以後，陶淵明隱居了二十二年，〈歸去來辭〉描述他歸隱初期的生活和心情，這時剛剛從牢籠中脫身，只見其樂，不覺其苦，他家中還有一些生活資源可以消費。後來他和他的夫人真正下田勞動，接二連三發生天災，收成不好，他的歲數也慢慢增加，勞動的能量降低，日子就拮据了。他曾經一連幾天沒飯吃，也曾經餓得跑到朋友家中去乞食，這些情況，都在他的詩中反映出來。有人說，早知如此，當初何苦不賺那五斗米？顏延之、桓道濟，這些很有影響力的人物也曾願意幫忙，他還是堅決拒絕了。

讀〈歸去來辭〉，別忘了李白有一篇〈與韓荊州書〉，讀李白的〈與韓荊州書〉，別忘了陶淵明有一篇〈歸去來辭〉。這是兩種人生觀，或者是一個人的兩個階段。直到今天，中國的讀書人還受這兩種慾望支配，一個能仕，一個能隱。

若要了解隱逸，陶淵明的詩也不可不讀，下面這一首，可以說是〈歸去來辭〉的變奏：

少無適俗韻，性本愛丘山。誤落塵網中，一去三十年。
羈鳥戀舊林，池魚思故淵。開荒南野際，守拙歸園田。
方宅十餘畝，草屋八九間。榆柳蔭後簷，桃李羅堂前。
曖曖遠人村，依依墟里煙。狗吠深巷中，雞鳴桑樹巔。
戶庭無塵雜，虛室有餘閑。久在樊籠裡，復得返自然。

有學問的人曾經討論：陶淵明究竟是儒家還是道家？問題之所以發生，因為儒家思想有一部分和道家疊合。有些人認為陶淵明是儒家，他們忽略了一個現象：陶公但求自適，很少考慮妻子的生活。儒家認為一個人是五倫中的一員，他對君臣、父子、兄弟、夫婦、朋友都有責任，他要為這些人做出犧牲。

關於「仕」和「隱」的矛盾，孟子提出一種主張，「為貧而仕」。邦無道則隱，沒錯，可是如果你沒有謀生技能，經濟來源，你不能讓父母妻子跟你一同「夏日長抱飢，冬夜無被眠」。你應該出去做官，但是，你但求維持基本生活，不可圖富貴，所以只能做小吏，不可以求騰達。這樣，你是這一件政治大工程裡的一名技術小工，該受的委屈你要受，對決策、設計不負責任。陶公顯然沒有這樣的想法。

道家要求現在滿足自己的性情，將來飛升成仙，以「我」為中心，五倫都是他的束縛和累贅，他飛升的時候，不帶走一片浮雲。如此看來，我們得在道家裡面給陶公找一個位置。

回到文學欣賞，不管他是儒也好，是道也好，〈歸去來辭〉是隱逸文學的上上品，田園文學的佼佼者，它圓滿俱足，自成宇宙，儒和道都是藝術以外的事，如果它跟儒家思想不符，它不會減色；如果它跟道家思想契合，它不會增色。我們不向他找儒，不向他找道，我們找的是藝術。這是今人讀《古文觀止》的態度，如果以什麼主義什麼史觀為前提，這兩百多篇古文就挑不出幾篇可讀了。

徐文長傳

袁宏道

徐文長，徐渭。晚明書畫家，詩人。浙江紹興山陰人。紹興是許多政治家、藝術家、文學家的故居或故鄉，《古文觀止》收錄了王羲之的〈蘭亭集序〉，背景就在山陰。單說近代，有魯迅、周作人、朱自清、汪精衛、蔡元培，以及俞大維、邵力子、周恩來許多人。紹興出產的黃酒也非常有名，現在轉型為電機工業區。

徐文長一生窮困潦倒，死後沒有正式的傳記，袁宏道在徐文長死後二十年讀到徐文長文集，整夜「讀復叫，叫復讀」。佩服他，為他立傳。這是一篇文學傳記，不是史學傳記。

袁宏道，神宗進士，湖北人。和他的哥哥袁宗道、弟弟袁中道都是晚明的文學家，並稱「三袁」，袁宏道排行老二，所以也叫袁中郎，世人以為他是三袁中文學成就最傑出者，可惜四十三歲就死了。

當時的文壇領袖主張摹擬古典，認為「文必秦漢，詩必盛唐」，書不讀秦漢以下。袁氏反對摹古，鼓吹作家要發揮自己的性靈，今人的心情感受跟古人不同，今人的文章當然也跟古人不同。他是湖北公安人，他的主張號稱「公安派」。公安在湖北省中南部，靠近長江，資源豐富，風景美麗，現在工業也很發達。境內有三袁墓，屈原、柳宗元、范成大也和此地有文學因緣。

徐渭，字文長，為山陰（今浙江紹興）**諸生**（秀才）**，聲名藉甚**（極盛）**。薛公蕙校**（主持考試）**越**（紹興府）**時，奇其才，有國士**（全國推崇之士）**之目**（稱呼、看待）。

山陰位在今浙江紹興，境內山水美景甚多，「山陰道上應接不暇」，指的就是這地方（後比喻事物繁多，使人忙於接應）。依中國歷代相沿的說法，這樣的風水正是產生大天才的地方。

薛蕙，當時一位有學問的人，他奉命到紹興主持考試，發現了徐渭。春秋時有一個越國，到了五代十國的時候又有一個越國，紹興都在這兩個越國境內，所以稱紹興為越，紹興戲叫越劇，越也是浙江省的別名。

國士，用今天的話來說，就是國家一級的人才。士曾經代表社會階級，卿、大夫、士。國士可以說就是「士」裡面的尖子。

簡單幾句話，寫出少年徐渭的黃金時代，好像是搭了一座高臺，讓我們看見徐渭從高臺上墜落，特別驚心。

然數奇ㄐㄧ（運氣不好），**屢試**（考試）**輒**（常）**蹶**（失敗）。

古人認為命運是可以用數字推算的，稱為命數，命運氣數。詩人詠歎劉備伐吳失敗：「縱不連營七百里，其奈數定三分何！」

單數叫奇ㄐㄧ，雙數叫偶。數奇ㄐㄧ，時運不順利。「衛青不敗由天幸，李廣無功緣數奇」。古人參加考試講究「考運」，能不能考取，不確定的因素太多，「一命二運三風水四積陰德五讀書」，最後才是文章。

許多天才很高的作家都被科場淘汰，分析起來，像金聖歎、蒲松齡，他們才氣縱橫，不甘在八股文章的條條框框裡打轉，他們是性情中人，對官場文化也有幾分蔑視，閱卷官主考官往往能從他們寫的卷子裡「嗅」出某種氣味，認為這個考生不能成為朝廷的馴服工具。還有，科場文章（八股文）有嚴格的格式，格式錯了，即使是很小的錯誤，叫作「違制」，文章再好也得淘汰，徐渭應試的文章常常「不合規寸」，恐怕與「違制」有關。這些都不必說了，袁中郎以「數奇」二字了之，讓上天去負責吧。

蹶，跌倒。據柯橋網盛鴻郎《徐文長先生年譜》，文長八試落第，成語說一蹶不振，他七蹶七起，由二十歲考到四十一歲，八蹶不振，有志者事「竟」不成！為了這八次考試，徐文長要如何犧牲他的個性，他要研讀多少他不願意讀的書，他要應付多少他不願意應付的人，他要寫多少他不願意寫的文章，對他這樣的人，這是多殘酷的折磨。最後徒勞無功，難怪他要發瘋。

中丞（巡撫）**胡公宗憲聞之，客**（聘請）**諸**（之於）**幕**（首長辦公室）**。文長每見，則葛**（布料）**衣烏**（黑色）**巾**（頭巾）**，縱談天下事；胡公大喜。**

胡宗憲，當時的浙江巡撫。大官辦大事，要請各種人才來做幫手，大官對這些人很客氣，稱為幕賓。幕，把帳篷或房間隔開，請來的客卿在幕裡面開會辦事，稱為入幕。胡宗憲聘用徐渭參與軍務，平定南方海岸的倭寇之亂。

葛衣烏巾，平常百姓服裝，在文武官服中形象突出。可以想像，徐渭見胡公，也不甚拘守官場的禮節。大官對幕賓，這些都不計較。

是時公督（督導）**數**（考核）**邊**（駐守邊疆）**兵，威鎮東南；介**（甲）**冑**（盔）**之士**（軍人）**，膝語蛇行**（低姿態）**，不敢舉頭，而文長以部下一諸生傲**（不屈居其下，有骨氣）**之；議者方**（相比）**之劉真長**（劉惔）**、杜少陵**（杜甫）**云。**

督數：督，督其勇怯勤惰，數，上聲，檢查校閱，數其功過。邊兵，防衛邊疆的駐軍，明代東南沿海有倭寇之亂。軍隊作戰，將在外，權大，擴張意志。官兵披甲戴盔，往往有恃無恐，得意忘形。所以戰地難免將悍兵驕，有人說這是士氣的一部分。胡公能懾服他們。以胡公之威嚴，看出對徐渭之禮遇，也可以襯托徐渭之傲骨。

劉真長，東晉名士。入簡文帝幕。杜甫，唐代大詩人，入東西川節度使嚴武幕。都是「布衣傲王侯」的人物。當時的評論家認為徐渭可以與這兩個人比美。

會（恰好）得白鹿，屬（囑）文長作表（寫公文奏報皇上）。表上，永陵（明世宗）喜。公以是（因此）益（更）奇之，一切疏計（奏章報表），皆出其手。

胡宗憲打獵捉到一隻白鹿，囑託徐文長寫奏章向皇帝報告，古人寫文章常常省略主詞，今人寫白話文不可效法。白鹿是稀有品種，古人認為代表國家的祥瑞，證明當今皇上是有道的明君，把國家治理得很好，或者說預示皇朝永遠昌盛，前途光明。臣子有這樣重大的發現，要把祥瑞之物獻給皇上，並且用書面向皇帝鄭重道賀。

徐文長雖然是名士，搞這一套也是高手，皇上看到胡宗憲的奏章很高興，皇帝高興，胡公更高興，就把一切寫給朝廷的文件都交給徐渭起草。這是明世宗在位時發生的事情，袁宏道為徐渭立傳的時候，明世宗早已死了，世宗的墳墓叫永陵，袁宏道用永陵做世宗的代稱，在字面上和正在活著的皇帝有明顯的區分。這一類君主時代作文的祕訣，今人偶爾用得著，七十年代的臺灣，蔣介石死了，靈柩停在慈湖，蔣經國繼位，兩位都是蔣總統。主筆行文，有時在一篇文章裡需要兩蔣並舉，就用慈湖代替死者。

文長自負才略，好奇計，談兵多中（應驗）**。視一世事無可當意**（滿意）**者；然竟不偶**（奇的反面，時來運轉）**。**

徐渭在胡宗憲幕中並非朝廷任命的官吏，用今天的說法，他們是臨時組成的工作班子，胡巡撫任務完成了，或者職位調動了，工作關係就結束了。再也沒有第二個胡宗憲來找徐文長，古人稱為不偶，不偶就是不遇，買金的遇見賣金的這才成偶，有才的遇不到用才的，大概就是「數奇」了。

人之一生，生命的軌跡是一個弧形。由薛蕙賞識到胡宗憲重用，可以說是徐渭生命的升弧，白鹿事件可以說是頂點，自此以下，進入降弧。

文長既已不得志於有司（官場）**，遂乃放浪**（不受拘束）**麴**（ㄑㄩ）**糵**（ㄋㄧㄝˋ）（酒）**，恣**（任意）**情山水，走齊、魯、燕、趙之地，窮覽朔**（北方）**漠**（沙漠地帶）**。**

有司，政府分官設職，每個人負責管一部分事情。不得志，找不到自己的舞臺，沒有機會一展長才。既然這樣，為什麼還要遷就世俗觀點呢，為什麼還要向上流社會認同呢，他改變生活方式，飲酒沒有節制，旅行沒有目的，衝破一切限制，包括空間給他的限制。厭惡人境，投入大自然，他窮覽，他要看清看遍。

這時，徐文長決心活得像一個藝術家了！

其所見山奔海立，沙起雷行，雨鳴樹偃，幽谷大都，人物魚鳥，一切可驚可愕之狀，一一皆達之於詩。

這篇傳記寫到文學價值最高的部分。山本來不動，海本來是平面，雷聲隆隆而過，本來沒有形跡，如果山向前跑，海面豎起來，雷聲經過在地上壓出轍痕軌道來，那是何等景象，那是一個什麼樣的世界！本來我們看山看海的感覺，人人大致相同，這叫「固定反應」，看明月而思鄉，見落花而傷別，都是固定反應，作家力求打破固定反應，今天的白話文作家仍在如此努力。

「山奔海立，沙起雷行」是名句，至今為白話文學作家引用，形容大自然給人的震撼。對大藝術家而言，外在為內在之投射，徐渭的生命力既然受到極大的壓抑而又無從解脫，內心的鼓盪奔騰，喧嘩騷動，化為外在的藝術形象，當然超出一般人口耳相傳的寧靜和諧。只有藝術家始能對另一個藝術家的境界造詣做出這樣的描述，所以藝術家的傳記最好由藝術家（或藝術評論家）執筆。

世俗生命的降弧，反而是藝術生命的升弧。

其胸中又有勃然不可磨滅之氣，英雄失路、托足（立身）無門之悲；故其為詩如嗔（ㄔㄣ，怒）如笑，如水鳴峽，如種出土，如寡婦之夜哭，羈（ㄐㄧ）人（奔波在外者）之寒起。

六「如」，比喻風格。令人聯想蒲松齡的「驚霜寒雀，抱枝無溫」，孟郊的「清奇悲淒，幽峭枯寂」，金聖歎的「詩者，婦人孺子夜半心頭之一聲耳」。在袁宏道筆下，徐渭的氣派更大。到此，我們看到徐文長藝術生命的頂點。

前賢論風格多用比喻，加上用字精簡，令我們不易揣摩。西洋的藝術理論說得很清楚，惟其清楚，又往往不夠精微，最好兩者互相參看，尋求互相補充。

雖其體（體裁製作）格（格調）時有卑（低下）者；然匠（製造者）心獨出，有王者氣（開創者，統帥者），非彼巾幗（婦女頭巾髮飾）而事（伺候）人者所敢望也。

文壇標榜高雅、高古，徐渭反對，有時寧願失之俚俗，袁宏道也認為是缺點。但是，袁宏道說，他的優點更多。「匠心獨出」，能創新，「有王者氣」，創新能引起模仿，這實在是對一個詩人無上的肯定。那時女子依附男子而存在，沒有獨立的人格，袁宏道用女子比擬那些沒有自己風格的作家，今天看來，公然性別歧視。我們讀古人的作品要能輕鬆繞過這一類歷史殘壘。

文有卓（高超）識（見解），氣（文氣）沉（充實）而法（技巧）嚴，不以模擬（繼承前人）損才，不以議論傷（破壞）格（調），韓（愈）曾（鞏）之流亞（同類）也。

現在評論徐渭的文章。氣，中國文學理論中一個重要的名詞，大意是指在語言文字之外、又充沛於字句篇章之中的動力，可能是作家創作時的精神狀態與大自然的運行規律互相呼應契合的表現。文氣和文章技法有某種程度的矛盾，比方說，氣沛，一瀉千里，可能使結構不均衡，精雕細琢可能文章氣弱。徐渭「氣沉」，仍然法度謹嚴，文氣沒有破壞法度，技法也沒有妨礙文氣。

任何作家都要繼承前人，大作家在繼承之外有自己獨特的成就。徐渭模仿中見自己的才情才力才氣，不是力窮才竭倚賴前人。作家用敘述、描寫、議論諸般手段行文，議論暴露作者的識見境界，有些文章敘述順暢，描寫生動，到了議論的時候，露出作者的狹隘、鄙卑或性情涼薄，所以現在有些作家竭力避免議論。袁中郎認為徐渭的文章沒有這些問題。

韓愈曾鞏，唐宋八大家。

文長既雅(常常)不與時(流行的)調(腔調、風氣)合，當時所謂騷壇(文壇)主盟(領袖)者，文長皆叱而怒之，故其名不出於越。悲夫！

騷，詩體。騷壇，詩壇，古人常以「詩」包括文章，也常以「文章」包括詩，此處騷壇也是文壇。

當年印刷術不發達，沒有大眾傳播的媒體，詩人的名氣大半來自互相標榜，你說我好，我說你好，慢慢擴大影響。文壇領袖是「意見領袖」，眾人以他的意見為意見，因為多數人不能自己獨立思考。紹興文壇封鎖徐渭，遠距離的人不知道徐渭的名字。

喜作書，筆意奔放如其詩，蒼勁(蒼老有力)中，姿媚(柔美)躍出；歐陽公所謂妖韶(迷人的美)女，老自有餘態(老年仍然剩下一部分美)者也。間(偶爾)以其餘(用不完的才情)，旁溢(才情流露)為花鳥，皆超逸(高不俗)有致(神

情姿態。

最後談到徐渭的畫。袁宏道認為畫是徐渭的副產品，是他的剩餘才情。也許因為中國畫以山水為首，徐渭的畫多半取材植物和小動物，也許因為徐渭自己說他的書法第一，詩第二，字第三，畫其餘。可是近世評論家都說徐渭的成就以畫最高，影響八大山人、鄭板橋、吳昌碩、齊白石、潘天壽，還有一個李山。吳昌碩尊徐渭為「畫聖」。據說鄭板橋有一方印章，印文是「徐青藤門下走狗」，徐渭別號青藤道人。齊白石曾說，恨不生三百年前，為青藤磨墨理紙。至於詩，我懷疑並沒有袁中郎說的那樣好。

卒最後**以疑殺其繼室**續娶的妻子**，下獄論死；張太史元汴力解，乃得出。**

有一天，徐渭夜歸，自稱眼見妻子與和尚私通，他殺死了妻子。官府調查並無私通行為，這是「無故殺人」，按律要抵命。今人認為他憑幻覺殺人，他這時已經病得很重了。今天身心喪失是免罪的理由，當年「喪心病狂」卻是判罪的理由。

張元汴，徐渭的小同鄉，在京做官，賴他營救，徐渭只坐了七年牢。

晚年，憤益深，佯（假裝）狂益甚；顯者（著名的人物）至門，或（有時）拒不納。時攜錢至酒肆，呼下隸（身分低賤的人）與飲；或自持斧，擊破其頭，血流被面，頭骨皆折，揉之有聲；或以利錐錐其兩耳，深入寸餘，竟不得死。

九次自殺不死，壽七十三歲。這一段寫得很恐怖，尤其「揉之有聲」。袁宏道使用常見的詞句，並沒有在語言上刻意經營，他也沒使用形容或判斷（什麼驚心動魄，驚世駭俗，使人做噩夢，使人不需要再看見刑場或地獄，之類等等），加強效果。這種叫作「白描」的功夫，也是今天的白話文作家要鍛鍊的。

看徐文長的症狀，今人以為他生了「躁鬱症」。鬱，憂愁傷感，沮喪絕望，嗜睡，想自殺；躁，興奮焦慮，不能自制，產生幻覺妄想。這兩種情緒輪流來，如果很嚴重，那就無法過正常的生活。天才藝術家如果生了這種病，他會在「躁」期瘋狂的工作，創造出傑出的作品來，他也會在「鬱」期自殺或自殘。因此有人說，天才都是瘋子。

周望（陶周望）言：晚歲（老年）詩文益（更）奇，無刻本，集藏於家。余同年（一同考取功名的人）有官越（在紹興做官）者，託以鈔錄，今未至。余所見者，徐文長集、闕（遺漏缺少）編二種而已。然文長竟（終於）以不得志於時（當代），抱憤而卒（去世）。

石公曰：「先生數奇（ㄐㄧ）不已，遂為狂疾；狂疾不已，遂為囹圄。古今文人，牢騷困苦，未有若先生者也！」

石公，袁中郎的化名。化名在傳記末尾寫一段評論，古代文人的習慣。

牢騷，精神痛苦；困苦，物質匱乏。

雖然，胡公閒（間）世豪傑，永陵英主，幕中禮數異等，是胡公知有先生矣，表上，人主悅，是人主知有先生矣；獨身未貴耳。先生詩文崛起，一掃近代蕪穢（雜草叢生，土地荒廢）之習；百世而下，自有定論，胡為不遇哉？

古人刻印的線裝書，總是把「間」刻成「閒」。間世，兩個世代，像胡宗憲這樣的人物，每一個世代只能出現一個。袁中郎從另一個角度看遇和不遇。

梅客生嘗寄予書曰：「文長吾老友，病奇於人，人奇於詩。」余謂：「文長無之而不奇（ㄑㄧˊ）者也；無之而不奇（ㄑㄧˊ），斯（這才）無之而不奇（ㄐㄧ）也！悲夫！」

利用「奇」這個破音字的兩個意義，巧妙的做出總結。徐文長，同一個人，好比「奇」，同一個字，這個字的意義，既相生又相剋，這個人的行徑，既完成了自己也毀壞了自己，存則俱存，廢則俱廢，不能選擇。對作家，這樣修辭的機會可遇不可求，倘若一旦遇上了，要懂得怎樣捉住機會。

泰州海陵縣主簿許君墓誌銘

王安石

泰州在江蘇省中部長江南岸，出過很多名人，《水滸傳》作者施耐庵，揚州八怪之一的鄭板橋，佛教界的東初老人，都是我們熟悉的。梅蘭芳和高行健的祖籍也在泰州。

主簿，縣政府小吏，擔任書記工作。這樣的人物能勞動王安石為他樹碑立傳，因為兩家有些因緣，文章中有交代。

墓誌銘，記述表揚死者姓名籍貫生平事蹟的文字，用兩塊石頭製作，一塊放在墓前，叫碑；一塊埋在土中，叫誌。墓誌銘照例求文豪大家撰寫，這筆稿費曾是韓愈的重要收入。墓誌銘隱惡揚善，浮華失實，常受文學家輕視，但經過久遠的年代，有些墓誌歷劫出土，留下一些好書法和失傳文章，別有價值。有個人養鶴，他的鶴死了，留下一塊「瘞鶴銘」，文章普通，書法非常重要。

銘，古代的一種文章體裁，本來是短小的警句格言，刻在日常使用的器具上，有勵志、警戒等作用，鼎有鼎銘，盤有盤銘，像「苟日新，日日新，又日新」，就是湯王的盤銘。後來把記載優良事蹟的文字刻在石頭上，像某些紀功碑，也叫銘。

王安石，北宋的大政治家、大文學家。今江西臨川人。他得到仁宗的信任，推行變法，這是中國歷史上的一件大事，也是他平生最著名的一件事。他在變法運動中和司馬光、蘇東坡等人的「文鬥」，也很精采（變法沒有成功）。

王安石的個性很強，有人稱他「拗相公」，意思是他這個人很彆扭，很難「喬」定。他總是有個人獨特的見解，不與眾人妥協，主持變法的時候，他抵抗一切壓力，聲言「天變不足畏，祖宗不足法，人言不足卹」。這樣的性格表現在文學作品上，就是批評家說的「議論高奇」。

舉例：項羽垓下之敗，全軍覆沒，逃到江邊，過江就是他的老根據地江東，他在江邊自殺了。後世許多人覺得惋惜，認為他應該過江去重新出發，與劉邦再爭天下，可是王安石在他的詩裡問：項羽在江東還有政治本錢嗎？偶像毀滅，江東子弟還肯響應他追隨他嗎？

再看昭君和番，王昭君絕代美人，受毛延壽陷害，離開漢家宮殿嫁到匈奴的帳篷裡去，大家都很心疼，都覺得她受的委屈太大。王安石在他的詩裡說，昭君在漢宮裡也沒有什麼出頭之日，即使皇上有一天寵愛她，榮華富貴也很短暫，不知那一天打入冷宮，「人生失意無南北」。她嫁到胡地，胡人待她很好，「漢恩自淺胡自深」，比她在漢宮的日子好過。

君（死者）**諱**（名字）**平，字秉之，姓許氏。余嘗譜**（編家譜）**其世家**（家族史）**，所謂今之泰州海陵縣主簿者也。**

墓誌的格式，照例先寫死者的姓名籍貫。使後人一望而知這裡埋葬的是誰。中國傳統「死者為大」，寫墓誌的人尊敬對方，尊稱他是「君」，不直接把他的名字寫出來，名字前面先加一個「諱」字，「諱」的意思是不可說，用在這裡表示我本來不該說，現在我不得不「犯諱」。「君諱平」，變成大白話：他的名字叫平。墳墓裡這位許平先生，就是他們家譜裡的泰州海陵縣主簿啊。

譜，本是名詞，家譜。在這裡作動詞用，排列他的祖先門第、家族成員，編寫家譜。看來這位許主簿的家庭跟王安石有交情。

古時男子曰氏女子曰姓，李小姐嫁給張先生，稱為張門李氏。後世姓氏混淆，現在有時男子稱氏表示尊敬，稱蔣介石為蔣氏，毛澤東為毛氏。

君（許主簿）**既與兄元**（哥哥的名字）**相友愛稱天下；而自少卓犖不羈**（拘束）**，善辯說，與其兄俱以智略**（智慧計謀）**為當世大人**（大人物）**所器**（重）**。**

稱天下，見稱於天下，天下人都稱讚他們手足相親相愛。

不羈，有才幹有作為的人，日常的生活態度很放得開，不會被世俗瑣碎的規矩套住，但是一定堅守大原則。

墓誌銘稱述死者的優點，友愛是德行，善辯說有智略是才能。世人往往有德無才或有才無德，這哥兒倆才德兼備。

那種人值得寫？可風（教化），可傳（歷史真相），可泣（大悲劇），可歌（異常）。界限不是很嚴格，看寫作的人怎樣處理。

大人物的工作，長期注意什麼地方有人才，就像捉蟹的人每天觀察池塘，看水面上有沒有蟹吐出的泡沫。某些大人物對許家兄弟的才幹早有印象。

寶元（宋仁宗年號）時，朝廷開方略（考試科目）之選，以招天下異能之士；而陝西大帥范文正公（范仲淹）、鄭文肅公（鄭戩），爭以君所為（立身行事）書（上書）以薦。於是得召試，為太廟（皇帝家廟）齋郎（官名，管祭祀），已而（不久）選泰州海陵縣主簿。

朝廷開方略之選，在正常例行的科舉之外，舉行特考，尋求有某種專長的人才。朝廷命令各地大員推薦，再從其中考選。鄭戩、范仲淹當時都在陝西掌權，他們向朝廷推薦這位許君。許君入京應考錄取，派在皇帝的祖廟中管祭祀之事，不久外放泰州海陵縣主簿，做縣太爺的助理。

貴人多薦君有大才，可試以事，不宜棄之州縣；君亦常慨然（不推辭）自許（期許），欲有作為；然終（結果）不得一用其智能以卒（逝世）。噫！其可哀也已！

其可哀也已，文言句法，（這件事）真教人難過啊！也已，感歎的語氣。

簡要概括死者生平，抓住要點。

王安石在這篇文章裡應該對下層人物表示敬意，現在「下層」一詞已經淘汰，改用基層。小人物辦小事，但「魔鬼藏在細節裡」，想想看，造橋的時候，鉚釘沒有到位，打針的時候，藥瓶上貼錯了標籤，會發生什麼結果？鐵達尼號沉沒的時候，發出求救的信號，附近有一條船沒有趕來救援，因為那條船上的報務員睡著了，結果鐵達尼淹死一千五百多人。

王安石變法為什麼失敗？他只能辦大事，沒人替他辦小事。有學問的人說，王安石推行新政，有些辦法很好，可是政令出了朝廷，到了地方，執行細節的人藉機擾民自肥，新法就成了公害。每一件大事都化為百千件小事，每一件小事都靠健全的小人物把它做好，把每一件小事做好，那件大事才是好事。

有些小人物一生做一件小事，但一直盡忠職守，不犯錯誤，這種人非常重要。日本的電影公司為火車站上搬鐵軌的工人拍過一部片子，那時這件事用手工來做，一個人一輩子按照火車時間表行事，火車進站或出站要經過一片複雜的軌道，搬軌工人及時替它安排正確的路線，火車才可以不出軌、不互撞。這部片子拍出搬軌工人一生的辛酸，但是靠辛酸的鋪墊，拍出他可敬的形象。

有學問的人指出，社會上有許多人才能比職位高（懷才不遇？），還有一些人職位比才能高（濫竽充數？），工作績效都是居下位的人做出來，如果他一直升，有一天「升到他不能勝任的位子為止」，這人就沒有用了。

鄭板橋說他出書從來不求王公大人、湖海名士作序。有沒有人告訴子孫不可求高官作墓誌銘？從前孝子賢孫以重金求得的墓誌銘常常不能用，位高者俯視死者，立意措詞不足以給死者增光。

士（讀書人）**固有離世異俗，獨行其意，罵譏笑侮，困辱而不悔；彼皆無眾人之求，而有所待於後世者也，其齟齬**（上牙下牙不能咬合）**固宜。**

有一種讀書人，他脫離現實，違反公眾認同的準則，自己想怎樣做就怎樣做，縱然遭受社會的打擊也不改變，他不求體制內發展，他修來世不修今生，這種人沒有誰願意跟他合作，那是當然。

英歛之說過：「十年以後當思我，舉國猶狂欲語誰」。

以上是第一種人。

若夫（像那些）**智謀功名之士，窺時俯仰，以赴勢物之會，而**

輒不遇者，乃亦不可勝數。

有些聰明人，一心要在功名利祿方面求發展，看準時機，調整身段，投入形勢之中，八方風雨會合，還是常常沒有貴人提拔他，這樣的人也數不清。

「馮唐易老，李廣難封。」馮唐，西漢人，有才幹，未得重用。後來漢武帝聽說馮唐很好，想起用他，這時馮唐已九十多歲，不能做官了。

李廣，西漢名將，一生和匈奴作戰，打過許多勝仗，始終未能封侯，算命的說他命不好。

漢武帝看見他的侍衛中有一個人頭髮鬍子都白了，這人在漢文帝的時候就做侍衛，經過景帝到武帝，還是一個侍衛。武帝問：「這麼多年了，你怎麼沒有更好的機會呢？」這人回答：「文帝重用文人，我是個學武的，景帝喜歡老成的人，我還年輕，陛下提拔年輕人，可是我已經老了。」

以上是第二種人。

辯(口才)**足以移**(改變)**萬物，而窮**(不足)**於用說**(ㄕㄨㄟˋ 說服別人)**之時；謀**(計策)**足以奪三軍**(奪指揮權)**，而辱於右武**(尚武)**之國，此又何說**(怎麼說)**哉？**

《論語》：「三軍可奪帥也。」一萬二千五百人為一軍，天子六軍，諸侯三軍。三軍也指舊時的左、中、右三軍。帥，三軍的指揮權。為經營偶句，用「奪三軍」和「移萬物」對仗，形容有才幹。

右武，古時以右為上，成語「無出其右」。中文書寫一向自右而左，排列名次時，高位先寫，名單由右向左排列，右邊的人比左邊的人高。

口才號稱可以「顛倒眾生，旋轉乾坤」，可是到了需要改變別人的意見的時候，就不夠用了。智謀足以讓人把大軍的指揮權交給他，可是到了「軍事第一」的國家，碰了人家一個硬釘子。這樣的人有這樣的遭遇，又怎麼解釋呢！

這是第三種人。

嗟呼！彼有所待而不悔者，其知之矣！

以上兩種人，第一種人好比反對賭博，不肯進賭場，他當然不會贏錢，也從來不想做賭博的贏家，他不後悔。第二種人好比願意賭一把，有本錢，也懂得怎樣賭，可是有些人也始終沒贏。

有人堅守原則，爭千秋；有人放棄原則，爭一時。爭千秋者無所得，保全了人格，損失小；爭一時者無所得，損失就大了，偷雞不成蝕把米？孔子說：「富可求乎？雖執鞭之士，吾亦為之，如不可求，從吾所好。」他的重點似在「如不可求」。

王安石究竟給許主簿怎樣定位，並沒說清楚。他說的三種人好比三件衣服，那一件穿在許平身上比較合身？

如果許平是第一種人，他有那些「離世異俗，獨行其意」的行為？有那些「罵譏笑侮，困辱而不悔」的遭遇？他「有所待於後世」的又是什麼？墓誌銘怎麼沒寫出來？看來看去總不像，第一件衣服只是陪襯。

我們替他選第二件吧，墓誌說，他「善辯說，有智略」，他受大人物器重，也慨然自許，他也得到范文正公推薦，搭上「開方略之選」那班車，多多少少像是「智謀功名之士，赴勢物之會，而輒不遇」。

怎麼又會有第三件呢，這件衣服太大，沒法套在許平頭上。他那點修為，無論如何不能算是「辯足以移萬物，謀足以奪三軍」。這段話胡為乎來哉？如此精簡的古文，應該沒有多餘的話，看來看去，這件衣服也許是王安石自己量身定做的吧，他才稱得上是一個「移萬物、奪三軍」的人傑，卻在變法時完全失敗，也許他放大了許平，影射自己，「借他人酒杯澆自己塊壘」。這也許是王安石願意寫這篇墓誌銘的原因？

也許，這得向有學問的人請教，王安石這篇文章是那一年寫的，如果寫在變法受挫之後，可以如此解讀。如果寫在變法以前呢？中國有個古老的說法，叫「讖」ㄔㄣˋ，將來要發生的事情，老早被他自己含糊其詞說中了！愈是在大人物身上，這一類故事愈多，「位高讖易成」。

〈瘞旅文〉有王守仁之自傷，〈賣柑者言〉有劉基之自負，〈快哉亭記〉主人即作者蘇轍之化身。這篇墓誌銘如果也能這樣讀，那就結構完整，言之有物，如果不能這樣讀，以下的話就難說了。

君年五十九，以嘉祐（宋仁宗年號）**某年某月某甲子，葬真州之揚子縣甘露鄉某所之原。**

死者的年齡，安葬的日期，都要寫在墓誌裡。墓誌銘都是事先寫好，安葬日期空著，使用的時候臨時填寫。古人以天干地支的組合記錄年月，總稱「甲子」，天干第一個字是甲，地支的第一個字是子。

真州在揚州和鎮江附近。原，平坦的高地，指墓地。九原，山名，春秋時晉國卿大夫的墓地在九原，引申為墓地。

人死後居住的地方也叫黃泉，古代認為天地玄黃，而泉在地下，所以稱為「黃泉」。一說為我國以黃河流域為中心，泉水因黃土而變黃，故稱為「黃泉」。

九原也叫九泉，指地下最深處。有人說泉、原二字篆文形似，古人傳抄錯誤。

寫到死者的年齡，一般用「享壽」多少年。如果歲數很大，一般用「積閏」多少歲，陰曆每五年有兩個閏月，活到一百歲，有四十個閏月，折合可得三年零四個月，親友就認為他的歲數是一百零三歲又四個月。這都是為了尊敬死者。

如果死在青壯之年，一般用「得年」多少歲，或「在世」多少年。

夫人李氏。子男瓌，不仕；璋，真州司戶參軍；琦，太廟齋郎；琳，進士。女子五人，已嫁二人，進士周奉先，

泰州泰興令陶舜元。

家屬遺族很重要，「無後為大」。後代及後代有成就，或女兒嫁了好丈夫，證明死者的德行足以蔭庇子孫。所以古人論婚嫁非常重視對方的門第。

司戶參軍，掌一縣戶籍賦稅。

以上是墓誌，下面是銘：

銘曰：

「有拔（提拔）**而起**（起用）**之，莫擠**（排擠）**而止**（阻礙）**之。嗚呼！許君而已於斯！誰或使之？」**

誌為散文，銘為韻文。

而已於斯，就是於斯而已，這樣就完了。

許君而已於斯！這句銘文再一次證明王安石不能認識小人物的貢獻，有失作銘的本旨。柳宗元能從種樹的工人那裡領悟治民養人之術，直追莊子的庖丁解牛，我們要學習。

誰或使之？今天我們可以理解，出路如攀金字塔，愈高空間愈小，無法使所有的「有志者」——「竟成」，即使同樣優秀，也難免一波一波淘汰，誰能留下，誰能更上層樓，有必然也有偶然。因此，每一種文化都做出設計，幫助人接受失敗，並珍惜他能夠擁有的。王安石寫這篇墓誌銘，捨棄了這個重要成分，死者生者都不能得到安慰。

這篇墓誌銘也是寫一個人的生平，可以與〈徐文長傳〉互相參看。王安石寫的是正宗古文，樸素、含蓄、遒勁、陽剛。魏晉以後的文風辭藻華麗，敘事鋪張，重聲調韻律，以性情宣泄、感官滿足見長。〈泰州海陵縣主簿許君墓誌銘〉是古文，讀來如嚼乾果，口感爽脆，咀嚼從容，心情平和。〈弔古戰場文〉是駢文，讀來如飲酒，點滴動腑穿腸，情緒波動，直到張力飽滿。〈徐文長傳〉受到駢文的影響，介乎兩者之間，如蓮子湯，飲中有咀嚼。

為徐敬業討武曌則天檄

駱賓王

檄ㄒㄧˊ，古代的官方文書，類似今天的通電、宣言，多用於軍事行動。曌ㄓㄠˋ，同「照」。武則天造了十九個新字，用這個字做自己的名字。古代女子可能沒有名字，即使有名字也不夠莊嚴宏大。武氏入宮，太宗為她取名武媚，做皇帝當然不能用這樣的名字。「曌」字明並日月，照臨萬物，夠氣派。

中國傳統用「日」代表皇帝，「日」為陽，為男，武則天加上「月」，「月」為陰，為女，這是她的女權思想。那時喪制，父親死了守孝三年，倘若母親死了，父親還在，只守一年。她稱帝後，詔令母親死了一律守孝三年。男性皇帝有三宮六院，她這個女皇帝也公然蓄養男寵。她是中國女性主義的前驅。

徐敬業，元勳徐勣之孫。徐勣有功，皇帝賜他姓李，成為皇室一員，所以也叫李績，徐敬業也叫李敬業，承襲祖父英國公的爵位。睿宗時在揚州起兵討伐武則天，兵敗被殺。

武則天與漢呂后、清慈禧，為中國歷史上三個權力最大的皇后，「男人管理世界，女人管理男人」。武則天祖籍山西，太宗才人，高宗皇后，因高宗患頭風代理朝政，後與高宗並坐臨朝，稱為二聖。高宗死，廢中宗，立睿宗，又自立為武周皇帝。晚年病重，大臣發動兵變，迫武氏讓位，天下復歸李唐。

武氏聽政五十年，歷經皇后、皇太后、皇帝三階段。其間稱帝十五年。八十二歲還政，死亡。

駱賓王，今浙江人。七歲作〈詠鵝詩〉：「鵝，鵝，鵝，曲項向天歌。白毛浮綠水，紅掌撥清波。」對日抗戰發生前，這首詩一度選入小學的教科書。駱賓王長大後成為著名詩人，與王勃、楊炯、盧照鄰合稱初唐四傑。杜甫有詩推許他們：「王楊盧駱當時體，輕薄為文哂未休。爾曹身與名俱滅，不廢江河萬古流。」

駱賓王曾在山東做縣長，也做過京官，仕途不順。薛仁貴征西時從軍，戰後入朝，為人構陷以貪污罪入獄，時年過五十，大受挫折。

武則天廢中宗，立睿宗，又軟禁睿宗，任用特務大殺唐宗室。特務有「羅織經」，興獄辦案如網羅，如編織，無中可以生有。特務興獄又以「瓜蔓卷」為經典，瓜蔓，植物有細長而能攀繞他物的莖，延長，發展，把本來無關的他物一棵一棵連在一起，稱為「株連」。現代流行的成語「順藤摸瓜」，脫胎於此。

徐敬業起兵討伐武則天，駱賓王起草了著名的〈為徐敬業討武曌檄〉，敬業敗後，賓王不知所終，有人說他被殺，有人說他自殺，有人說他出家為僧。徐家滿門抄斬，徐勣開棺戮屍。

大多數人相信他做了和尚，捨不得他死。那時中國戶籍制度不嚴密，和尚又在方外，容易藏身。如果他在兵敗後還活著，只要有一首詩外傳，他的身分立刻露餡。他始終未再作詩，詩才難掩，他的定力過人。但也可惜，唐詩少了一些光輝。

偽不合法**臨朝**執政**武氏者，性非和順，地**社會地位**實寒微。昔充太宗下陳**工作低賤**，曾以更衣**伺候皇帝換衣服**入侍。**

第一句以散文起句，以下用駢體句法。偽，假的，我們不承認，君主時代，權力的轉移也有合法的程序。第一個字即下了致命的判決，斬釘截鐵，毫不留情，攻罩門死穴。

先說武氏先天本性不好，後天出身也不好，然後上進的路子也不正常。

下陳，類似儲藏室或倉房，也有人說是職務卑賤的人集中等候差遣的地方。

據說武氏入宮後管理皇帝穿的衣服，伺候皇帝換衣服。皇帝一天要換好幾次衣服，她可以常常和皇帝見面。

更衣也是上廁所的另一種說法，好像今天說我洗個手，我補補妝，我打個電話，我活動一下，或者我喝多了。古代富貴人家服裝寬大複雜，還要佩帶飾物，廁所設備簡陋，入廁要更衣。民國初期，紳士穿西裝，西褲要保持筆直的褲縫，入廁也要更衣。檄文用語雙關，貶低武氏。

充，只是一個人頭，一個數目字，貶意，連站在門房都勉強，怎麼能坐在主席臺上。

從歷史上否定武氏。

「檄文」照例要醜化對方，不能要求他做公平評斷。李唐開國由李淵開始，武氏的父親協助李淵起事，後來做到工部尚書，駱賓王仍然說她「地實寒微」。太宗召武氏入宮為才人，五品，駱賓王仍然說她「充下陳」。太宗看見武氏的美貌，點選入宮，大受寵幸，駱賓王仍然說她「更衣入侍」。

洎（ㄐㄧˋ，及）**乎晚節，穢亂春宮**（太子所居東宮）**。潛隱先帝之私，陰圖後房之嬖**（ㄅㄧˋ，愛）**。入門見**（表現）**嫉**（性情嫉妒）**，蛾眉不肯讓人；掩袖工讒**（擅長，專精說謊陷害別人）**，狐媚**（妖術討好）**偏能惑主。踐**（占用）**元后**（皇后）**於翬**（ㄏㄨㄟ）**翟**（ㄉㄧˊ，皇后的車服）**，陷吾君於聚麀**（ㄧㄡ，亂倫）**。**

不說晚年說晚節，暗示武后晚年沒有節操。古人特別強調晚節，晚年提高自己對道德的要求，可以掩蓋青壯時代的過犯。這是中國古人無神論的救贖觀，老而無德，無可救藥。

太宗生病，太子與武則天一同侍候，發生感情。太子居東宮，五行家以春季配東方，故稱太子所居住的宮殿為「春宮」。但此時並非武氏晚年。武氏十四歲入宮（或十五歲）。太宗死時，武后只有二十五歲（或二十六歲）。有人解釋「晚」是「長大以後」。也有人說，晚節指太宗死後武氏應該守節。

唐太宗死，武則天出家，依當時的說法，一入空門，她就不再是原來那個叫「武媚」的女子了，還俗以後，她就是再世為人了，她和太宗高宗都毫無關係了。高宗可以迎她入宮做自己的女人。這年武則天二十七歲（或二十八歲）。駱賓王指控武氏蓄意隱瞞自己的歷史。

古代女子教育強調不嫉妒，尤戒爭風吃醋。駱賓王強調武則天嫉妒，品性教養都不好。起心動念，先從眼球洩密，眉毛揚起。古代女子化妝，把眉毛剃去，畫一條又細又長的假眉毛。眉毛鬍子是男性特徵，故曰鬚眉男子。

戰國時期，楚懷王最寵愛的妃子叫鄭袖，魏國向楚王表示友好，送給楚王一個絕色美女。鄭袖處處照顧這個新來的女子，得到她的信任，然後告訴她，大王討厭人的鼻息，於是魏國美女在楚王面前用衣袖遮住鼻子。懷王問鄭袖是什麼原因。鄭袖說，她說大王身上有臭味，楚王聽了非常生氣，下令把魏國美女的鼻子割掉。

狐狸有妖術，可迷惑正人君子。這叫妖魔化，表示男人對女人的影響力有恐懼。

高宗封武氏為皇后。翬翟，山雞的羽毛，皇后的車服繡著這種羽毛的圖案，象徵皇后的德行。駱賓王說，武氏踐踏了、糟蹋了皇后的車服，她用皇后的宮室車服儀仗偽裝自己，沒有皇后的美德。

麀，母鹿。雄鹿父子共牝。武氏外表像山雉，其實是母鹿。這是非常嚴重的譴責。

> 加以虺（ㄏㄨㄟˇ）蜴（ㄧˋ）（毒蟲）為心，豺狼成性。近狎（親近，不莊重）邪僻（不走正道的人），殘害忠良。殺姊屠兄，弒君鴆（毒死）母。神人之所共嫉，天地之所不容。

再進一層譴責。從現況否定武氏。

武氏任用酷吏，獎勵告密，陷害許多大臣和唐室宗親。

殺姊屠兄弒君鴆母，歷史無此記載。有人說，殺姊指殺高宗喜歡的魏國夫人，武氏與魏國夫人一同事奉高宗，關係如同姊妹。屠兄是把兩個哥哥流放邊疆，生活很苦，兩人都死在邊疆，等於被武氏殺害。弒君，高宗生了「頭風」病，服藥無效，醫生建議用針灸，武氏反對，以致高宗沒有得到最後的治療。鴆母，武氏毒死王皇后，皇后是國母。這不是根據事實定罪，而是用對事實的

「解釋」定罪，口誅筆伐時，常常如此。

猶復（還要）包藏禍心，窺竊神器（帝位）。君之愛子，幽在別宮；賊（武氏）之宗（同姓）盟（同黨），委以重任。

高宗死，中宗立，武氏廢中宗。另立睿宗，加以幽禁。徐敬業造反即在此時。

武氏叔伯內姪都做大官握重權。

再進一層。譴責，最高峰。忍無可忍。為將來否定武氏。

嗚呼！霍子孟（西漢霍光）之不作，朱虛侯（西漢劉章）之已亡（無）。燕（趙飛燕）啄皇孫，知漢祚（ㄗㄨㄛˋ 福命）之將盡。龍漦（ㄌㄧˊ 口涎）帝后（褒姒的故事），識夏（夏代）庭之遽（ㄐㄩˋ 急速）衰。

霍光，西漢政治家。昭帝無子，霍光立武帝孫昌邑王即位，昌邑王無道，霍光再立武帝曾孫繼位，即宣帝，穩定漢室。

劉章，漢高祖劉邦之孫，與大臣合謀從呂后手中奪回政權。

漢成帝的皇后趙飛燕，發現宮女一旦有孕，立刻將之殺死，當時民謠說「燕啄皇孫」。武則天也殺害或廢掉多位王子，今之飛燕。

龍漦帝后，「漦」，各家字典注音有差異，或與「時」同音，或與「池」同音，或與「私」同音，今從眾。

周朝的褒姒也是出名的「禍水」，她是周幽王的皇后，惡行很多，一手導演「烽火戲諸侯」的大戲，對西周朝的衰亡有責任。褒姒的故事曲折，據說遠在夏代末年，宮廷出現了龍，夏桀王把龍涎保存起來。夏亡，經過商朝，到周厲王時代，龍涎化成小黿，碰在一個宮女身上，宮女感孕，懷胎四十年生下褒姒。這是一個絕色美女，周幽王立她為皇后。駱賓王以武氏比褒姒。褒姒是周朝人，她和「夏庭之遽衰」有何關聯？太史公記述褒姒來歷的時候，先說了一句「昔自夏后氏之衰也」，衰，一般解識為末年。駱賓王借褒姒罵武后，說「龍漦帝后，是夏庭之遽衰」，造成多方面的意義，這話可以解釋為夏朝衰微了，才發生這樣的事情，也可以解釋為這樣的事情造成夏朝的衰微。褒姒既是武后的代表，駱賓王如此造句，連結歷史經驗，強調武氏造成唐室遽衰。現在急需霍光、劉章這樣的人物！

敬業皇唐舊臣，公侯冢子(長子)**。奉先帝之成業，荷**(負載)**本朝之厚恩。宋微子之興悲，良有以也；袁君山之流涕，豈徒然哉！**

千呼萬喚始出來，徐敬業現身。皇唐舊臣，讓國人記得他家追隨高祖太宗的歷史，公侯冢子，讓國人記得他是徐勣英國公爵位的繼承人，表明個人歷史與武氏區隔，表明身分地位足以號召討武。

先帝，或作「先君」，先君可指已死的父祖，也可指已死的帝王。

駱賓王拿兩個古人比徐敬業，說明徐的使命感，和行為合理化。微子，殷紂之兄，封於宋。殷亡，過殷墟，感傷作歌。袁君山，天天憂國傷悲。有人提出疑問，漢代有個袁安，符合駱賓王需要的條件，但袁安並不叫君山；袁安的兒子號君山，但是並不以憂國傷悲為人所知。倒是有個桓君山，因國政敗壞，積憂成疾而死。

檄文造成的效果：徐敬業，幸虧有你，斯人不出，如蒼生何！

是用(是以)**氣憤風雲，志安社稷**(國家)**。因天下之失望，順宇內**

(四方之內)之推心(同心)。

氣憤風雲，忠義奮發感應天象，或者壯烈之氣可以造時勢。

社，土神，稷，穀神，國家建廟供奉土神穀神，以農立國的象徵，代表國家。

造勢，徐敬業有心。

爰(於是)舉義旗，以清妖孽(不祥之物)。南連百越(少數民族)，北盡三河(中央地帶)。鐵騎(騎兵)成群，玉軸(戰車)相接。海陵紅粟，倉儲之積靡(無)窮；江浦黃旗，匡(正)復(恢復)之功何遠！班聲(馬鳴)動而北風起，劍氣沖而南斗平(齊)。喑(ㄧㄣ)嗚(怒氣)則山岳崩頹，叱(ㄔ)咤(ㄓㄚ)(怒聲)則風雲變色。以此制敵，何敵不摧？以此圖功，何功不克？

進一步為起義壯聲勢。徐氏有力，實力第一，著墨多，文辭精采，說服力感染力都很強，堆砌出最高潮。句法整齊，想像訓練之師。短句快節奏，想像大軍神速機動。

百越，南方各地總稱。三河，舊時河南、河東、河內的合稱。天下之中，王者所居。南連百越，勢力直到邊疆。北盡三河，勢力籠罩國家的心臟地帶。

騎兵作戰成群出擊。戰車作戰多輛並行衝鋒，車軸和車軸在一條線上。軍力強大。

海陵，江蘇泰縣，東南糧倉，江浦，今南京對面長江以北，戰場，徐敬業在這一帶起義。紅粟，顏色發紅的陳年粟米，存糧豐富，經濟力量雄厚。黃旗，正統、正義之旗，道德上最大優勢。

班聲，班馬的鳴聲，班馬，將要出發的馬。蕭蕭班馬鳴。馬鳴風蕭蕭。寒冷的風，肅殺之氣。北風捲地百草折，摧毀力。

劍氣，劍有許多奇蹟神話，據說劍有精靈之氣，可以懾人魂魄，與星月爭輝。

主觀的氣勢可改變外在環境，自然環境也可以來配合主觀氣勢。徐敬業起義，理直氣壯，主觀條件具足，天與人歸，客觀條件具足。

起草檄文不能只說人人有責，不能單憑我們十個拚他一個，要說我一個就可以拚他一百個，我是主力，我打前鋒，我有勝算，我這個股票上市，你們買了穩賺。

公等或居漢地（異姓）**，或協周親**（同姓或姻親）**；或膺**（受）**重寄於話言，或受顧命**（帝王的遺命）**於宣室**（帝王所居的正室）**。言猶在耳，忠豈忘心。一抔**（ㄆㄡˊ）**之土未乾，六尺之孤何託？**

具體落實在對象身上，你們和我一樣義不容辭。一壓力。

高宗已死，凡是高宗任命的大吏，都算是受顧命。皇帝在位的時候，他的命令你或許可以推辭，可以提出反對的理由，皇帝的遺命絕對要奉行，否則不是忠臣。二壓力。

一抔土，意思是一捧土，兩掌合併捧起來。六尺之孤，未成年的孩子，年十五以下。誇大唐室的淒涼單薄，激發各路人馬的忠義。三壓力。

六尺之孤，以身材打動人心。六尺有多高？各時代各地區的度量衡不同，據說這句話荀子先用，荀子是戰國時趙人，定居楚國，趙國楚國的度量衡難查。若依周朝為準，六尺約等於今天的一百二十公分。皇家至親的孩子，這個形象算是孤苦伶仃了吧？代表中宗、睿宗的處境。五尺之僮，六尺之孤，七尺之軀，都是文學語言，不是科學語言，會意就好。

倘能轉禍為福，送往往者，高宗**事居**當下，睿宗**，共立勤王**王室有難，地方效忠解救**之勳，無廢大君**天子**之命，凡諸爵賞，同指山河**發誓，為證**。**

一煽動。

各位現在都受命於武氏，現在武氏要受清算，諸位有禍，各位的禍可以轉換為福。送往，與高宗一脈相承。事居，奉睿宗正統。也可以說，送往，武則天已是過氣的人物，要向她告別。事居，面對現實，順應新形勢，跟徐敬業合流。再一次申明徐敬業之正當、正統，領袖地位，把話說死了，但是並沒有說白了，可以意會，不引起反感。

君，發號施令的人，有等級。大君，最高領袖，指高宗睿宗，現在徐敬業是大君的代理人。青山不改，綠水長流，我們的諾言也永久不變。高山大河都有神靈，它們可以做你我之間的證人。土地人民都在這裡，將來裂土封侯，你拿去。

煽動非常有力，但心照不宣，雅。

若其眷戀窮城，徘徊歧路，坐昧先幾之兆，必貽後至之誅。請看今日之域中，竟是誰家之天下！

再煽動。

跟著武氏走，已是窮途末路，要當機立斷，重新選擇。先幾，預兆，風頭，苗頭。現在形勢很明顯，別再坐在那裡看不見！當年禹召天下諸侯，防風氏後至，被禹殺死。那是前車之鑑！

窮城歧路，造成心理上的恐慌，先幾後至，引發行動上的競爭，煽動力再加強。

結句很出名，天下已非武氏的天下，馬上就是睿宗的天下，徐敬業的天下，也是你的天下，是我們共同的天下。激發想像力和參與感。稀有的警句，警察警報警告警醒，使人一驚，集中注意力，預期有不尋常的事件發生。把新形勢 HIGH 到最高點，最後在最有力的煽動中結束。

最後這兩句話，今天的白話文學常常引用，不過多用於下棋打賭之類的輕鬆場合，有喜趣。

檄文前半篇一步步否定武氏，後半篇一步步肯定勤王。軍事上以精銳對腐朽，法統上以勤王對篡奪，道德上以正義對邪惡（潛臺詞以男子漢對女流）。駱賓王動用了一切武器。徐敬業沒有地盤，沒有嫡系武力，倉促發難，聲勢浩大，一靠他的門第家世，一靠這篇檄文所造成的「語言的世界」。

檄文是戰鬥文學，以文學為工具，長自己志氣，滅敵人威風，爭取第三者同情支持。寫這種文章要理直氣壯，理不直氣更壯，輸了理沒輸氣。事業失敗，文章留下。我們今天研讀這種文章是要取法它的「文氣」。

寫這種文章，作者的立場完全主觀，站穩立場，抹殺對方。這是戰爭，《孫子兵法》說「兵以詐立，以利動」，不能有忠恕之心，中庸之道。罵人無好口，只要主體正確，附屬的部分往往憑懷疑、傳說、曲解、揑造或誇大入文。這不是普通論說文，這是你死我活的鬥爭，我們不寫這種文章，但是我們要會讀這種文章，「會看的看門道，不會看的看熱鬧」，我們要會看門道。

武則天讀了這篇檄文，對左右說，這樣的人才，我們為什麼不用？這是宰相失職。不得了，武則天的肯定，比什麼文學獎都拉風，駱賓王一個文人，可以死而無憾。

武則天如果仔細想一想，她應該發覺，一個政府無論如何不能使所有的人才各盡其用，各得其所，無論如何社會上會有一批人懷才不遇，有志難伸，這一批人有的去念佛，有的去酗酒，有的去生憂鬱症，無論如何還會有一些人塊壘難消，和體制對著幹。這個問題如何解決，中國從沒有一個皇帝想過。

武氏工於心計，她對檄文公開作出這樣的評價，也許想離間徐敬業和駱賓王的關係。總之，人心複雜，讀《古文觀止》的頭腦也不能太簡單。

諱辯

韓愈

這是一篇論說文。辯，針對明顯的對手，重心在「破」。論，沒有具體的對象，或只有潛在的對手，重心在「立」。

諱，忌諱，不能說，不能碰，不能做，隱藏起來。成語：諱莫如深，因疾諱醫，雖有孝子賢孫不能為之諱也。

中國傳統有為賢者諱，公眾敬仰的人，偶然過錯，不要揭穿，不要宣揚，為社會留下好榜樣。為尊者諱，長官，長輩，有威望，大家需要他領導，他偶然犯錯，大家幫他遮掩，以免妨礙體制的正常運作。為親者諱，兄弟姊妹夫妻，有共同的榮辱利害，必須維持和諧團結，有人偶然犯了過錯，要體諒，要協助善後。

有人把「諱」分成諱行和諱名。諱行，不說人家的過失，《古文觀止》收了馬援一篇文章，他告誡子姪：「吾欲汝曹聞人過失，如聞父母之名，耳可得聞，口不可得言也。」子女不能直說父母的名字，臣民不可直說皇帝的名字，就是諱名。

臣民不可直說皇帝的名字，稱為「國諱」。百官之首本來叫「相邦」，避漢高祖劉邦的諱，改為相國。荀卿改孫卿，避漢宣帝諱。民部改戶部，觀世音改稱觀音，柳宗元〈捕蛇者說〉最後一句：「以俟夫觀人風者得焉」，人風本來是民風，都是為了避唐太宗李世民的諱。王昭君改王明君，後來稱明妃，建業（南京）改稱建康，這些都是避「國諱」。

子女不能直說父母的名字，叫「家諱」，有學問的人說，太史公司馬遷的父親叫司馬談，《史記》中無「談」字。直到今天，孝子為父親辦後事，發訃文，還要在他的父親的名字前面加一個「諱」字，意思是，我本來不該說，現在不得不說，我只好犯諱了。

既然皇帝的名字不能說，父母的名字不能說，孔夫子的名字當然也不能說，這叫「聖諱」。孔子名丘，姓丘的人家因此改成姓邱。古人刻版印書，逢到「丘」字要缺一筆，表示我不敢用原來的那個字。

然後出現了「官諱」：縣太爺的名字，那一縣的人要避諱，刺史的名字，那一州的人要避諱，主人的名字，門下的人也要避諱。刺史的名字叫田登，在他治下，元宵節只能說「放火」，不能說放燈，於是產生了「只准州官放火，不許百姓點燈」。五代時，馮道的門客講《道德經》，第一章：「道可道，非常道」。門客在講解時，就將這句改口為：「不敢說，可不敢說，非常不敢說。」

韓愈的〈諱辯〉，就是議論這件事，他的重點在「名諱」。

愈與李賀書，勸賀舉進士。賀舉進士有名，與賀爭名者毀之曰：「賀父名晉肅，賀不舉進士為是，勸之舉者為非。」聽者不察也，和（ㄏㄜˋ）而唱之，同然一辭，皇甫湜（ㄕˊ）曰：「若不明白，子與賀且得罪。」愈曰：「然。」

李賀：中唐詩人，原籍河南。七歲能辭章。為人纖瘦，通眉，長指爪。藝術家的相。

李賀詩境詭異華麗，常用險韻奇字。不好懂，給我們豐富的想像，仍然愛讀，如墜五里霧中，也值得留戀。他描寫音樂：雲彩為之不流，聲音如玉碎風鳴，像荷花的露珠那樣圓潤，又像香蘭在微笑……詩人把月亮的幽光幻想成蟾、兔的淚水，把天空的雲層描繪成瓊樓玉宇。把明月在雲霧中飄過說成是「玉輪軋露」，還有呼龍耕煙種瑤草、羲和敲日玻璃聲、憶君清淚如鉛水，等等名句。詩壇說：「太白仙才，長吉鬼才。」也有易懂的詩句：「我有迷魂招不得，雄雞一聲天下白」，仍然超出俗套，可助我們擺脫固定反應。詩文最忌陳陳相因，人云亦云，李賀的作風仍是我們今日的借鑑。

韓愈一向欣賞李賀，寫信勸李賀考進士。李賀先去參加州縣的考試，準備由州縣選舉而進獻於朝廷，考試的成績很好，取得進士資格的呼聲很高。有人排斥他，說他的父親叫晉肅，他考進士犯了父親的名諱，很多人不明事理，隨聲附和。韓愈的學生皇甫湜說，如果李賀錯了，老師也錯了，李賀並沒有錯，老師應該出面說明。

先交代寫這篇文章的緣由，表示「予豈好辯哉？予不得已也」。

子，男子的美稱，第二人稱代名詞，可以指尊輩，如子不語；可以指平輩，如吾子、士子；有時也可以指下一輩，如舟子、二三子。韓愈對皇甫湜客氣，讓這個成了名的學生稱他為「子」，沒擺老師的架子。

韓愈把李賀的敵人定性為爭名者，沒說他們是小人、嫉妒、好事之徒……批評那些響應附和的人「不察」，沒說他們愚昧無知，這是大家風範。

律（《禮記》規定）曰：「二名（複名兩個字）不偏（一個字）諱。」釋之者曰：謂若言「徵」不稱「在」，言「在」不稱「徵」是也。律曰：「不諱嫌（同音）名。」釋之者曰：謂若「禹」與「雨」，「邱」與「蓲（ㄑㄧㄡ）」之類是也。今賀父名晉肅，賀舉進士，為犯「二名律」乎？為犯「嫌名律」乎？

《禮記》規定，尊長的名字如果是兩個字，不用避諱其中一個字。解釋的人說，孔子的母親叫徵在，孔子說過「文獻不足徵也」，「某在斯，某在斯」，並不單獨避諱「徵」字或「在」字。《禮記》規定，不避諱聲音相近的字。解釋的人說，如果尊長叫「禹」，不用避諱「雨」，如果尊長叫「邱」，不必避諱「蓲」。李賀的父親叫晉肅，李賀去考進士，不是去考「晉肅」，進士和晉肅只有一個字同音，可以不避諱，符合《禮記》的規定。

《禮記》是儒家經典，行為準則，引用《禮記》來支持李賀，這種辦法叫「訴諸權威」。用質問的語氣，採取攻勢，咄咄逼人。

父名晉肅，子不得舉進士，若父名「仁」，子不得為人乎？

就「嫌名」設問，陷對方於兩難之間。如果對方回答「父名仁，子可以為人」，等於承認「父名晉肅，子可以舉進士」，失敗；如果對方回答「父名仁，子不可以為人」，這是無理取鬧，也失敗。

把對方所設原則無限擴大，顯示他的原則不周延，不能成立。「多難興邦」，為什麼許多國家會滅亡？「壓力愈大，反抗力愈大」，為什麼駱駝會壓死？「人多好做活」，如果十人工作，百日可建一房，那麼百人工作，十日可建一房？千人工作，一日可建一房？萬人工作，兩個半小時可建一房？

梁啟超當年曾說：「天下無絕對之自由，亦無絕對之不自由。」即是把「自由」無限擴大，指出此一主張的缺點。

夫諱始於何時？作法制以教天下者，非周公孔子歟？周公作詩不諱，孔子不偏諱二名，《春秋》不譏不諱嫌名，康王「釗」之孫實為「昭」王，曾參之父名「晳」，曾子不諱「昔」。

文王名昌，武王名發，周公的詩中有「克昌厥後」、「駿發爾私」。《春秋》謹嚴，一字褒貶嚴於斧鉞，未批評康王釗之子為昭王。曾子是出了名的孝子，他的父親叫「晳」，他沒有避諱「昔」。

以上為「不避嫌名」舉證，支持李賀考進士。

寫議論文必須能舉證。推理不是證據，聯想不是證據，懷疑不是證據，比喻不是證據，文學作品不是證據。

周之時有騏期，漢之時有杜度，此其子宜如何諱？將諱其嫌，遂諱其姓乎？將不諱其嫌者乎？

繼續強調不諱嫌名。

「父名仁，子不可以為人乎？」為邏輯上不可諱，「周之時有騏期，漢之時有杜度，此其子宜如何諱？」為事實上不能諱。

論辯時，邏輯是很重要的武器。例如說，上帝無所不能，但上帝不能自殺，因為上帝永生。這就是邏輯上的不可能。

皇帝求長生不死之藥，一大臣獻計，全國普查，找出那一個家庭從來沒有人死亡，他必有此藥。皇帝聽了，默然作罷。這是從邏輯上使皇帝覺悟根本沒有這種藥。

> 漢諱武帝名「徹」為「通」，不聞又諱「車轍」之「轍」為某字也；諱呂后名「雉」為「野雞」，不聞又諱「治天下」之「治」為某字也。今上章及詔，不聞諱「滸」、「勢」、「秉」、「機」也。

漢武帝叫劉徹，為了避諱，把「徹侯」改為「通侯」，呂后叫「雉」，為了避諱，把「雉」改成野雞，到此為止，沒有擴大。

唐太祖名虎，太宗名世民，世祖名昺，玄宗名隆基，沒聽說要避諱同音的滸、勢、秉、機。犯國諱是非常嚴重的罪行，那些字不能用，天下皆知，尤其在朝為官的人，絕對保持高度警覺，沒聽說有這些忌諱，那就表示沒有。韓愈不斷言沒有，也是行文的技巧，增加抑揚變化。今天的白話文也常常有這樣的句子：「有這件事嗎？我不知道，如果有，請告訴我。」

這一段是說，即使要避同音字，範圍也很小，不能擴大到「晉肅」和「進士」，中國的同音字這樣多，任意擴大避嫌將造成混亂和癱瘓。

惟宦者宮妾，乃不敢言「諭」及「機」，以為觸犯。

唐代宗名「豫」，「諭」和「豫」同音。

只有那些做奴才的，千方百計縮小自己，本來沒有這個規矩，他自己給自己立很多規矩，惟恐做奴才做得不足。韓愈這話夠狠，這叫「辣手著文章」，為的是「鐵肩擔道義」，他覺得對李賀有道義上的責任。

貶低過度守諱者的身分，以示不足取法。

士君子言語行事，宜何所法守也？今考之於經，質之於律，稽之以國家之典，賀舉進士為可耶，為不可耶？

讀書人希聖希賢，聖賢跟宦官宮女之間有很大的差距，聖賢避諱到什麼程度，我們就避到什麼程度，而不是宦官宮女避諱到什麼程度，我們也要到那個程度。

考之於經，質之於律，稽之以國家之典，韓愈做一回顧，結論已經確立。但韓愈設問，要對方回答，這是逼對方在他畫的棋盤上依他定的規則下棋，對方已無法逃出韓愈的邏輯，只有緘默，緘默就是承認失敗。

凡事父母得如曾參ㄕㄣ，可以無譏矣，作人得如周公、孔子，亦可以止矣。今世之士，不務行曾參、周公、孔子之行，而諱親之名則務勝於曾參、周公、孔子，亦見其惑也。

做人子做到曾參那個樣子，可以不受批評了吧，做人做到像周公、孔子那個樣子，也可以得個滿分了吧。現在做人不去學曾參、周公、孔子，只有在避諱的時候一心超過曾參、周公、孔子，可見他們都迷路了！

聖賢教人顧大體，「先立其大者，則其小者不能奪也。」但世人不能立其大者拘其小，做官不能抓政務者抓事務，寫文章不如人家強調人家的印刷不好，批評美女說她不會炒菜。

夫周公、孔子、曾參，卒不可勝；勝周公、孔子、曾參，乃比於宦者宮妾：則是宦者宮妾之孝於其親，賢於周公、孔子、曾參者耶？

韓愈這段話有三個轉折：一，周公、孔子、曾參的德行，到底難以勝過；二，要想顯得自己比周公、孔子、曾參更勝一籌，居然去學宦官宮妾的避諱；三，聖賢避父母的名諱，出於真誠的孝心，宦者宮妾避諱，在很大的程度上是遵守外在的形式，難道形式上超過就是德行上超過嗎！

韓愈把對方所「立」者打亂，重新組織起來，產生「破」的效果，這種寫法，對白話文學產生很大的影響，魯迅做得更多更好。韓愈窮追猛打的戰術，對後來的白話文作家也有啟發。

韓公學問大，材料多，此辯隨手插花，稍嫌雜亂，我們替他整理一下，他要說的是：

律不諱者，行亦不諱。

古人不諱者，今人亦不諱。

聖賢不諱者，常人亦不諱。

君主不諱者，百姓亦不諱。

邏輯不能諱者，理論亦不設諱。

事實不可諱者，行為亦不必諱。

如果今人寫論文，大概會列出大綱來，把材料歸類納入（那樣，文章也許沒有這樣靈活）。

從前〈諱辯〉是生活教材，推廣了有關「諱」的知識，從而學習如何不犯諱。漢唐以後，避諱的規定愈來愈嚴格，犯諱的後果愈來愈嚴重，到了清代，可能嚴重到殺頭抄家。現在學習是為了吸收辯論技巧，避諱已無關緊要。

韓公做文章雖然精采，沒能改變官署的態度，李賀來考進士，依然不准他報名。據說，元稹從中破壞。元稹也是有名的詩人，當年曾經希望結識李賀，李賀年輕氣盛，拒絕見面，因而結怨。後來元稹在京做官，有些朋友，念出

「父為晉肅，子不得舉進士」的咒語，報仇雪恨。

假如這是真的，韓公要幫李賀，寫文章不如請元稹喝茶。如果韓公姿態高，那就乾脆給皇帝上奏章。韓公當時的修為，單憑一聲咳嗽不能把這件事擺平，說不定還有反效果。

李賀中不了進士，終生不得志，只能做小官，做幕僚。作詩倒是一把手，經常騎著驢子出遊，在驢背上苦吟，一個小僮背著布袋，跟在旁邊，李賀想到句子，隨手寫下來丟在布袋裡，晚上回家，從口袋裡倒出來，一首一首完成，「吟詩一夜東方白」。他的母親告訴人家，這孩子要嘔出心肝才停止。天才如彗星，二十七歲就病逝了，比濟慈多一歲；比雪萊少一歲。據說他死前有個穿紅衣服的人進來，手持一塊版，上面寫著古篆。紅衣人告訴李賀：天帝召你去寫文章。

參考資料

感謝下列書刊的著述者和出版者：

謝冰瑩　邱燮友　林朋波　左松超

應裕康　黃俊郎　傅武光　黃志民

八位教授注釋古文觀止　台北三民書局

劉亞平主編　古文觀止　吉林大學出版社

宋濤主編　古文觀止　遼海出版社

張雨樓編著　新譯古文觀止　台北華威國際

傅樂成著　中國通史　台北大中國圖書公司

郭維森、包景誠譯注　陶淵明集　台灣古籍出版社

黃清泉、陳全得　駱賓王文集新譯　台北三民書局

鍾來茵著　蘇東坡三部曲　文匯出版社

周啟成、周維德注譯　昌黎先生文集　台北三民書局
卞孝萱、朱崇才注譯　柳宗元文選　台北三民書局
呂晴飛主編　散文新賞　地球出版社出版
王國瓔著　陶淵明論析　台灣允晨文化公司
姜濤主編　中國文學欣賞全集　莊嚴出版社
李清泉　英雄項羽年譜　江西人民出版社
中國成語大辭典　上海辭書出版社
漢典
重編國語辭典
漢語詞典
辭海
維基網站
百度網站

古文觀止化讀

編著　王鼎鈞

社長　陳蕙慧
副總編輯　陳瓊如
行銷企畫　陳雅雯、尹子麟、余一霞、洪啟軒
校對　呂佳真
設計　莊謹銘
排版　宸遠彩藝

讀書共和國社長　郭重興
發行人兼出版總監　曾大福
出版　木馬文化事業股份有限公司
發行　遠足文化事業股份有限公司
地址 231 新北市新店區民權路 108-2 號 9 樓
電話 (02)2218-1417
傳真 (02)2218-0727
Email　service@bookrep.com.tw
郵撥帳號　19588272 木馬文化事業股份有限公司
客服專線　0800-221-029
法律顧問　華洋國際專利商標事務所　蘇文生律師
印刷　呈靖印刷股份有限公司
初版一刷　2019 年 01 月
初版五刷　2022 年 09 月 01 日
定價　430 元

國家圖書館出版品預行編目

古文觀止化讀 / 王鼎鈞編著 .
-- 初版 . -- 新北市 : 木馬文化出版 : 遠足文化發行，2019.1
面；　公分
ISBN　978-986-359-633-2(平裝)

1.古文觀止　2.研究考訂

835　107022384